Melissa Ratsch

Ouija

Tote reden zu viel

Romantic-Fantasy-Roman

FSC
www.fsc.org
MIX
Papier aus verantwortungsvollen Quellen
Paper from responsible sources
FSC® C105338

Über die Autorin

Die 1987 geborene Autorin schreibt schon seit ihrer Jugend Kurzgeschichten und Romane – anfangs aus der Not heraus, da einfach nichts ihrem Geschmack entsprach und die Ideen in ihrem Kopf viel interessanter waren. Daraus ergaben sich im Laufe der Jahre mehrere Kurzgeschichten und Romane, die sie seit 2017 veröffentlicht.

Impressum

1. Auflage
Inhalt: © 2022; Melissa Ratsch,c/o SP-Day.de Impressum-Service, Dr. Lutz Kreutzer, Putzbrunner Str. 9c, 81737 München; www.melissa-ratsch.de; autorin@melissa-ratsch.de
Lektorat: Marleen S. Meri
Cover: © 2022; Ria Raven Coverdesign
Herstellung/Druck: tolino media GmbH & Co. KG, München
ISBN: 9783754670903

Herstellung und Druck über tolino media GmbH & Co. KG, München.
Printed in Germany

OUIJA

Tote reden zu viel

Teil 1 der Romantic-Fantasy-Reihe

von Melissa Ratsch

Über das Buch

Können die Toten Amor spielen?

Jahrelang dachte Cleo, sie verliert den Verstand.
Verzweifelt und am Ende ihrer Kräfte hört sie auf die Stimmen in ihrem Kopf und trifft auf Kaliska. Die Hexe erklärt ihr, dass sie nicht verrückt ist, sondern ein Medium: Sie kann die Toten hören. Erst weigert sich Cleo, das zu akzeptieren, doch kurz darauf lotsen die Stimmen sie zum Leichnam einer ermordeten Frau.

Zusammen mit dem attraktiven Gerichtsmediziner Logan versucht Cleo herauszufinden, was der Frau widerfahren ist. Dabei gerät sie in das Visier des Verbrechersyndikats von San Francisco. Denn die sind gar nicht begeistert darüber, dass jemand mit ihren Opfern reden kann.

Tauche ein in eine Welt voller Magie, dunklem Humor und Leidenschaft! »Ouija – Tote reden zu viel« ist der Start dieser spannenden Romantic-Fantasy-Reihe.

Romantic-Fantasy-Reihe »Ouija«:
- Tote reden zu viel
- Tote lügen nicht (März 2023)

KAPITEL 1

»Ich hasse Halloween.«

Wie eine mies gelaunte Rentnerin stand Kaliska am Fenster und spähte hinaus in die Nacht. Es war neun Uhr und eigentlich sollte es draußen mittlerweile ruhiger werden.

Eigentlich.

Aber dank dieses unsäglichen, von der Industrie verhunzten Feiertags, streunten unzählige Kinder und Jugendliche durch die Straßen und machten nicht nur Lärm wie eine Herde Büffel, sondern klingelten auch ständig an ihrer Tür.

Warum zum Teufel sprach es sich nicht endlich einmal herum, dass sie keine Süßigkeiten verteilte? Jedes Jahr dasselbe Drama. Wobei … ein Grinsen breitete sich auf Kaliskas Gesicht aus, als wieder eine Gruppe pickliger Teenager den Weg vom Gartentor zu ihrer Veranda heraufkam.

In weiser Voraussicht ging sie zur Tür und riss diese auf, bevor die Bälger die Klingel drücken konnten.

»Erstens«, sagte sie und sah jedem der Halbstarken in die schreckgeweiteten Augen. »Hier gibt es keine Süßigkeiten für euch zu holen. Zweitens: Wenn ihr es wagt, auch nur ein Blatt Klopapier auf meinem Grundstück zu hinterlassen oder ein einziges Ei an die Fassade zu werfen, finde ich heraus, wo ihr wohnt, und verfluche eure gesamte Familie. Inklusive eurer Haustiere.«

»So läuft das aber nicht«, feixte einer der Teenager. Er lachte leise und stieß seine Kumpels mit der Schulter an, als wäre er der härteste Knochen der Stadt.

Dummer, dummer Junge.

»Oh, habe ich mich nicht klar genug ausgedrückt?«, fragte Kaliska sanft und beugte sich nach vorn. Dabei rutschte ihr Haar über ihre Schulter, aber die eigentliche Veränderung geschah mit ihrer Aura. Selbst ein Mensch mit dem Verstand einer Ameise begriff, dass er oder sie lieber das Weite suchen sollte.

Kaum einer konnte mit dem umgehen, was sich hinter ihrer menschlichen Fassade verbarg. So auch nicht die vier kleinen Versager vor ihr. Ihre Augen weiteten sich, einer begann zu wimmern und ein anderer klapperte mit den Zähnen.

»S-s-sorry Ma'am«, japste einer von ihnen.

Kaliska grinste noch ein wenig breiter, woraufhin die Teenager sich umdrehten und die Beine in die Hand nahmen. Einer schluchzte sogar.

Zufrieden mit sich richtete sie sich wieder auf und zog die Dunkelheit in ihre Seele zurück. Es war immerhin die Nacht der wandelnden Toten, da sollte sie lieber auf Nummer sicher gehen. Sie wollte gerade zurück ins Haus, als sie eine Bewegung auf der Straße wahrnahm.

Eine Frau stieg aus einem dunklen Wagen, schritt durch das Gartentor und kam direkt auf sie zu. Sie trug kein Kostüm und doch wusste Kaliska, dass ihr Besuch eher mit Saurem als mit Süßem zu tun hatte.

Jetzt hasse ich Halloween noch ein wenig mehr, dachte Kaliska und wartete, bis die Frau auf ihre Veranda getreten war.

»Guten Abend, Detective Gonzales«, sagte Kaliska. »Was kann ich für Sie tun?«

»Ach, Kally«, seufzte der Detective und schob die Hände in die Hosentaschen. »Hör auf mit diesen falschen Förmlichkeiten.«

»Na schön. Habe ich etwas angestellt?«

»Nicht, dass ich wüsste.«

»Kommst du dann vorbei, um Fesselspiele mit mir zu spielen?«, fragte Kally grinsend und streckte die Handgelenke nach vorn. »Mit Handschellen?«

Endlich verschwand der düstere Gesichtsausdruck des Detectives und sie grinste schief. »Tut mir leid, ich passe.«

»Wie schade.« Kally ließ die Hände sinken und trat einen Schritt zur Seite. »Willst du trotzdem reinkommen?«

»Nein, eher nicht.« Darla atmete tief ein und aus, während sie auf ihren Stiefeln vor und zurück wippte.

Kaliska überkam ein ganz mieses Gefühl. »Darla, wir kennen uns lange genug. Spuck es einfach aus.«

»Está bien«, seufzte Darla. Im Schein der Verandabeleuchtung wirkte das Braun ihrer Augen pechschwarz.

»Ich brauche deine Hilfe. Es gab da einen Zwischenfall auf dem Friedhof. Ein Grab wurde geschändet.«

»Für Vandalismus bin ich nicht zuständig«, erwiderte Kally und schüttelte den Kopf.

»Es ist nicht nur Vandalismus«, widersprach Darla. »Da war auch Magie im Spiel.«

»So etwas mache ich nur nach Anmeldung, obwohl der Papierkram der reinste Alptraum ist«, sagte Kaliska und verschränkte die Arme vor der Brust. Es baute sich ein unangenehmer Druck hinter ihrer Stirn auf. »Ich dachte, du weißt das.«

»Natürlich weiß ich das.« Darla massierte sich die Nasenwurzel, ihr Handy klingelte gedämpft. Sie ging nicht ran, stattdessen sagte sie: »Hilfst du mir nun oder nicht?«

»Na schön, was genau ist passiert?«

Darla zog einen kleinen Block aus ihrer hinteren Hosentasche, schlug ihn auf und las: »Um halb acht ging der Anruf des Friedhofwärters ein, dass auf dem Gelände etwas Seltsames vorging. Als zwei Beamte vorbeifuhren, haben sie jemanden wegrennen sehen. Ein Grab wurde geöffnet und eine Art Ritual durchgeführt.«

Sofort wurde Kally hellhörig und machte einen halben Schritt auf Darla zu. »Was für ein Ritual?«

»Um das herauszufinden, brauche ich dich«, antwortete Darla. Sie steckte den Block weg, ihr Blick wieder bei Kaliska. »Bitte, Kally. Du weißt, ich wäre nicht hier, wenn es nicht wirklich wichtig wäre.«

Einige Herzschläge starrten sie sich nur an. Kally

wusste, dass sie mitgehen würde, und Darla wusste das auch. Es war frustrierend, aber sie konnte nicht anders. Wer in der Nacht der wandelnden Toten auf einem Friedhof ein Ritual vollzog, der hatte nichts Gutes im Sinn.

Kally seufzte tief. »Gib mir fünf Minuten.«

»*Gracias.*« Darla lächelte schief. »Ich warte im Wagen.«

Kaliska nickte nur, schloss die Tür und ließ den Kopf in den Nacken sinken. Fast wünschte sie sich die penetranten Rotzlöffel zurück. Da jammern nichts half, ging sie zur Treppe und machte sich auf den Weg nach oben. Sie konnte nicht in ihrem zweitliebsten T-Shirt auf einen Friedhof mit frisch geöffneten Gräbern gehen. Den Verwesungsgestank bekam man nie wieder raus.

Also stieg sie in ein Paar Jeans, streifte sich ein Top über und schnappte sich ihre Lederjacke. Wenigstens davon ließ sich das meiste eklige Zeug gut abwaschen. Sie band sich noch die Haare zu einem Dutt und streifte die Talisman-Armbänder ihres Großvaters über ihr Handgelenk. Sicher war sicher.

»Ich geh nochmal raus!«, rief Kally, als sie auf den Flur hinaustrat.

Aus dem Zimmer direkt an der Treppe fragte eine Frauenstimme: »Wohin?«

»Tote einfangen.«

»Viel Spaß«, kam die undeutliche Antwort. Wahrscheinlich, weil Kaliska mittlerweile wieder im Erdgeschoss war. Vielleicht aber hatte June auch ihren Kopf zurück unter das Kissen gesteckt.

»Ja genau«, brummte Kaliska und schlüpfte in ihre flachen Overknees. »Das wird ein Mordsspaß.«

Exakt vier Minuten, nachdem sie Darla an der Tür zurückgelassen hatte, trat Kaliska hinaus auf die Straße und öffnete die Beifahrertür des Wagens. Wie nicht anders zu erwarten, sah das Auto aus wie eine fahrende Müllkippe.

»Ernsthaft?«, fragte sie und besah sich die leeren Kaffeebecher, die sich auf dem Sitz stapelten.

»Jetzt stell dich nicht so an«, brummte Darla. Sie schob die Pappbecher einfach in den Fußraum, als wäre damit alles erledigt.

Kally verdrehte die Augen, setzte sich und schnallte sich an. »Du hast noch immer einen Saustall.«

»Never change a running system«, erwiderte Darla grinsend. Sie hatte den Motor bereits gestartet und fuhr los.

»Ich kann zwar nicht erkennen, wie dir das Chaos bei deiner Arbeit helfen soll, aber das geht mich ja auch nichts an.«

»Du sagst es.«

Gegen ihren Willen musste Kally grinsen. Sie lehnte den Kopf an die Nackenstütze und sah aus dem Fenster. Beide schwiegen die Fahrt über. Es war eine angenehme Stille, aber je näher sie dem Friedhof kamen, desto mehr Anspannung baute sich in Kaliska auf. Sie war keine Seherin – nicht wie ihre Großtante Josefine, die elende Schreckschraube – aber trotzdem hatte sie ein mieses Gefühl bei der Sache.

Ein richtig, richtig mieses Gefühl.

Das Ganze potenzierte sich noch, als Darla das Auto bei den Polizeiwagen abstellte. Ihre Kollegen hatten mobile Flutlichter auf dem Friedhof aufgestellt, so dass dieser erleuchtet war wie ein Footballstadion. Seltsamerweise war das Gelände mit all dem Licht noch unheimlicher.

»Wem gehört das Grab?«, fragte Kaliska, nachdem sie ausgestiegen war. An Darlas Seite ging sie auf den Friedhof. Unter ihren Füßen hörte sie das leise Wispern der Toten.

»Nolan Cormak«, sagte Darla, nachdem sie ihren Block hervorgezogen hatte. »Zweiundsiebzig Jahre alt, ist vor zwei Wochen an Herzversagen gestorben. Er war pensionierter Makler einer kleinen Versicherungsgesellschaft hier in San Francisco.«

»Also niemand, dem man Geheimnisse entlocken könnte?«

»Sicher nicht.«

»Hm«, murmelte Kaliska. Sie schob die Hände in die Taschen ihrer Jacke. Sie kamen bei dem Bereich an, wo die Flutlichter standen und duckten sich unter dem Absperrband hindurch. Frische Erde türmte sich neben einem Loch auf dem Rasen. Mehrere Polizisten drehten sich zu ihnen um und begegneten ihrem Blick. Einige kannte Kally.

»Gavin«, sagte sie und nickte dem Officer zu, der ihnen am nächsten stand. Dieser tippte sich an die Mütze und ging dann auf Abstand, sowie all seine Kollegen. Niemand wollte an diesem Ort in der Nähe der Hexe sein, was Kaliska ihnen nicht verübeln konnte.

So kam es, dass wenige Augenblicke später nur noch sie und Darla vor dem Loch in der Erde standen und hinunter starrten. Der Sarg war noch geschlossen und schien auch ansonsten unversehrt. Bis auf die Symbole, die jemand mit Blut und Asche auf den Deckel gezeichnet hatte.

Kaliska ging in die Hocke, den Blick starr auf die Zeichen gerichtet. Sie erkannte sie alle, auch wenn einige davon nicht korrekt ausgeführt worden waren. Es waren eindeutig Amateure am Werk gewesen. Dennoch lungerte das Potential des Zaubers in der Luft, prickelte auf ihrer Haut und trieb ihren Herzschlag in die Höhe.

»Das waren keine Profis«, sagte sie leise, wie zu sich selbst. Über und hinter sich hörte sie, wie Bleistift über Papier schabte. Das Geräusch war übertrieben laut in ihren Ohren.

»Warum nicht?«

Als sie Darla ihre Entdeckungen erklärte, fragte diese weiter: »Wie ist das überhaupt möglich? Muss man kein Nekromant sein, um solche Rituale durchführen zu können?«

»Ja und nein«, antwortete Kally. Sie warf einen Blick über die Schulter und erklärte: »Nicht alle, die das Talent haben, wissen auch unbedingt davon.«

»Dios me ayude«, murmelte Darla und zog die Mundwinkel nach unten. »Das heißt, du kennst ihn oder sie nicht.«

»Nein.«

»Wie finden wir dann raus, wer das hier war? Siehst du jemanden, den wir fragen könnten?«

Kaliska erhob sich und sah sich um, doch niemand anderes als die Lebenden waren auf dem Friedhof. Sie schüttelte den Kopf und deutete in das Grab. »Wir könnten Nolan fragen.«

»Nolan?«, fragte Darla, beide Augenbrauen erhoben. »Den Toten?«

»Ja, sonst sehe ich niemanden. Ich dachte, deswegen hast du mich hergeholt.«

»Naja … ja.« Darla sah nicht glücklich aus, aber das war für Kally nichts Neues. Mochte sie auch akzeptieren, was Kally war, so war Darla das Handwerk dennoch suspekt. Eine kluge Entscheidung, aber Darla war schon immer eine scharfsinnige Frau gewesen.

»Prima«, sagte Kally und ließ sich in das frisch geöffnete Grab gleiten. »Dann geh mal einen Schritt zurück und lass mich meine Arbeit machen.«

Sie hörte hinter sich, wie Darla ihrer Aufforderung nachkam. Das war auch das Letzte, was sie von ihrer Umwelt wahrnahm, denn sie war mitten hinein in den unsichtbaren Nebel aus potentieller Magie gestiegen. Die Luft war so dicht davon, dass es Kaliska schwerfiel, normal weiter zu atmen.

Daher beeilte sie sich, ergriff den oberen Flügel des zweigeteilten Sargdeckels und öffnete ihn. Der süßlich-bittere Geruch der Verwesung stieg ihr in die Nase und sie verzog das Gesicht. Nekromantin oder nicht, es stank auch für Kally entsetzlich.

Nolan Cormak hatte die Zeit unter der Erde nicht gut getan. Sein Fleisch war grau, mit schwarzen Flecken bedeckt und teilweise aufgedunsen. Er bot keinen schönen Anblick. Zu ihrem Glück konnte sich Kaliska beeilen, denn der unbekannte Beschwörer vor ihr hatte die meiste Arbeit am Ritual vollzogen.

So waren nur wenige Korrekturen an den Symbolen auf dem Sargdeckel nötig, damit die Beschwörung funktionierte. Während Kaliska zeichnete, zog sich die Magie um sie herum fester zusammen, verband sich mit der in ihrem Inneren und sickerte langsam in die Leiche. Es erforderte einiges an Konzentration, damit die Magie nicht auch auf die Toten in den anderen Gräbern überging. Auf einem Friedhof zu arbeiten war immer so verdammt anstrengend.

Aber Kaliska war keine Anfängerin mehr, sie hatte ihre Lektionen alle gelernt und wusste, wie sie arbeiten musste. Heute Nacht würde es nur einen wandelnden Toten geben.

»Nolan Cormak«, sagte Kaliska leise, fast sanft, als es Zeit zum Aufwachen war. »Ich rufe deinen Geist vom Totenreich zurück in deinen Körper.«

Augenblicklich ging ein Ruck durch den Leichnam und es ertönte ein Knacken und Schmatzen, als er sich aufsetzte. Sein linker Arm blieb liegen, was seltsam grotesk aussah. Kally ignorierte es und sah stattdessen in die milchig-trüben Augen des Mannes.

»Hey, Nolan. Mein Name ist Kaliska und es tut mir echt leid, dass ich dich stören musste.«

»Schon gut, Schätzchen«, antwortete der alte Mann

heiser und lächelte. Aber auch nur mit einer Gesichtshälfte, die andere rutschte ihm langsam vom Schädelknochen. »Was kann ich für dich tun?«

»Jemand anderes hat versucht dich auszugraben. Weißt du vielleicht, wer das gewesen sein könnte?«

»Nein«, sagte Nolan sofort und schüttelte den Kopf. Mehr von seinem Gesicht sackte herunter.

»Sind Sie sich sicher?«, fragte Darla hinter ihr. Nolan hob den Kopf.

»Das ist Detective Gonzales«, erklärte Kally. Manche Tote reagierten eigenartig auf die Lebenden, wenn der Nekromant nicht als Vermittler diente. Nolan Cormak hingegen schien nicht dazu zu gehören.

»Ja, Ma'am«, antwortete er. »Ich habe nie etwas von Wert besessen, geschweige denn irgendetwas gewusst. Es gibt meiner Meinung nach keinen Grund, mich zu rufen.«

»Hast du denn mitbekommen, wer sich an deinem Grab zu schaffen gemacht hat?«

Wieder schüttelte Nolan den Kopf. »Das Letzte, woran ich mich erinnere, bevor du mich gerufen hast, ist, dass mir die Brust wehtat und ich auf den Boden gefallen bin. Das war verflucht unangenehm.«

»Ja, sterben ist nichts für Feiglinge«, erwiderte Kaliska amüsiert. Sie drehte sich um und sah zu Darla. »Hast du noch Fragen?«

Trotz ihrer Latina-Bräune sah der Detective ganz blass aus.

»Nein, habe ich nicht«, sagte Darla gepresst. Ganz so, als versuche sie, nicht zu viel zu atmen.

Kally wandte sich wieder an Nolan. »Dann schicke ich dich wieder schlafen, ja?«

»Danke«, erwiderte er und zum ersten Mal sah er an sich herunter. »Dieser Körper hat endgültig seine besten Zeiten hinter sich.«

»Da muss ich dir leider recht geben«, erwiderte Kaliska grinsend. »Bye, Nolan.«

»War mir ein Vergnügen«, brummte der alte Mann, zwinkerte und legte sich zurück in den Sarg. Kally nahm ein wenig Erde und rieb über die Symbole auf dem Holzdeckel. Sofort sackte Nolan in sich zusammen und war fort. Nichts weiter als verwesendes Fleisch war übrig.

Kally schloss den Sarg, wischte sich die Erde von den Händen und stieg aus dem Grab. Sie hatte sich gerade wieder aufgerichtet, da rief jemand hinter ihr ihren Namen. Als sie sich umdrehte, sah sie einen großgewachsenen Mann mit dunkelblonden, unordentlichen Haaren und in einem weißen Overall auf sie zukommen. Er lächelte sie schief an und obwohl es nicht gerade glücklich aussah, wusste Kally, dass er sich freute, sie zu sehen.

»O Mann, Logan«, sagte sie grinsend, »du hast echt Pech mit deinen Schichten in der Pathologie.«

»Einer muss es ja machen.« Logan zuckte mit den Schultern und warf einen Blick in die Grube. »Ich wäre aber froh gewesen, wenn du nicht schon wieder mit den Toten herumgespielt hättest.«

»Die Idee ist ursprünglich auch nicht auf meinem Mist gewachsen«, antwortete Kally und warf Darla einen bedeutungsvollen Blick zu.

Diese verdrehte die Augen. »Schau mich nicht so an.«

»Seid ihr denn fertig?«, fragte Logan. Dabei deutete er mit einem Kopfnicken zu dem Grab.

»Ja, ich hab alles«, erwiderte Darla, ehe sie sich an Kaliska wandte. »Komm, ich bring dich zurück nach Hause.«

Kally nickte, dann wandte sie sich mit einem Lächeln an Logan. »Wir sehen uns.«

»Morgen hab ich frei«, sagte er und wackelte mit den Augenbrauen, was Kally zum Lachen brachte.

»Dann komm doch auf einen Kaffee vorbei.«

Logan reckte einen Daumen in die Höhe, dann widmete er sich Nolan. Immerhin hatte er mit ihm nicht viel Arbeit, schließlich war die Todesursache bekannt und er musste ihn nicht in die Leichenhalle schaffen.

An Darlas Seite ging Kally zurück auf den Parkplatz. Dabei wischte sie sich die Hand an einem Taschentuch ab. Zuhause würde sie mit Salz und Kräutern die Reste des Zaubers abreiben müssen. Er kribbelte noch immer unangenehm an ihren Fingerspitzen.

Sie hatte sich wieder auf den Beifahrersitz sinken lassen, als Darla neben ihr fragte: »Bist du sicher, dass mit Logan nichts läuft?«

Sie hob den Kopf und sah den Detective mit einem Grinsen an. »Ist da jemand eifersüchtig?«

»Nein«, erwiderte Darla mit einem Lächeln. »Aber ich bin neugierig.«

»Du weißt doch, dass wir Nachbarn sind und er öfter

bei mir zu Besuch ist.«

»Das schon, aber vielleicht hat sich ja in den letzten zwei Jahren etwas daran geändert? Dass er nicht ›nur zu Besuch‹ bei dir ist.«

Kaliska lachte, denn Darla hatte tatsächlich die Hände gehoben und Gänsefüßchen in die Luft gezeichnet.

»Wie alt bist du? Dreizehn?«, fragte sie noch immer lachend.

Darla grinste nur, startete den Motor und fuhr los. Die Stimmung zwischen ihnen war deutlich entspannter als auf der Hinfahrt. Das änderte sich, als sie vor Kaliskas Haus ankamen und Darla noch mit ihr zusammen ausstieg.

Über das Dach des Wagens hinweg fragte sie: »Du hast wirklich keinen Tipp für mich, wer das gewesen sein könnte?«

»Nein, tut mir leid.«

»Wäre auch zu schön gewesen«, seufzte Darla. Sie wollte noch etwas hinzufügen, als ihr Blick an Kaliska vorbei ging. »Oh, ich glaube, du hast Besuch. Du hast vorhin gar nicht erwähnt, dass du wieder jemanden gefunden hast.«

»Ich finde sie nicht, sie finden mich«, widersprach Kaliska. Dennoch lächelte sie, als sie sich umdrehte und die zwei Gestalten entdeckte.

»Wie auch immer, viel Glück«, seufzte Darla. »Danke für deine Hilfe heute. *Hasta luego.*«

»Ich schicke dir die Rechnung!«, rief Kally, als Darla schon eingestiegen war. Sie trat einen Schritt zurück und sah zu, wie Darla eine Hand hob und dann den

Wagen startete. Kally blieb auf dem Gehweg stehen, bis Darla um die Kurve gebogen war, dann wandte sie sich ihrem Haus und der zusammengesunkenen Gestalt und dem alten Mann daneben auf der Veranda zu.

Immerhin konnte es nicht schlimmer werden als Halloween auf einem verdammten Friedhof. Ein Grinsen auf dem Gesicht setzte sich Kally in Bewegung, um ihren neusten Streuner kennenzulernen.

KAPITEL 2

Die Augen noch geschlossen, hörte Cleo wie durch einen dichten Nebel Stimmen.

Aber das war nichts Neues. In ihrem Kopf war es so gut wie nie ruhig. Am liebsten hätte sie sich die Hände auf die Ohren gedrückt, doch das würde nicht helfen. Die Stimmen drangen zu ihr durch. Egal, was sie anstellte.

Gerade unterhielten sich ein Mann und eine Frau nicht weit von ihr entfernt.

»Hallo, Rupert«, sagte die Frau. Ihre Stimme hatte einen warmen und amüsierten Klang. Cleo kannte sie nicht. »Wen hast du mir denn da gebracht?«

»Jemand ganz Besonderes«, erwiderte der Mann namens Rupert. Er stand näher bei ihr, als würde er sich halb über sie beugen. Seine Stimme kannte Cleo und es lief ihr ein Schauer über den Rücken. Seit Tagen plagte sie sie, obwohl Cleo so sehr versuchte sie zu ignorieren.

Warum konnte er nicht einfach still sein?!

Ein leises Lachen seitens der Frau, dann die Worte: »Das sagst du jedes Mal.«

Obwohl Cleo so müde war, dass ihre Knochen schmerzten, konnte sie nicht weiter auf der Bank liegenbleiben. Früher oder später würden die Besitzer des Hauses auftauchen, zu dem ihre Halluzinationen sie getrieben hatten. Sie wusste nicht, ob sie noch die Kraft hatte, vor der Polizei davonzulaufen. Denn die würden die Bewohner sicher rufen, wenn sie ihnen erzählte, warum sie auf ihrer Veranda eingeschlafen war.

Andererseits hatte Cleo auch Angst, die Augen zu öffnen und niemanden zu sehen. Niemanden, zu dem die Stimmen gehörten, die sich noch immer dicht neben ihr unterhielten. Sie war es so leid, ihrem eigenen Verstand nicht mehr trauen zu können.

Hör auf zu jammern, sagte sie sich selbst. Cleo öffnete die Augen und setzte sich mit einem Ächzen auf. Die Stimmen waren verstummt. Sie rieb sich über das Gesicht und strich ihre Locken zurück, wobei sie wegen der vielen Knoten darin an ihrer Kopfhaut riss. Der Schmerz ließ sie zischen.

»Keine Sorge«, sagte die Frauenstimme, »ich kenne ein Rezept für eine Kräuterhaarkur, mit der kriegt man auch die schlimmsten Knoten raus.«

»Bravo«, knurrte Cleo und ließ den Kopf weiter hängen. »Jetzt bekomme ich auch noch Beautytipps.«

Ein belustigtes Schnauben der Frau, dann sagte sie: »Ich würde vorschlagen, wir fangen erstmal mit unseren Namen und einem Kaffee an und sehen dann weiter.«

Cleo fluchte leise vor sich hin, denn sie wollte nicht den Kopf heben. Sie wollte nicht schon wieder ins

Leere starren und sich fragen, woher ihr kranker Verstand sich diese eingebildete Konversation holte. Aber da es nichts nützte, lehnte sie sich auf der Bank zurück, hob den Blick …

… und sah eine Frau mit schwarzer Lederjacke, Jeans und Overkneestiefeln vor sich. Sie hatte eine Hand in die Taille gestützt und musterte Cleo aus dunklen Augen. Die hohen Wangenknochen der Frau ließen darauf schließen, dass sich in ihrer Ahnenlinie einige amerikanische Ureinwohner tummelten. Schwarze Haarsträhnen umschmeichelten ihr Gesicht.

Cleo widerstand dem Drang, sich zu kneifen. Ihr Kopf fühlte sich leicht und wattig an, während sie hauchte: »Ich kann dich sehen.«

»Das freut mich für dich«, erwiderte die Frau mit einem schiefen Grinsen, ehe sie einen Blick neben sich warf. Ins Nichts. »Ist sie auf Drogen?«

»Nein, es ist ein bisschen komplizierter«, antwortete die Männerstimme. Rupert – den Cleo nicht sehen konnte, egal wie sehr sie den Kopf hin und her drehte.

»Oh, ich sehe schon«, murmelte die Frau und etwas in ihrem Blick veränderte sich. Sie steckte die Hände in die Taschen ihrer Jacke. »Du hast recht, Rupert, sie ist etwas Besonderes.«

»Mit wem zu Hölle sprichst du da?!«, entfuhr es Cleo. Ihr Herz schlug ihr so heftig in der Brust, dass es schmerzte.

Statt ihr zu antworten, drehte die Frau den Kopf zur Seite – wo niemand war! – und sagte: »Danke, dass du sie hergebracht hast.«

»Kein Problem«, sagte Rupert. »Wir sehen uns.«

»Ja, bis bald«, antwortete die Frau, ehe sie ihre Aufmerksamkeit zurück auf Cleo richtete. »Wollen wir reingehen?«

Cleo starrte sie an, ohne sich zu rühren. »Warum sollte ich dir ins Haus folgen? Damit du mich in den Keller sperren und an einen Menschenhändlerring verkaufen kannst? Oder meine Organe stiehlst?«

Die andere seufzte tief und murmelte: »O Mann, die Gerüchte werden immer verrückter.«

Ohne ein weiteres Wort ging sie an Cleo vorbei, öffnete die Haustür und ließ sie offen stehen. Cleo hörte sie drinnen hantieren, dann die Frage: »Kommst du jetzt rein oder nicht?«

Wie erstarrt verharrte Cleo auf der Bank, jeder ihrer Muskeln zitterte. Was sollte sie machen?

Sie hatte keinen Ort, an den sie sonst gehen konnte. Nicht hier in der Stadt, nicht in diesem Staat und eigentlich nirgends auf der Welt. Da wäre nur eine andere Option und Cleo würde lieber auf der Stelle tot umfallen, als dorthin zurückzukehren.

Mit zusammengebissenen Zähnen erhob sie sich, nahm ihren Rucksack und ignorierte den Schwindelanfall. Leicht wankend schritt sie über die Schwelle. Wie eine Motte folgte sie dem Lichtschein, den sie am Ende eines schmalen Flurs sehen konnte. Das Haus, das von außen wie eine verunglückte Hochzeitstorte aussah, war im Inneren genauso verwinkelt. Beinah wie ein Labyrinth.

Eigentlich hätte diese Enge Cleo verunsichern sollen,

doch das Gegenteil war der Fall. Je tiefer sie in die Eingeweide des Hauses trat, desto besser fühlte sie sich. Als würde sie in einen schützenden Kokon kriechen, in dem ihr niemand etwas anhaben konnte.

Sie war eindeutig irre. Aber sie war auch müde, hungrig und unerträglich einsam.

Am Ende des Flurs angelangt, betrat sie eine große Wohnküche: Arbeitsplatten aus hellem Stein, ein Gasherd in Restaurantgröße und eine Sitzecke in einem halbrunden Erker. Dunkelheit drückte dort gegen die Buntglasfenster. Unzählige Büschel getrockneter Kräuter, die von der Decke hingen, schwängerten die Luft mit einem schweren und zugleich beruhigenden Geruch.

Noch nie in ihrem Leben war Cleo in einem solchen Haus gewesen. Das wusste sie schon jetzt, obwohl sie sicher längst nicht alles gesehen hatte. Es war … überwältigend und ließ sie für einen kurzen Moment die Scheiße vergessen, die sich ihr Leben schimpfte.

»Setz dich«, bat die Frau und deutete zu der Sitzecke. »Dann können wir uns in Ruhe unterhalten. Möchtest du auch einen Kaffee?«

Mechanisch nickte Cleo, obwohl ihre Gastgeberin sich bereits wieder von ihr abgewendet hatte. Mit steifen Bewegungen ging sie zu der Nische, ließ sich auf der Bank nieder und rutschte hinter den Tisch. Die Farben und Formen der Sitzkissen waren wild durcheinandergewürfelt, als hätte man sie auf einem Flohmarkt zusammengesucht.

Cleo zwang sich ihre Aufmerksamkeit von der Einrichtung weg und hin zu der Frau zu richten. Mittlerweile hatte sie die Jacke ausgezogen und obwohl das Top locker um ihren Oberkörper fiel, konnte Cleo erkennen, dass sie eine schlanke Figur hatte. Sie musste etwa in ihrem Alter sein, auf keinen Fall älter als Mitte dreißig. Allgemein wirkte sie durchschnittlich, aber trotzdem war da etwas an ihr, das Cleos Blick fesselte.

Vielleicht lag es aber auch daran, dass sie bei einer Wildfremden in der Küche saß, die mit einem Tablett auf sie zukam und sich ihr gegenübersetzte. Und die dabei auch noch lächelte, als würde sie so etwas jeden Tag tun.

»Mein Name ist Kaliska«, sagte die Frau. »Die meisten sagen aber Kally. Mir wäre Kali lieber – mit einem langen A, wie die Hindu-Göttin, die auf ihrem toten Mann tanzt. Aber gut … wann bekommt man schon, was man will?« Sie zuckte mit den Schultern, ehe sie eine dampfende Tasse vor ihr abstellte.

Cleo verstand kein Wort.

Als sie schwieg, fragte die Frau nach: »Wie heißt du?«

»Cleo.« Ihr Name rutschte rau aus ihrer Kehle. Cleo schluckte und murmelte einen Dank hinterher, während sich ihre Hände um die Tasse legten. Die Wärme sickerte in ihre Fingerspitzen, als wären diese ein Schwamm. Sie hob den Blick und sah wieder zu ihrer Gastgeberin.

Kaliska war ein sehr ungewöhnlicher Name, aber er schien zu passen. So von nahem konnte sie erkennen, dass die Augen der anderen eine intensiv dunkelgrüne Färbung hatten. So etwas hatte sie noch nie zuvor gesehen.

»Milch oder Zucker?«, fragte Kally. Als Cleo den Kopf schüttelte, Kally fügte hinzu: »Da haben wir schon etwas gemeinsam. Das wird es später einfacher machen.«

»Wie meinst du das, später?«

»Wenn du hier lebst«, antwortete Kally, als wäre es das Normalste der Welt.

Für Cleo war es das nicht. Ganz und gar nicht. Sie lehnte sich so weit zurück, wie es die Kissen in ihrem Rücken zuließen, und wiederholte leise: »Hier leben?«

»Natürlich, deswegen hat Rupert dich hergebracht.« Kaliska nahm einen Schluck von ihrem Kaffee. »Du musst wissen, dieses Haus wurde von meinen Vorfahren erbaut und hat etwas Besonderes an sich. Aber erst seit ich hier wohne, ist es wie ein Magnet für … nun ja, Streuner wie dich.«

»Streuner?«, fragte Cleo, die Tasse auf halben Weg zu ihrem Mund in der Luft verharrend.

Kaliska strich sich einige Haarsträhnen hinter das Ohr, wobei die Armbänder an ihrem Handgelenk im warmen Licht der Lampen schimmerten.

»Ich weiß, das ist politisch nicht korrekt, aber ein besserer Begriff ist mir noch nicht eingefallen.«

»Aha …«

»Das Wichtigste für dich ist, dass du hier sicher bist und so lange bleiben kannst, wie du möchtest.«

»Ich habe aber kein Geld«, presste Cleo hervor. Sie stellte den Kaffee zurück auf den Tisch. Ihre Finger um den Henkel waren weiß, so fest hielt sie ihn. »Ich könnte eine verrückte Serienmörderin oder sonst jemand Gefährliches sein. Wie kannst du mir so einfach anbieten, hier zu leben?«

»Ach Süße«, sagte Kally und legte eine Hand auf Cleos Unterarm, so dass diese den Blick hob. Etwas … Dunkles lag in Kallys Blick, das Cleo eine Gänsehaut über den Rücken jagte. Kally fügte hinzu: »Glaub mir, du bist weder die verrückteste noch die gefährlichste Person hier im Haus.«

Langsam, ganz langsam, zog Cleo ihren Arm unter der Hand der anderen heraus. Sie sollte zusehen, dass sie von hier verschwand und so lange rennen, bis ihre Lunge kollabierte. Aber sie tat nichts dergleichen. Stattdessen bogen sich ihre Mundwinkel zu einem Grinsen nach oben.Es begann als leises Glucksen, weitete sich dann aber schnell zu hysterischem Gelächter aus. Tränen traten in ihre Augen, ihre Sicht verschwamm und Cleo lachte einfach weiter. Endlich hatten ihre Psychosen und die Wahnvorstellungen einmal einen angenehmen Nebeneffekt.

Kaliska schien ihr Gelächter nicht zu stören. Ganz im Gegenteil: Sie lehnte sich mit einem zufriedenen Ausdruck auf dem Gesicht zurück und nippte an ihrem Kaffee.

»Du weißt noch, wie man lacht. Prima, das wird helfen.« Sie stellte die Tasse ab und fügte hinzu: »Du musst mir nicht jetzt erzählen, warum oder wovor du auf der Flucht bist. Aber eines interessiert mich doch brennend.«

»Und das wäre?«, fragte Cleo und versuchte, sich zu

beruhigen.

»Knast oder Klapsmühle?«

Ihr Lachen wurde von einer Sekunde auf die andere im Keim erstickt. Cleo glaubte, sich verhört zu haben.

»Was?«

»Deine Handgelenke«, sagte Kally und deutete mit einem Kopfnicken in ihre Richtung. »Diese Abdrücke entstehen, wenn man sich gegen Handschellen gewehrt hat. Und da sich nie diejenigen mit Fesselfetisch zu mir verirren, frage ich dich: Bist du aus dem Knast oder der Klapse ausgebrochen?«

Mehrere Herzschläge war es still in der Küche. So still, dass Cleo sich einbildete, das Rauschen des Pazifiks hören zu können. Wahrscheinlich war es eher ihr Blut, das hektisch durch ihren Körper gepumpt wurde.

»Wenn ich es dir verrate«, sagte Cleo langsam und leckte sich über die Lippen, »wirst du dann die Polizei rufen?«

»Nein.« Die Antwort kam so schnell und entschieden, dass Cleo überrascht blinzelte. Mit einem Lächeln fügte Kally hinzu: »Ich weiß, dass du nicht gefährlich bist. Ich habe eine ziemlich gute Menschenkenntnis und außerdem hätte Rupert dich nicht hergebracht, wenn du eine Bedrohung darstellen würdest.«

»Rupert«, murmelte Cleo. Ihr wurde es heiß und kalt bei der Erinnerung an die penetrante Stimme, die sie so lange bedrängt hatte, zu diesem Haus zu gehen, bis sie nachgegeben hatte.

»Ja, Rupert. Er ist ein wenig speziell, aber liebenswert.« Kaliska neigte den Kopf zur Seite und es war fast so, als würde sich etwas an ihr verändern … aber Cleo konnte es nicht mit Worten beschreiben. Es war unheimlich und faszinierend zugleich.

»Also sag schon, von wo bist du ausgebüxt?«

Weil sie nichts mehr zu verlieren hatte, gab Cleo sich einen Ruck und sagte leise: »Aus einer psychiatrischen Einrichtung.«

»Welcher?«

»Einer in Sacramento.«

»Und dann bist du von dort bis hierher nach San Francisco gekommen?«, hakte Kaliska weiter nach.

Cleo senkte den Blick und zuckte mit den Schultern. Sie hoffte, dass das genug Zustimmung vermitteln würde, damit ihre Gastgeberin nicht weiter nachbohrte. Cleo war nicht bereit, im Detail über ihren Ausbruch und die Zeit danach zu sprechen. Vielleicht war sie das niemals.

Zu ihrem Glück beließ Kally es dabei und fragte stattdessen: »Nimmst du die Pillen noch, die sie dir gegeben haben?«

»Nein.«

»Sehr gut. Wir werden morgen sehen, ob du schon die Reste losgeworden bist. Manche dieser Chemikalien versauen einem die Aura noch Monate, nachdem man sie abgesetzt hat.«

»Okay«, murmelte Cleo gedehnt.

Kaliska zwinkerte ihr zu und trank von ihrem Kaffee. Cleo tat es ihr gleich, nahm einen Schluck und biss die Zähne zusammen, als sich ihr Magen schmerzhaft um die warme Flüssigkeit zusammenzog. Gleichzeitig gab er ein Gurgeln von sich, das laut in der Küche hallte.

Kally lachte vor sich hin. »Okay, ich muss nicht fragen, ob du Hunger hast.«

Sie stand auf, ging an einen großen Kühlschrank und stellte einen Teller in die Mikrowelle. Keiner sprach ein Wort, während das Gerät seine Arbeit tat. Als Kally die Klappe öffnete, strömte sofort ein herzhaft-warmer Duft zu Cleo herüber. Ihr Magen knurrte noch lauter als zuvor.

»Guten Appetit«, sagte Kaliska und stellte den Teller vor ihr ab. Es kostete Cleo viel Kraft, den Eintopf nicht ohne Sinn und Verstand in sich hinein zu schaufeln. Das Metall des Löffels grub sich tief in ihre Handfläche, so fest umklammerte sie den Stiel. Dennoch war ihre Kontrolle zu schwach und sie hatte den Teller innerhalb weniger Minuten geleert.

Kaliska beobachtete sie dabei. Seltsamerweise war das nicht unangenehm, auch wenn Cleo sich ihrer eigenartigen Gastgeberin stets bewusst war.

»Wohnst du hier ganz alleine?«

»Nein. June lebt auch noch hier, aber vor ihr wirst du deine Ruhe haben.«

»Warum?«, fragte Cleo. Sie leckte den Löffel ein letztes Mal ab und lehnte sich zurück in die Kissen. Eine warme Leichtigkeit hatte von ihrem Körper Besitz ergriffen, die sie schläfrig machte.

»Weil sie ihr Zimmer so gut wie nie verlässt«, antwortete Kaliska und seufzte. »Den Grund dafür soll sie dir selbst erzählen, das ist etwas komplizierter.«

»Ist sie auch eine Streunerin?«

»Sowas in der Art.«

Cleo wusste nicht, ob sie lachen oder Kaliska ebenfalls für verrückt halten sollte. Fakt war, dass sie noch nie – in ihrem ganzen Leben nicht – jemandem wie Kaliska über den Weg gelaufen war.

»Warum bist du so nett?«

»Ich bin nicht nett«, erwiderte Kally. Ihre Fingernägel klackten rhythmisch gegen die Tasse. »Nicht im eigentlichen Sinne. Die meisten würden behaupten, dass ich das pure Böse bin. Aber die meisten Leute haben auch den Verstand einer Amöbe, also ist ihr Urteil nicht sonderlich qualifiziert.«

»Okay«, murmelte Cleo. Wo eben noch Entspannung in ihr geherrscht hatte, fühlte sie nun Unbehagen.

Man musste es ihr wohl angesehen haben, denn Kally lächelte entschuldigend und sagte: »Du musst wirklich keine Angst vor mir haben. In diesem Haus bist du sicher, das schwöre ich dir.«

Cleo antwortete nichts darauf. Aus dem einfachen Grund, dass sie nicht wusste, was. Wahrscheinlich lag es an ihrem demolierten Verstand, dass sie nicht die Beine in die Hand nahm und rannte. Jeder normale Mensch hätte das getan, oder nicht?

Stattdessen sackten ihre Schultern hinunter, eine bleischwere Müdigkeit ergriff sie und sie gähnte hinter vorgehaltener Hand.

»Ich denke, da braucht jemand eine warme Dusche und ein Bett«, sagte Kaliska. »Ich zeig dir das Badezimmer und wo du schlafen kannst. Im Flur oben gibt es einen großen Schrank mit Wechselwäsche, da wird sicher auch etwas für dich dabei sein.«

»Danke«, murmelte Cleo.

»Keine Ursache. Komm, ich zeig dir alles.«

Kally erhob sich und Cleo folgte ihrem Beispiel. Sie gingen wieder in den schmalen Flur und eine Treppe hinauf. Jede zweite Stufe knarrte laut, als würde sie sich über die Benutzung beklagen. Die Vorstellung amüsierte Cleo.

Sie hatte sich entschieden.Eine Nacht würde sie hierbleiben. Nur eine, um sich zu erholen und dann weiterzuziehen. Cleo konnte es nicht riskieren, länger zu bleiben. Andernfalls würde Kaliska bemerken, was mit ihr nicht stimmte und doch noch die Polizei rufen.

Das durfte unter keinen Umständen passieren.

KAPITEL 3

Am nächsten Morgen bewegte sich Cleo durch das Obergeschoss, als wäre sie eine Einbrecherin.

Sie wusste, dass Kally im Erdgeschoss hantierte – sie konnte sie zur Radiomusik singen hören. Dennoch wollte Cleo keine Aufmerksamkeit auf sich ziehen. Noch nicht zumindest. Sie hatte sich noch nicht an den Gedanken gewöhnt, dass sie hier eine unverhoffte Verschnaufpause bekam.

Ein gemütlich eingerichtetes Zimmer mit Duftkerzen auf der Kommode statt vergitterten Fenstern und ein richtiges Bett, in dem sie ohne Angst durchschlafen konnte. Das war mehr, als sie in den letzten Wochen gehabt hatte.

Mit ihrem Rucksack in der Hand eilte sie ins Badezimmer, putzte sich die Zähne und steckte ihre gesamte Wäsche in die Waschmaschine. Während das Gerät gluckernd zum Leben erwachte, kramte Cleo im Unterschrank des Waschbeckens und fand kurz darauf das Gesuchte: Einen elektrischen Haarschneider

Sie strich ihre kurzen Locken zur Seite - die tatsächlich nach Benutzung der Spülung wieder ohne Knoten waren – und schnitt den Sidecut auf der rechten Seite nach.

Zufrieden mit dem Ergebnis, entsorgte Cleo die Haare und schlüpfte in die geborgte Kleidung. Die Jeans saßen ihr etwas zu locker an den Hüften und hatten eine eigenwillige Stickerei am rechten Bein, aber sie störte sich nicht daran. Das weiße Shirt saß gut und beides würde genügen, bis ihre eigenen Sachen trocken waren.

Cleo warf einen letzten Blick in den Spiegel und verließ das Badezimmer. Sie brachte ihren Rucksack zurück in das Gästezimmer und wollte gerade die Treppe hinunter, als sie im Zimmer nebenan Schritte hörte.

»Hey, du bist Cleo, nicht wahr?«, fragte eine Frauenstimme von drinnen. Mit heftig pochendem Herzen starrte Cleo auf die Tür, doch sie wurde nicht geöffnet.

»Ähm … ja«, antwortete sie schließlich.

»Freut mich, dich kennenzulernen.« Ein Lächeln lag in der Stimme. Sie hörte sich jung an. »Es ist schon eine Weile her, seit jemand Neues eingezogen ist. Mein Name ist Juniper, aber alle sagen June zu mir.«

»Hey June«, sagte Cleo langsam. Warum zum Teufel kam die andere nicht aus ihrem Zimmer?

»Ich weiß, was du fragen willst.« Ein tiefes Seufzen, dann: »Glaub mir, es ist besser so, wenn ich nicht rauskomme. Das hat nichts mit dir zu tun.«

»Okay«, murmelte Cleo gedehnt. Es war unheimlich, dass June ihre Gedanken erraten hatte. »Du wirst hier aber nicht irgendwie … gefangen gehalten?«

June lachte laut. »Nein, werde ich nicht. Kally versucht regelmäßig, mich dazu zu bringen, für länger als eine halbe Stunde herauszukommen. Sie droht sogar damit, das Haus anzuzünden, aber ich weiß, dass das nur ein Bluff ist. Sie liebt dieses Haus.«

Gegen ihren Willen musste Cleo grinsen. Auch Junes Stimme klang amüsiert, als sie sagte: »Jedenfalls freue ich mich, dass du nun auch hier wohnst. Du kannst immer zum Reden kommen, wenn du willst.«

»Danke.« Cleo verkniff es sich zu sagen, dass sie nicht bleiben würde. »Wir hören uns später.«

»Ja, bis dann.«

Kopfschüttelnd setzte sich Cleo in Bewegung und stieg die Treppe hinunter, die wie auch am Vorabend heftig knarzte. Wie zu erwarten blieb das im Untergeschoss nicht unbemerkt und als Cleo in die nach Zimt und Kaffee duftende Wohnküche trat, erwartete Kally sie bereits mit einem Lächeln.

An diesem Tag trug sie schwarze Röhrenjeans, ein blutrotes Top und hatte das Haar offen. Es reichte ihr bis zum Po und schimmerte im Licht der Sonne. Es erschien Cleo ungerecht, dass jemand schon so früh am Tag wie aus dem Ei gepellt aussah.

»Guten Morgen«, grüßte Kally und drückte ihr eine Kaffeetasse in die Hand. »Hast du gut geschlafen?«

»Ja, danke sehr.« Cleo schloss die Hände fester um die Tasse und folgte Kally zurück zur Küchenanrichte.

»Setz dich«, forderte Kally. »Dann bekommst du gleich eine Portion French Toast.«

»Du hättest dir für mich nicht so eine Mühe geben

müssen.«

»Süß, dass du denkst, ich mache den Aufwand für dich.« Kally lachte leise vor sich hin. »Ich bin eher so nett, dass ich dir etwas von meinem Frühstück übriglasse. Also setz dich hin, bevor ich es mir anders überlege.«

Etwas löste sich in Cleos Brust und sie zog die Mundwinkel nach oben, während sie zu der Sitzecke ging. Jetzt, wo die Sonne schien, malte das Licht in Verbindung mit den Buntglasfenstern ein Kaleidoskop aus Farben auf die Einrichtung. Es sah wunderschön aus und Cleo hätte das Lichtspiel stundenlang betrachten können.

Ihre Aufmerksamkeit wurde jedoch schnell von dem kleinen Berg aus French Toast beschlagnahmt, den Kally vor ihr abstellte. Der buttrig-zuckrige Duft, gepaart mit einem Hauch Zimt, stieg Cleo regelrecht zu Kopf. Speichel sammelte sich in ihrem Mund. Sie griff nach dem Besteck, schnitt eine kleine Ecke ab und schob sie sich in den Mund.

»O mein Gott«, entwich es ihr undeutlich, ehe sie kaute. Wenn es etwas wie Ambrosia gab, dann schmeckte es sicher genau so.

Kally ihr gegenüber lachte. »Ich freue mich, dass du mein Opfer zu würdigen weißt.«

»Das ist unglaublich lecker«, sagte Cleo zwischen zwei Bissen. Ihr Entschluss, sich noch am Abend aus dem Staub zu machen, geriet ins Wanken. Vollkommen lächerlich, aber während sie ihr Frühstück mit mehr Eile als höflich gewesen wäre verspeiste, wollte sie sich selbst dazu überreden, Kallys Gastfreundschaft länger in Anspruch zu nehmen.

Bis zu dem Moment, als Cleo fertig war und nach ihrem Kaffee griff. Kally musterte sie eingehend und fragte: »Hast du Hexen oder Schamane in deiner Ahnenreihe?«

Cleo erstarrte. Nur ihre Augen suchten Kallys dunkelgrünen Blick. »Was?«

»Oder jemanden mit sonst wie gearteten paranormalen Fähigkeiten?«

»Ich weiß nicht, von was du sprichst«, sagte Cleo dünn. Ihr Magen zog sich bei Kallys Worten zusammen und sie fürchtete, sich übergeben zu müssen.

Natürlich war das hier alles zu schön, um wahr zu sein. Sie hätte nicht hierherkommen, nicht Kallys Einladung annehmen sollen. Stattdessen wäre sie besser daran gewesen, weiter über die Landstraße zu streunen. Ob ein Monat mehr oder weniger, was machte das schon?

Sie musste nur irgendwo einen Ort finden, an dem sie sicher war.Obwohl Cleo tief in ihrem Herzen wusste, dass es diesen nicht gab. Nicht geben konnte.

Der Knoten in ihrer Brust verhärtete sich, als Kally sich vorbeugte und mit einem kleinen Lächeln fragte: »Du hörst Stimmen, nicht wahr? Deswegen hat man dich in die Psychiatrie eingeliefert.«

»Wie kommst du darauf?«, konterte Cleo.

»Weil ich weiß, dass du dir die Stimmen nicht einbildest. Sie sind nicht nur in deinem Kopf, sondern real. Das Verzwickte an der Sache ist, dass nur sehr wenige

Menschen die Fähigkeit haben, sie wahrzunehmen.« Kally lehnte sich zurück, machte eine ausschweifende Handbewegung und sagte: »Et voilà, du und die anderen mit der Begabung werden für verrückt erklärt, mit Medikamenten vollgepumpt und weggesperrt.«

Cleo starrte Kally einfach nur an, weil sie nicht begreifen konnte, was sie ihr da gerade gesagt hatte. Die Ärzte hatten Cleo eine schwere Psychose inklusive Wahnvorstellungen nachgewiesen. Das sollte eine Fehldiagnose sein? Wie konnte Kally sich da so sicher sein?Und machte sie das das nicht genauso verrückt wie Cleo selbst?

»Komm schon«, sagte Kally nun sanfter. »Ich habe dir versprochen, dass ich nicht die Polizei oder sonst wen rufe. Du kannst mir vertrauen.«

»Ach ja?«, fragte Cleo. Ihre Stimme klang selbst in ihren eigenen Ohren schwach und viel zu hoch.

»Ja.«

»Warum bist du dir so sicher, was mich angeht? Hörst du auch diese Stimmen?«

»Nicht nur, es ist komplizierter.«

»Dann erkläre es mir«, forderte Cleo.

Kally seufzte tief, als würde sie eine schwere Bürde tragen. »Willst du das wirklich?«

»Ja, will ich.«

»Sicher? Ich warne dich ausdrücklich vor.«

Cleo nickte entschieden. »Ich bin mir sicher.«

»Na schön, ich zeige es dir. Aber anschließend musst du mir meine Frage beantworten, ja?«

»Ja«, sagte Cleo entschieden.

Kallys Augen wirkten mit einem Mal müde. »Tu dir bitte nicht weh, wenn du gleich wegrennst.«

»Ich werde nicht –«

Weiter kam Cleo in ihrer Aussage nicht. Sie vergaß sogar den Rest des Satzes, als etwas mit Kally geschah. Sie verwandelte sich in kein Monster oder änderte sonst ihre Gestalt, aber doch machte sie eine Veränderung durch. Es war eher ein Gefühl als ein Anblick: Dicke, zähe Schwärze schien von ihr auszugehen, wie langsame Wellen.

Diese Schwärze legte sich über Cleos Körper, drang in ihre Haut ein und versuchte, in ihre Seele zu kriechen. Kälte erfasste sie, aber gleichzeitig auch eine gespenstische Ruhe. Wie gebannt starrte Cleo in die Augen der anderen Frau, deren Grün von ebendieser Dunkelheit verschlungen worden war.

»Bemerkenswert«, wisperte Kally, doch das Wort klang laut wie ein Donnerhall in Cleos Kopf. »Du rennst ja gar nicht.«

Cleo wollte etwas sagen, antworten, aber ihre Stimme gehorchte ihr nicht. Genau so wenig wie ihr restlicher Körper. Alles, was sie tun konnte, war wie erstarrt dazusitzen und zuzusehen, wie dieses … Etwas wieder aus Kallys Augen und ihrer Aura verschwand und dabei die Kälte mit sich nahm.

Einen Herzschlag später war der Spuk vorbei und ihr gegenüber saß wieder die Frau, die sie ohne zu zögern in ihr Heim aufgenommen hatte. Der Unterschied zwischen Tag und Nacht wäre nicht gravierender gewesen.

»Was war das?«, fragte Cleo und leckte sich über die

Lippen. »Wie hast du das gemacht?«

»Nein«, sagte Kally bestimmt und ließ Cleo zusammenzucken. »Du hast versprochen, mir meine Fragen zu beantworten, wenn ich es dir zeige. Von erklären ist nicht die Rede gewesen. Jetzt bist du dran, mir zu antworten.«

Cleo schluckte, ihre Kehle fühlte sich rau an, als hätte sie lange geschrien. Daher waren ihre Worte leise, als sie sagte: »Ich … es gibt keine Hexen in meiner Ahnenreihe. Zumindest nicht, dass ich davon wüsste.«

»Auch keine weißen Frauen, Schamane oder Voodoo-Priester? Hexer?«

Cleo schüttelte den Kopf.

»Hm«, machte Kally und tippte sich mit dem Finger ans Kinn, ihr Blick konzentriert auf Cleo gerichtet. Es war offensichtlich, dass sie angestrengt nachdachte. Worüber, das traute sich Cleo nicht zu fragen.

»Hattest du einmal ein Nahtod-Erlebnis?«

Ein heiß-kaltes Prickeln lief über Cleos Rücken. Kally musste ihr das Unbehagen ansehen, denn ihre Stimme klang sanft, als sie weiter fragte: »Du bist einmal für einen Moment tot gewesen, nicht wahr? Man hat dich reanimieren müssen.«

»Wie kommst du darauf?«, fragte Cleo, doch Kally hob nur eine Augenbraue. »Glaub mir, ich mag kritische Leute, aber du übertreibst es. Keine Gegenfragen mehr, in Ordnung?«

Cleo nickte langsam, dann senkte sie den Blick auf ihre Tasse. Der Kaffee darin war bereits kalt geworden.

»Es war vor fünf Jahren. Ich war mit meiner besten

Freundin zum Schnorcheln in Mexiko. Dabei habe ich mir den Fuß im Riff eingeklemmt und … ich konnte nicht mehr … ich …«

Krampfhaft sog Cleo Luft in ihre Lungen und ballte ihre Hände so fest zu Fäusten, dass ihre Nägel in ihre Handballen schnitten. Sie war hier, an Land und konnte ohne Probleme atmen.

Mit heftig pochendem Herzen fuhr sie fort: »Ich kam nicht mehr an die Wasseroberfläche und dann wurde alles schwarz um mich. Das nächste, was ich weiß, ist wie ich in einem Krankenzimmer wach geworden bin. Ich hatte Schnittwunden am Bein und drei gebrochene Rippen von der Herz-Lungen-Massage.«

»Wann hast du angefangen, die Stimmen zu hören?«

»Noch am selben Tag, das ist mir aber erst im Nachhinein bewusst geworden. Ich dachte, ich hätte sie mir wegen der starken Schmerzmittel nur eingebildet.« Cleo lachte leise, es hörte sich kalt an. »Dass das nicht so war, habe ich zwei Wochen später begriffen, als ich wieder Zuhause war und sie immer noch gehört habe.«

»Lass mich raten«, forderte Kally und seufzte. »Du hast versucht, es am Anfang zu ignorieren und als es dann schlimmer wurde, hast du anderen davon erzählt. Die haben dir erst eine posttraumatische Belastungsstörung angedichtet und dann, als du nicht aufgehört hast von den Stimmen zu sprechen, so etwas wie eine Schizophrenie.«

Cleo nickte, ihr Kopf fühlte sich dabei an wie mit Watte gefüllt. »Du weißt etwas darüber, nicht wahr? Bitte … Ich habe dir alle deine Fragen beantwortet.

Sag mir, was du über diese Störung weißt.«

»Dass es keine ist«, erklärte Kally, ihr dunkelgrüner Blick eine Mischung aus Amüsement und Resignation. »Es ist eine Gabe oder ein Fluch, je nach dem, wie man es sehen will. Ich habe dir bereits gesagt, dass nur wenige Menschen sie besitzen.«

»Und was genau?«

»Die Fähigkeit, mit den Toten in Kontakt zu treten.«

Ein hartes Lachen schlüpfte aus Cleos Kehle und sie sagte: »Du willst mich verarschen.«

»Ich wünschte, das würde ich. Aber nein, es ist mein bitterer Ernst. Die ausgeprägteste Form ist wohl die Nekromantie, aber bis dorthin gibt es unzählige Abstufungen. Du scheinst die Toten nur hören, aber nicht sehen zu können.«

»Wie soll das möglich sein?«, fragte Cleo.

»Durch deine Nahtod-Erfahrung. Dadurch hast du eine Verbindung zum Totenreich geknüpft. Vielleicht war irgendwo in deiner Ahnenreihe mal jemand, der magisches Talent hatte. Diese latente Veranlagung begünstigt solche Prozesse.«

Kally klang so ruhig, so selbstsicher, dass es in Cleos Hirn sogar Sinn ergab. Sie ertappte sich dabei, wie sie diese Erklärung glauben wollte. Es hörte sich so viel besser an, einen Draht zu toten Seelen zu haben, als eine psychische Störung.

Etwas klickte in Cleos Verstand und sie fragte: »Also habe ich mir diesen Rupert nicht eingebildet?«

»Nein, hast du nicht.«

»Du kannst ihn auch hören?«

»Nicht nur das. Im Gegensatz zu dir kann ich ihn auch sehen und noch einiges mehr. Ich weiß nicht, ob das besser oder schlechter ist.«

Cleo nickte langsam, obwohl sie es nicht verstand. Sie konnte so vieles nicht begreifen, doch daran war sie gewöhnt. Gleichzeitig wollte sie Kally noch immer glauben, denn ihre Worte hörten sich so viel tröstlichen an, als die Diagnosen der Ärzte.

»Das, was du da vorhin gemacht hast«, sagte Cleo langsam, ihr Blick fest auf Kally gerichtet, »ist das deine … Gabe?«

»Ein Teil davon, ja.«

»Dann bist du eine Hexe?«

»Auch«, antwortete Kally und lächelte langsam. »Ich verspreche dir, dass ich es dir noch genau erkläre, aber dafür ist es jetzt eindeutig zu früh. Du siehst so aus, als könntest du jetzt schon nicht mehr verkraften.«

Cleo nickte. »Du scheinst dich mit Leuten wie mir auszukennen.«

»Tue ich«, erwiderte Kally. »Frag mich nicht, wie es funktioniert – da bin ich selbst noch nicht dahinter gekommen – aber Leute wie du finden mich. Ich helfe ihnen, mit ihren Fähigkeiten zurecht zu kommen und wenn sie nach ein paar Wochen oder einem Monat soweit sind, ziehen sie wieder aus.«

»Wie lange ist June schon hier?«, fragte Cleo, von einer unbestimmten Neugier erfüllt.

»Drei Monate und nein, ich werde dir nicht verraten, was ihre Gabe ist.« Die letzten Worte hatte Kally mit einem Grinsen auf den Lippen gesprochen. Sie wollte noch etwas hinzufügen, doch da ertönte das Geräusch von Schritten auf Kies.

Cleo zuckte zusammen und hätte um ein Haar ihren Kaffee verschüttet. Kally hingegen grinste nur breiter, stand auf und ging zur Kaffeemaschine. Über ihre Schulter hinweg sagte sie: »Ich hoffe, du fühlst dich fit genug für Besuch.«

Besuch?, hallte es in Cleos Kopf wider.

Panik machte sich in ihr breit, als die Hintertür sich mit einem leisen Knarren öffnete.

KAPITEL 4

»Hey Kally, bist du schon …«

Mitten im Satz brach Logan ab und sah zu der fremden Frau, die in Kallys Frühstücksecke saß. Sie starrte ihn erschrocken an, ihre Augen hatten eine so intensiv blaue Färbung, wie er sie zuvor noch nie gesehen hatte. Royalblau, so hieß die Farbe.

»Guten Morgen Logan«, sagte Kally neben ihm. Nur mit Mühe konnte Logan seinen Blick von der Fremden abwenden und sah seine Nachbarin an. Diese reichte ihm eine dampfende Tasse, aus der ihm nicht nur der Duft nach Kaffee, sondern auch ein Hauch Zimt entgegen stieg.

»Morgen«, murmelte er und warf wieder einen Blick zur Frühstücksecke. »Ich wollte nicht stören.«

»Tust du nicht.« Kally hakte sich bei ihm unter und zog ihn mit sich zu der Fremden. Diese sah ihn noch immer mit geweiteten Augen, als wäre er der Leibhaftige. Für einen bangen Moment überlegte Logan, ob er vergessen hatte, sich ordentlich anzuziehen. Er warf sogar einen schnellen Blick an sich hinunter, doch sein weißes T-Shirt und die Jeans sahen normal aus.

»Du kannst dich gerne zu uns setzen«, sprach Kally weiter, ohne seine Unsicherheit zu bemerken. Sie schenkte sich und der Frau Kaffee nach und sagte dabei: »Das ist Cleo, meine neue Mitbewohnerin. Cleo, das ist Logan. Er wohnt die Straße runter und ist ein guter Freund.«

»Autsch«, murmelte Logan mit einem schiefen Grinsen. »Musstest du das so betonen?«

»Was, dass wir Nachbarn sind?«

»Nein, dass ich ein guter Freund bin.«

Kally grinste durchtrieben und fragte charmant: »Was ist daran denn so verkehrt?«

»Vergiss es«, murmelte Logan. Er setzte sich neben Kally und sah wieder zu der Frau mit den blauen Augen.

Cleo.

Der Name passte perfekt zu ihr, auch wenn er nicht sagen konnte, warum. Ihr Gesicht war feingeschnitten, mit hohen Wangenknochen, was durch ihre kurzen Locken und den Sidecut betont wurde. Logan musste sich zwingen, sie nicht anzustarren. Vor allem, bevor Kally es noch bemerkte.

»Hallo«, sagte Cleo und versuchte sich an einem Lächeln. »Freut mich, dich kennenzulernen.«

Tut es nicht, dachte Logan mit einer gewissen Resignation. Laut sagte er: »Ganz meinerseits. Du bist gestern Abend eingezogen?«

Ihre Augenbrauen zogen sich zusammen. »Woher weißt du das?«

»Weil Kally es sonst sicher erwähnt hätte, als wir uns

gestern gesehen haben. Nicht wahr?« Die Frage stellte er an die Frau an seiner Seite, die sogleich nickte.

»Du musst wissen«, sagte Kally, »dass Logan und ich hin und wieder geschäftlich miteinander zu tun haben.«

Mehr als ein schwaches »Aha« kam nicht von Cleo. Dafür nippte sie an ihrem Kaffee, noch immer den Blick auf ihn gerichtet, als würde sie auf etwas warten. Darauf, dass er etwas tat.

Moment, schoss es Logan durch den Kopf. Hat sie etwa Angst vor mir?

Weil er den Gedanken nicht ertragen konnte – schon allein deswegen, weil er sich ein wenig beleidigt fühlte – fragte er direkt: »Ist alles in Ordnung?«

»Warum denn nicht?«, fragte Cleo dünn.

»Weil du mich so anschaust, als wäre ich ein durchgeknallter Serienmörder, der dich in seinen gekachelten Keller verschleppen will. Was ich nicht vorhabe, ganz sicher nicht.«

Kally neben ihm gluckste und sagte: »Obwohl du tatsächlich die meiste Zeit in gekachelten Räumen verbringst.«

»Du bist nicht hilfreich«, brummte Logan.

»Dafür aber liebenswert, nicht wahr?«

»Hättest du wohl gerne«, erwiderte er mit einem Schnauben.

Kally lachte nur. Er wäre ihr böse gewesen, wenn nicht auch Cleo ein verhaltenes Lächeln gezeigt hätte. Dieses vertiefte sich noch, als sie sagte: »Tut mir leid. Ich bin sehr misstrauisch.«

»Bei Logan völlig zu Unrecht«, sagte Kally. Dabei tätschelte sie seine Schulter, als wäre er ein braver Hund. Logan ignorierte sie und konzentrierte sich weiter auf Cleo. Ihre Schultern hatten sich entspannt und der wachsame Ausdruck war aus ihrem Gesicht verschwunden.

»Wie lief es gestern Abend noch?«, erkundigte sich Kally.

»Wir haben aufgeräumt und sind gegangen.« Logan zuckte mit den Schultern. »Es gab ja nicht viele Zeugen, außer dem Wärter, von daher war die Arbeit von Darlas Team schnell erledigt.«

»Habt ihr schon neue Hinweise?«

Logan schüttelte mit einem Grinsen den Kopf. »Du weißt doch, dass ich zu laufenden Ermittlungen nichts sagen darf.«

»Ach, vergiss die Regeln«, forderte Kally. In ihren Augen blitzte es. »Jetzt sag schon. Cleo und ich verpfeifen dich auch nicht, nicht wahr?« Dabei sah sie zu Cleo hinüber, deren Mimik sich bereits wieder versteinert hatte.

Na ganz toll.

»Bist du Polizist?«, fragte sie langsam. Fast schon lauernd.

»Nein. Ich bin Assistenz der Gerichtsmedizin.«

Cleo lehnte sich minimal zurück. »Du arbeitest mit Toten?«

»Ja.« Logan seufzte innerlich. Er mochte seine Arbeit, auch wenn ihm das kaum einer glaubte – außer Kally und seine Kollegen vielleicht. Alle anderen reagierten mit Ekel, Besorgnis oder dummen Sprüchen. Cleo hingegen, das zeigte sich gerade, ließ keine Gefühlsregung erkennen. Stattdessen huschte ihr Blick zu Kally, als würde sie eine Frage stellen.

Wie diese lautete, würde Logan jedoch nie erfahren, denn Kally suchte sich genau diesen Moment aus, um das Thema zu wechseln. Sie verwickelte ihn in ein Gespräch über die Halloween-Streiche, die in der Nachbarschaft verübt worden waren.

Logan beteiligte sich zwar daran, warf aber immer wieder einen Blick aus dem Augenwinkel zu Kallys neuer Mitbewohnerin. Cleo verfolgte ihre Unterhaltung, brachte sich aber selbst nicht mit ein. Logan hatte schon mehrere von Kallys Streunern kennengelernt, aber noch niemand war so gewesen wie Cleo.

Weil er neugierig war, fragte er sie, bevor es Zeit zum Gehen war: »Wie lange willst du in der Stadt bleiben?«

»Ich … ich weiß es noch nicht.« Cleos Augen huschten zu Kally.

»Ich habe dir schon gesagt, dass du so lange hier wohnen kannst, wie du willst.«

Cleo murmelte leise ihre Zustimmung und Kally fügte hinzu: »Wenn du dich ein wenig eingelebt hast, dann solltest du dir von Logan die Stadt zeigen lassen. Das würdest du doch gerne machen, oder?« Erwartungsvoll sah Kally ihn an und Logan beeilte sich, zu nicken.

»Das würde ich gerne«, sagte er und versuchte, so harmlos wie möglich auszusehen. »Da gibt es d-«

»Nein«, fiel Cleo ihm ins Wort. Der Ausdruck in ihren blauen Augen war hart geworden und ihr Mund formte sich zu einer geraden Linie.

Wow, so deutlich hatte er noch keinen Korb bekommen. Selbst Mary-Lou Springsteen in der Highschool war diplomatischer gewesen, als er sie auf den Abschlussball eingeladen hatte. Wie naiv er damals gewesen war zu glauben, dass sich das hübscheste Mädchen der Schule mit dem dürren Nerd sehen lassen würde.

»Ähm … okay«, sagte er langsam. Er sah zu Kally, die leicht mit den Schultern zuckte.

»Dann sehen wir uns sicher so mal wieder«, fügte Logan lahm hinzu, ehe er sich verabschiedete und die Wohnküche verließ. Er ging durch den Garten und als er nicht mehr in Sichtweite der Küche war, schlug er sich vor die Stirn.

Bravo Mr. Doyle, das hast du super hinbekommen.

Den Blick starr auf die Tischplatte gerichtet, versuchte Cleo, den Cocktail aus Zorn und Sorge in ihrem Inneren zu ignorieren. Es klappte nur leider nicht besonders gut. Ihr ohnehin dünnes Nervenkostüm stand kurz davor, zu zerreißen. Die Situation wurde auch dadurch nicht besser, dass sie fühlen konnte, wie Kally sie intensiv ansah.

»Es liegt mir fern, mich einzumischen«, murmelte die andere, »aber irgendwie tut Logan mir jetzt leid.«

»Warum?«, fragte Cleo lauernd und sah Kally in die Augen.

»Weil du ihn abgekanzelt hast wie irgendeinen Widerling in einer Bar.«

»Ach ja? Was bist du, eine kranke Kupplerin?«

»Nein, bin ich nicht«, antwortete Kally langsam. »Aber Logan ist einer von den Guten.«

»Ja, natürlich«, höhnte Cleo. Die Wut kochte höher und höher in ihrer Brust. »Gehörst du auch zu der Sorte, die denken, dass Frauen wie Automaten funktionieren, in die man Freundlichkeitsmünzen steckt, bis Sex unten rausfällt?!«

Kally lehnte sich zurück und verschränkte die Arme vor der Brust. »So habe ich das nicht gemeint. Ich bin die letzte, die sich Machospielchen gefallen lässt.«

»Was wolltest du mir also sagen?«

»Nichts«, erwiderte Kally so nonchalant, als hätten sie eben nicht die Stimmen erhoben. Sie zuckte sogar mit den Schultern, was Cleo ihr nicht abkaufte. Ganz im Gegenteil, es machte sie nur noch wütender.

Sie presste die Zähne zusammen, doch der Druck in ihr wurde immer unerträglicher. Bis sie die Worte nicht mehr aufhalten konnte.

»Weißt du was?! Ich habe die Schnauze gestrichen voll von Männern!«, platzte es aus ihr heraus. »Meinem Ex habe ich zu verdanken, dass ich fast zwei Jahre meines Lebens festgezurrt auf einer Liege und mit Drogen vollgepumpt verbracht habe!« Bei den letzten Worten brach Cleos Stimme. Sie hasste es, wenn ihr vor lauter Ärger die Tränen kamen. Es ließ sie schwach wirken in einem Moment, in dem sie ohne zu zögern einen Mord begehen könnte.

Aber was beinahe noch schlimmer war, war der mitfühlende Ausdruck, den sie in Kallys Augen erkannte. Sie wollte kein Mitleid, brauchte es nicht! Und sie brauchte auch verdammt nochmal keine Almosen!

Mit einem Knurren rutschte sie von der Sitzbank, verließ die Küche und rannte ins Obergeschoss. Cleo ignorierte Junes Frage, was denn los sei, ging ins Badezimmer und riss die Klappe der Waschmaschine auf. Sie wrang die Kleidung notdürftig aus und stopfte sie in ihren Rucksack. Irgendwie würde sie die schon noch trocken bekommen.

Hauptsache, sie kam so schnell wie möglich aus diesem Irrenhaus. Sie hätte sich von ihren Wahnvorstellungen nie, niemals dazu überreden lassen sollen, hierher zu kommen!

Diesen Fehler würde sie nicht noch einmal machen, das schwor sie sich, während sie zurück ins Erdgeschoss lief. Ohne zu zögern, einen Blick zurückzuwerfen oder noch ein Wort an Kally zu richten, verließ sie das Haus und floh hinaus auf die Straße.

Die Sohlen ihrer Turnschuhe klatschten laut auf dem Asphalt, als sie den Hügel hinunterlief. In irgendeinem Park würde sie ihre Klamotten zum Trocknen auslegen und dann entscheiden, was sie als nächstes tun würde. Vielleicht würde bis dahin auch dieses ätzende Gefühl in ihrer Brust verschwinden.

Das Gefühl von Wut.

Von Verlust.

Von Einsamkeit.

Hektisch wischte sich Cleo über die Wangen, doch es kamen immer neue Tränen.

KAPITEL 5

»Wow«, sagte Kally in die leere Küche hinein. »Das ist mal scheiße gelaufen.«

Mit einem Seufzen stand sie auf und räumte den Tisch ab. Sie hatte schon einige Leute hier aufgenommen, die Probleme gehabt hatten, aber selbst in diesem Kontext war Cleos Reaktion heftig gewesen. In ihr musste einiges mehr zerbrochen sein, als Kally auf den ersten Blick vermutet hatte.

Für einen Moment überlegte sie, ob sie ihr hinterher gehen sollte, entschied sich dann aber dagegen. Sie konnte niemanden zwingen, hier zu leben. Dennoch grübelte Kally weiter über Cleo, als sie sich auf den Weg ins Obergeschoss machte. Nur, um dort eine Überraschung zu erleben.

»Wo ist Cleo hin?«

Kally drehte sich um und blinzelte ein paar Mal, um sicherzugehen, nicht einem Trugbild aufzusitzen. Doch auch nach mehreren Herzschlägen sah sie noch immer die junge Rothaarige, die sich halb hinter der Zimmertür verbarg.

»Hey June«, grüßte Kally gutgelaunt. Ihre Freude

darüber, dass ihre Mitbewohnerin sich mal zeigte, verschwand jedoch, als sie sich wieder an deren Frage erinnerte. »Sie ist abgehauen.«

»Warum denn das?«, hakte June nach, die Brauen über den Augen zusammengezogen.

»Ich bin mir nicht ganz sicher.« Kally zuckte mit den Schultern. Dann erzählte sie, was mit Logan vorgefallen war.

Junes Mund verzog sich zu einem freudlosen Lächeln. »Sie scheint große Probleme mit sich herumzutragen, wenn sie selbst Logan ankeift.«

»Das denke ich auch. Es scheint kompliziert bei ihr zu sein.«

»Glaubst du, dass sie wieder zurückkommt?«

»Ich weiß es nicht«, antwortete Kally ehrlich.

Es gab Mittel und Wege, das herauszufinden oder auch Cleos Handlungen entsprechend zu beeinflussen, aber davon ließ Kally lieber die Finger. Das letzte Mal, als sie mit dem freien Willen Lebender herumgespielt hatte, war das nicht gut ausgegangen. Ganz zu schweigen von dem, was ihr Cousin Leon alles anstellte. Er diente der ganzen Familie als abschreckendes Beispiel.

Allerdings gab es da noch eine andere Möglichkeit.

»Wünschst du dir nicht, dass sie wieder zurück kommt?«, fragte Kally.

»Nein«, erwiderte June sofort, die Stimme hart. Es erinnerte Kally an Cleos Ablehnung von vorhin.

»Schade.« Kally lächelte und neigte den Kopf zur Seite. »Kommst du heute auch noch ganz heraus?«

»Lieber nicht.« June schüttelte den Kopf, zog sich zurück und schloss langsam die Tür. Kurz darauf war leise Musik zu hören.

Kally seufzte tief und ging in Cleos Zimmer, um dort das Bett zu machen. Noch immer kreisten ihre Gedanken um die junge Frau. Es war offensichtlich, dass sie Hilfe brauchte, um sich mit ihren Fähigkeiten zurechtzufinden. Gleichzeitig war das nicht ihre einzige Baustelle.

»Vielleicht hat Grandpa recht«, murmelte Kally, als sie fertig war und zurück ins Erdgeschoss ging. »Vielleicht sollte ich aufhören, ständig neue Streuner aufzunehmen.«

Andererseits war der Alte ein unverbesserlicher Griesgram und Eigenbrötler. Wenn er hundert Worte am Tag sprach, war das schon ein Rekord für ihn. Kally hingegen unterhielt sich gerne, egal mit wem. Ihr Großvater hatte schon vor Jahren die Theorie aufgestellt, dass sie deswegen einen so guten Draht zu Toten hatte, weil ihr die Lebenden zum Plaudern nicht ausreichten.

Amüsiert von diesem Gedanken ging Kally in die Küche, notierte sich dort, dass sie ihren Grandpa mal wieder besuchen musste, und schnappte sich anschließend die Gartenhandschuhe. Das Haar zu einem Knoten gebunden, kniete sie wenige Augenblicke später in einem der terrassenartig angelegten Kräuterbeete und zupfte Unkraut.

Lange alleine blieb sie dabei nicht, doch es war nicht Cleo, die wieder zurückkam.

»Kaliska«, hörte sie eine bekannte Stimme und hob

den Kopf. Vor dem blauen Herbsthimmel hob sich ein untersetzter Mann Ende fünfzig mit Glatze und grauem Schnauzbart ab.

Kally ließ sich auf die Hacken zurücksinken und erwiderte sein Lächeln. »Guten Morgen Rupert.«

»Wie macht sich die junge Dame, die ich zu dir gebracht habe?«

»Nicht so gut«, antwortete Kally und seufzte. »Sie ist vorhin wieder gegangen.«

Überrascht weiteten sich Ruperts Augen. »Warum denn das?«

»So genau weiß ich das auch nicht.«

»Sie sollte nicht alleine da draußen sein«, sagte Rupert und runzelte die Stirn. Er wirkte ehrlich besorgt. »Du musst ihr helfen, ihre Gabe besser zu verstehen.«

»Ich weiß, aber sie kann meine Hilfe im Moment wohl noch nicht annehmen.«

»Soll ich sie wieder herholen?«

»Nein«, erwiderte Kally. »Wir sollten sie nicht zwingen. Sie wird entweder von alleine zurückkehren oder sich weiter selbst durchschlagen.«

»Sie braucht aber unsere Hilfe«, beharrte Rupert. Dabei verschränkte er die Arme vor der Brust und sah dabei so selbstgerecht aus, dass Kally lachen musste.

Grinsend wandte sie sich wieder dem Kräuterbeet zu und sagte: »Du bist so verdammt stur. Kein Wunder, dass du hiergeblieben bist.«

»Ich kann noch immer Gutes tun.«

»Natürlich kannst du das. Aber auch du musst akzeptieren, dass man manche Dinge nicht beeinflussen kann.«

»Hmpf«, schnaubte Rupert. Er sah so unzufrieden aus, dass Kally sich ein erneutes Lachen verkneifen musste. Bis ihr ein Gedanke kam.

»Apropos, Herr Meisterdetektiv«, sagte Kally und erhob sich. Ihre Erheiterung war verschwunden, als sie fragte: »Hast du schon eine Spur zu dem Seelenspringer?«

Rupert seufzte tief. »Nein, leider nicht. Du hast mir aber auch wenig Anhaltspunkte gegeben.«

»Ich habe leider nicht mehr«, murmelte Kally. Sie würde ihrem Freund garantiert keine Details aus ihrem verkorksten Sexleben erzählen. Es war schlimm genug, dass sie sich regelmäßig mit diesen fremden Männern einließ, die doch alle derselbe waren.

»Hast du ihn in den letzten Wochen gesehen?«, hakte Rupert nach und holte sie in die Gegenwart zurück.

Kally schüttelte den Kopf. »Nein, habe ich nicht.«

»Das ist ungewöhnlich, oder?«

»Ist es«, antwortete sie. Frust sammelte sich in ihrer Brust und sie ballte die Hände zu Fäusten. Sie wusste, dass sie froh darüber sein sollte, ihn los zu sein, aber das Gegenteil war der Fall.

»Keine Sorge Kaliska«, sagte Rupert und legte eine Hand auf ihre Schulter. Sie fühlte sich kühl an und hatte weniger Gewicht, als es bei einem Lebenden der Fall gewesen wäre. Obwohl ein Hauch von Tod an der Berührung haftete, fühlte Kally auch die guten Absichten, die hinter der Geste standen.

Sie lächelte schief, als Rupert hinzufügte: »Wir werden ihn schon finden.«

»Natürlich werden wir das.«

»Und die junge Cleo kommt auch wieder hierher zurück.«

»Rupert«, sagte Kally warnend, doch der tote Detektiv seufzte und antwortete: »Ich mische mich nicht ein, versprochen. Nenn es eine Vorahnung.«

»Dann hoffen wir mal, dass du recht behältst.«

»Ich behalte immer recht«, sagte Rupert mit einem Grinsen, zwinkerte ihr zu und verblasste langsam. Wenige Herzschläge später war Kally wieder allein. Es würde sich zeigen, wie lange das der Fall sein würde.

KAPITEL 6

Der Tag zog wie in einem Nebel an Cleo vorbei. Gleichzeitig schien das Schicksal ihr den imaginären Mittelfinger zu zeigen, in dem es sie mit blauem Himmel und Sonnenschein verhöhnte. Immerhin hatte sie es so geschafft, ihre Kleidung zu trocknen, die nun zerknittert, aber sauber, in ihrem Rucksack steckte.

Viel mehr hatte sie nicht geschafft. Sie war am Bahnhof gewesen, war aber in keinen Zug und keinen Bus eingestiegen. Sie war am Hafen gewesen, hatte aber keinen Fuß auf eine Fähre gesetzt. Cleo war schon öfter schwarz gefahren, doch daran lag ihr Zögern nicht. Es war beinahe so, als würde eine unsichtbare Kraft sie daran hindern, die Stadt zu verlassen.

So kam es, dass sie kurz nach Einbruch der Dunkelheit noch immer durch die Innenstadt streifte. Um sie herum unzählige Menschen, die alle ein so herrlich normales Leben zu führen schienen. Von ihnen musste sich sicher niemand Gedanken darüber machen, wo er oder sie in der Nacht schlief oder ob irgendwer sie erkannte und zurück in die Irrenanstalt brachte.

Bei diesem Gedanken schauerte es Cleo und sie

schlang die Arme um ihren Körper. Den Kopf gesenkt, bemüht an nichts zu denken, trottete sie weiter. Wohin, das wusste sie nicht. Sie war auf einem Weg ohne Ziel – was für eine grandiose Metapher für ihr Leben.

Immer wieder ertappte sich Cleo dabei, wie sie an Kaliska dachte. Und an June und sogar an Logan. Sie waren so nett zu ihr gewesen, vor allem Kally. Warum war sie so selbstzerstörerisch veranlagt, dass sie das nicht einfach annehmen konnte? Warum war sie schon wieder abgehauen?

Wut sammelte sich in Cleos Brust und sie presste die Kiefer aufeinander, bis es schmerzte. Vielleicht war sie doch geisteskrank, aber anders, als die Ärzte und Therapeuten es ihr attestiert hatten. Eine andere Erklärung wollte ihr für ihre Destruktivität nicht einfallen.

»Hilfe! Bitte helft mir!«

Cleo blieb stehen und sah sich um. Die Frauenstimme hatte sehr nah geklungen und so verzweifelt, dass es ihr beinahe das Herz in der Brust zerdrückte. Suchend ließ sie den Blick schweifen, konnte jedoch niemanden entdecken, der Hilfe nötig gehabt hätte. Vielmehr machten alle Passanten einen normalen Eindruck, machten einen Bogen um sie und schienen nichts bemerkt zu haben.

O nein, dachte Cleo. Ihr Magen zog sich zusammen und kalter Schweiß trat auf ihre Haut. Nein, nicht schon wieder.

Langsam, als würde es sie unendlich viel Kraft kosten, setzte sich Cleo wieder in Bewegung. Schwamm weiter in dem Strom an Menschen, die auf dem Heimweg oder zu einem Treffen mit Freunden waren. All den normalen Menschen, die keine Stimmen hörten, die gar nicht da waren.

Wehklagen zerriss die Luft, dann der entfernte Ruf: »Bitte, ich brauche Hilfe!«

Ich kann nicht, dachte Cleo. Sie blieb abermals stehen und warf einen Blick zurück.

Dabei erinnerte sich Cleo an Kallys Worte, konnte sie einfach nicht loswerden. Diese Hilfeschreie kamen nicht aus ihrer kaputten Psyche, waren keine Einbildung. Irgendjemand – ein Geist – brauchte tatsächlich ihre Hilfe.

Was sollte sie machen?

Cleo schloss die Augen und ließ den Kopf sinken. Sie wünschte, sie wäre hartherziger. Aber selbst die Jahre in der Klinik hatten nicht ausgereicht, um ihr Gewissen auszulöschen. Was konnte einem Geist schon passieren? Tot war die Frau ja schon.

Trotzdem wusste Cleo, dass sie es sich ewig vorhalten würde, wenn sie jetzt weiterging. Wenn sie so tat, als hätte sie nichts gehört.

»Fuck«, fluchte sie vor sich hin, drehte um und ging in die Richtung, aus der sie die Stimme gehört hatte. Suchend sah sie sich um. Sie traute sich nicht zu rufen, aus Sorge, dass jemand bemerken würde, dass sie mit niemand Sichtbarem sprach.

Ein leises Wimmern drang aus einer Gasse, so herzzerreißend, dass es Cleo selbst Schmerzen bereitete. Sie schlug den Weg zwischen den eng stehenden Gebäuden ein. Es war düster, unter ihren Schuhen knirschte es und der modrige Gestank aus den großen Müllcontainern machte ihr das Atmen schwer.

Das Schluchzen wurde immer deutlicher. Mittlerweile hatte sie einen Hinterhof erreicht. Das Licht der Straßenlaternen schaffte es nicht mehr bis hierher, so dass sie kaum etwas erkennen konnte. Zu ihrer rechten befand sich ein Berg aus Schrott und gestapelten Müllsäcken.

»Hallo?«, fragte sie vorsichtig. »Ist hier jemand?«

»Ja, hier drüben!«, kam sofort die Antwort. Es war dieselbe Stimme wie zuvor, dieses Mal deutlicher. »Bitte, Sie müssen mir helfen!«

Cleos Herz schlug ihr bis zum Hals, ihre Kehle war trocken. Dennoch setzte sie sich langsam in Bewegung, in Richtung des Gerümpels.

»Ich … ich kann Sie nicht sehen. Wo sind Sie genau?«

»Was? Ich stehe vor Ihnen.« Die Frau klang verwirrt.

Zum ersten Mal wünschte sich Cleo, dass sie ihr Smartphone noch hätte. So musste sie ohne extra Lichtquelle weiter vorsichtig über den düsteren Hinterhof gehen.

»Wo genau sind Sie?«, fragte sie wieder.

»Hier, am Zaun«, kam es von ihrer Rechten. »Gleich hinter den Müllsäcken.«

Cleo drehte den Kopf in die genannte Richtung und machte einige Schritte zur Seite …

… nur um dann fluchend nach hinten zu stolpern.

Dabei stieß sie gegen eine Kiste mit leeren Flaschen,

die sich klirrend auf dem Betonboden verteilten. Einige zerbrachen und knirschten unter ihren Schuhen. Cleo hörte alles wie durch Watte, sie starrte noch immer auf die Frau.

Auf die sehr tote Frau.

Ihre Augen waren milchig-weiß und starrten in den Nachthimmel empor und ihr Kopf wirkte seltsam verdreht, die Position passte nicht zu der der Schultern. Frisches Blut beschmierte das meiste ihres Gesichts, war ganz dunkel gegen die wächsern-weiße Haut. Cleo atmete zitternd ein, konnte aber nur den Geruch des Mülls wahrnehmen.

»Können Sie mir helfen, bitte?«

Die Stimme der Frau – der Toten – riss Cleo aus ihrer Starre. Entfernt, ganz weit weg, erklangen Sirenen. Cleo leckte sich über die trockenen Lippen, in ihrem Mund breitete sich ein saurer Geschmack aus.

»Ich … ich glaube, man kann Ihnen nicht mehr helfen«, versuchte sie es vorsichtig.

»Aber ich muss nach Hause«, wimmerte die Frau. »Mein Mann wartet auf mich, er macht sich sicher schon Sorgen. Könnten Sie ihn vielleicht anrufen?«

»Ich habe leider kein Handy.«

»Aber ich habe eins, in meiner Jackentasche.«

Cleos Übelkeit verstärkte sich. Sie atmete tief durch den Mund ein und aus, um sich nicht zu übergeben. Sie würde diese Leiche nicht anfassen, auf keinen Fall! Instinktiv machte Cleo einen Schritt zurück, kalter Schweiß sammelte sich auf ihrer Stirn. Sie konnte sich nicht einmal darüber freuen, dass die Stimme kein Produkt ihres krankhaften Verstands war.

»Bitte«, sagte die Frau und in dem einen Wort steckte so viel Verzweiflung, so viel Flehen, dass es Cleo ein nagendes Gefühl in der Magengegend verschaffte.

»Okay«, murmelte sie. Die Lippen aufeinander gepresst und den Blick starr auf das geschundene Gesicht der Toten gerichtet, ging sie langsam näher.

»Es ist in der Innentasche meines Jacketts«, sagte die Frau, »auf der linken Seite.«

Cleo murmelte etwas, von dem sie hoffte, dass es als Zustimmung durchging. Sie war zu sehr damit beschäftigt, nicht doch noch hysterisch zu werden. Ihre Hand zitterte, als sie das Jackett zur Seite schlug und tatsächlich die Ecke eines Smartphones in der Innentasche aufblitzen sah. Mit spitzen Fingern zog sie es heraus, doch weiter kam sie nicht.

Cleo stand noch über dem Leichnam gebeugt, als ein greller Lichtkegel aufblitzte. Sie riss den Kopf hoch, sah zum Ausgang der Gasse und wurde von dem Licht geblendet. Reflexartig kniff sie die Augen zusammen und richtete den Blick auf den Boden.

»Polizei, auf den Boden!«, schrie ein Mann. Er kam auf Cleo zu, strahlte ihr weiter mit der Taschenlampe ins Gesicht und brüllte dabei: »Auf die Knie und Hände hinter den Kopf, sofort!«

»Ich habe nichts getan«, platzte es aus Cleo. Sie ließ das Handy fallen, das mit einem übertrieben lauten Klappern auf dem Asphalt aufschlug. Gleichzeitig tat Cleo, was der Mann von ihr verlangte. Ein zweiter Polizist ging um sie herum und keine Sekunde später traf sie sein Knie im Rücken und sie wurde umgeworfen. Mit voller Wucht schlug sie auf dem Boden auf, Schmerz schoss durch ihren Oberkörper und in ihre Wange.

»Ich habe nichts getan!« Ihre Worte waren kaum mehr als ein Gurgeln. Brutal wurden ihre Arme hinter ihren Körper gezerrt und Handschellen klirrten, ehe sie das kalte Metall an ihren Unterarmen spürte.

»Das sagen sie alle«, höhnte der Polizist. »Dabei habe ich doch genau gesehen, dass Sie etwas stehlen wollten.«

Mehr seiner Kollegen waren in den Hinterhof gestürmt. Cleo konnte ihre Stiefel im Licht der vielen Taschenlampen sehen, genauso wie den Leichnam der Frau. Erst jetzt sah sie, wie schlimm ihr Körper tatsächlich zugerichtet war: Überall Schnittwunden und Prellungen, das Blut mittlerweile zu einem dunklen Braun getrocknet.

Zwei Paar Hände packten sie an den Oberarmen und sie wurde grob nach oben gezerrt. Die Polizisten schleiften sie aus der Gasse und einer von ihnen belehrte sie dabei über ihre Rechte, doch Cleo hörte ihm gar nicht richtig zu. Sie konnte ihn über das Rauschen in ihrem Kopf und das hektische Pochen ihres Herzens ohnehin kaum verstehen.

Sie war geliefert. Ein für alle Mal geliefert.

Cleo saß in einem der Polizeiwagen auf der Rückbank und hatte jegliches Zeitgefühl verloren. Ihre Handschellen waren an den Vordersitz gekettet und die Verletzung in ihrem Gesicht pochte. Draußen wuselten die Beamten herum, sorgten für die Absperrung des Tatorts und bargen die Leiche. Oder was auch immer in einer solchen Situation zu tun war.

Cleo kümmerte es nicht. Nicht wirklich. Es war ihr auch egal, dass die Stimme der Frau verstummt war. Für sie zählte, dass sie wieder wie ein Tier angekettet worden war. Zwar nicht in einem gepolsterten Raum, aber dafür in einem Wagen, der nach kaltem Rauch und Kaffee stank. Gleichzeitig rasten ihre Gedanken. Würden sie herausfinden, wer sie war? Waren ihre Fingerabdrücke irgendwie im System? Weil sie aus der Klinik abgehauen war? Und wenn ja, würden sie sie zurückbringen? Hatte sie ihre Chance auf Freiheit endgültig verspielt?

Cleo hatte den Polizisten alles gesagt, was sie wusste, aber das würde kaum genügen. Es genügte nie. Alle Fakten sprachen gegen sie.

Am liebsten wollte Cleo die Handschellen loswerden und abhauen. Sie hatte Erfahrung damit, sich aus den Metallfesseln zu winden, das würde schon gehen. Notfalls würde sie sich die Knochen brechen und dann so schnell wie möglich fortlaufen.

Das einzige, was sie davon abhielt, waren die Waffen der Polizisten. Sie würden sicher nicht zögern, sie zu ziehen und auch zu benutzen. Das Jenseits war kein Ort, an den Cleo so schnell gelangen wollte. Schon gar nicht, wenn die Gefahr bestand, dass ihr Geist es irgendwie nicht richtig hinüberschaffte.

Das Geräusch eines Automotors ließ sie aufschauen.

Ein weiteres Fahrzeug war in ihrem Sichtfeld erschienen. Eine Frau Anfang dreißig stieg aus. Sie trug Zivilkleidung, aber dennoch wusste Cleo sofort, dass sie ebenfalls zur Polizei gehörte. Wahrscheinlich ein ranghöheres Mitglied der Behörde, zumindest nach dem respektvollen Verhalten der Officers zu schließen.

»Ah, Detective«, sagte der Mann, der Cleo entdeckt hatte, und ging zu der Frau. Cleo konnte seine Stimme durch die geöffnete Scheibe auf der Fahrerseite hören. »Danke, dass Sie so schnell gekommen sind.«

»Kein Problem. Was haben wir?«

Der Officer setzte den Detective ins Bild und deutete anschließend auf Cleo. Ihr Herz pochte schmerzhaft in ihrer Brust.

»Wir haben eine Verdächtige am Tatort angetroffen«, sagte er und zog seinen Block heraus. »Sie sagt, sie hat ein Geräusch gehört und ist in die Gasse gekommen. Da lag die Leiche angeblich schon so da wie jetzt. Wir haben sie dabei erwischt, wie sie das Opfer ausrauben wollte.«

»Wer ist sie?«

»Laut ihrer Aussage heißt sie Kathy Smith, aber beweisen kann sie es nicht.« Der Officer warf einen berechnenden Blick zu Cleo. »Sie hat keinen Ausweis bei sich und auch sonst keine Dokumente, auf denen der Name steht. In ihrem Rucksack befindet sich nur ein paar Klamotten. Ich würde darauf tippen, dass sie eine Landstreicherin ist.«

»Was hat sie versucht zu stehlen?«, fragte der Detective.

»Das Smartphone des Opfers.«

Der Detective nickte langsam und kam zu Cleo herüber. Unwillkürlich drückte sich Cleo tiefer in den Sitz, als die Frau die Wagentür öffnete. Aus der Nähe konnte sie erkennen, dass sie lateinamerikanische Wurzeln hatte.Der Detective musterte sie von Kopf bis Fuß und dann geschah etwas Seltsames.

Die dunklen Augen des Detectives weiteten sich und als sie zurück in Cleos Gesicht sah, fragte sie eindringlich: »Woher kennen Sie Kaliska?«

KAPITEL 7

»Ich … ich, ähm …«

Mehr als dieses Stammeln brachte Cleo nicht zustande. Sie war viel zu beschäftigt damit, sich nicht zu kneifen. Die Situation war so surreal, dass es sich dabei nur um eine Halluzination handeln konnte. Anders konnte es sich Cleo nicht erklären.

»Jetzt antworten Sie schon«, forderte der Detective ungeduldig und deutete auf Cleos Jeans. »Ich erkenne diese Hose. Das Muster stickt Kaliska auf viele ihrer Kleidungsstücke.« Von einer Sekunde auf die andere kniff die Frau die Augen zusammen und die Verwunderung wurde durch Misstrauen ersetzt. »Haben Sie sie bestohlen?«

»Nein«, erwiderte Cleo schwach, obwohl sie wusste, dass es eine Lüge war. Sie leckte sich über die Lippen, senkte den Blick und murmelte: »Sie hat sie mir geborgt, nachdem ich letzte Nacht bei ihr schlafen durfte.«

»Ah, verstehe«, erwiderte der Detective und lächelte. Es war beinahe noch unheimlicher als ihre ernste Miene. »Sie waren die Gestalt auf ihrer Veranda gestern, nicht wahr?«

»Woher wissen Sie das?«

»Das spielt keine Rolle«, wiegelte der Detective ab. »Wichtig ist nur eines: Haben Sie etwas mit der Toten zu tun oder nicht? Ich will eine ehrliche Antwort von Ihnen.«

»Ich habe sie nur zufällig entdeckt, das schwöre ich«, beeilte sich Cleo zu sagen.

»Wollten Sie sie ausrauben?«

»Nein!«, sagte Cleo heftiger als beabsichtigt. »Ich … ich wollte den Notruf wählen. Ich besitze selber kein Telefon.«

Der Detective sah sie einige Sekunden an, dann nickte sie und winkte den Officer von zuvor zu sich. »Geben Sie mir die Schlüssel für die Handschellen.«

»Was? Warum?«

»Weil ich es Ihnen sage.« Bei der Kälte, die in ihren Worten mitschwang, prickelte Cleos Haut unangenehm. Vor allem, als die Frau sich neben sie setzte, um sich an den Handschellen zu schaffen zu machen. Mit einem metallischen Klirren sprangen sie auf. Automatisch rieb sich Cleo über die wunden Stellen an ihren Handgelenken. Die Narben von den früheren Fesseln waren empfindlich.

»Steigen Sie aus«, forderte der Detective.

Sicher, dass es nicht mehr verrückter werden konnte, sah Cleo der Frau hinterher, als sie sich aus dem Wagen zurückzog. Dennoch folgte sie ihr.

Der Detective wandte sich an den Officer. »Bitte holen Sie den Rucksack von Ms. Smith. Sie wird mich zu jemandem begleiten, die ihre Schuld oder Unschuld bestätigen kann.«

Der Polizist warf Cleo einen strengen Blick zu, bevor er sagte: »Detective Gonzales, das können Sie doch nicht machen.«

»Natürlich kann ich das«, erwiderte die Frau nonchalant. »Ich nehme es auf meine Kappe, wenn ich mich irren sollte. Aber das tue ich nicht.«

»Wie Sie meinen«, murmelte der Officer. Er musterte Cleo ein letztes Mal – voller Misstrauen und Unmut – und wandte sich dann ab. Cleo sah ihm hinterher, wie er zu seinen Kollegen ging, die das Gespräch genau beobachtet hatten. Kälte kroch in Cleos Glieder und sie wandte sich ab.

»Nun, Ms. Smith«, sagte Detective Gonzales mit einem Hauch Humor in der Stimme. Es war offensichtlich, dass auch sie ihr den Namen nicht abkaufte. Aber das war im Moment Cleos kleinstes Problem.

»Sie werden nicht abhauen, haben Sie mich verstanden?«

Cleo nickte schnell.

»Sehr schön«, sagte der Detective und deutete zu ihrem Wagen. »Wir werden nun zu Kaliska fahren. Wenn sie bestätigen kann, dass sie Sie kennt und Sie keine Gefahr darstellen, sind Sie aus dem Schneider und ich nehme lediglich Ihre Zeugenaussage auf. Wenn nicht …«

Detective Gonzales ließ den Satz unbeendet, doch Cleo musste nicht mehr hören, um zu verstehen. So verrückt das alles auch war und so sehr sie sich geschworen hatte, nicht zu dem seltsamen Haus auf dem Hügel zurückzukehren, machte sich zaghafte Erleichterung in ihr breit.

Der Detective fasste sie am Ellenbogen und brachte sie zu ihrem Wagen. Cleo blinzelte irritiert, als der Detective die Tür zur Rückbank öffnete und dabei mehrere leere Kaffeebecher und Papiertüten auf den Boden fielen.

Cleo presste die Lippen zusammen, verkniff sich einen Kommentar und stieg ein. Dabei musste sie mit den Füßen den Unrat zur Seite schieben. Sie schnallte sich an und sah anschließend dabei zu, wie die andere Frau noch einmal verschwand. Kurz darauf kam sie mit ihrem Rucksack zurück, warf ihn auf den Beifahrersitz und startete den Motor.

Die Fahrt über schwiegen sie und Cleo war das ganz recht. Sie hatte keine Energie mehr für eine Unterhaltung oder ein erneutes Verhör. Ihre Knochen fühlten sich bleischwer an, während es in ihrem Schädel pochte. Hinzu kam der Schmerz ihrer aufgeschürften Wange und der an ihren Handgelenken. Von ihrer Erschöpfung ganz zu schweigen.

Es dauerte eine gefühlte Ewigkeit, bis sie vor Kallys Haus anhielten. Detective Gonzales stellte den Motor ab und drehte sich zu ihr nach hinten.

»Ich werde jetzt reingehen und mit Kally sprechen. Ich rate Ihnen dringend, in der Zeit genau hier sitzen zu bleiben. Haben Sie verstanden?«

»Ja Ma'am.«

»Sehr gut.« Der Detective nickte, stieg aus und betätigte die Zentralverriegelung. Cleo folgte ihr mit den Augen, wie sie durch das Tor im Zaun und den Weg hinauf zur Veranda ging. Sie bildete sich sogar ein, die Türklingel zu hören.

Erneut machte sich Anspannung in ihr breit, die mit jeder Sekunde wuchs, in der die Tür nicht geöffnet wurde. Als sie schließlich doch nach innen aufschwang, atmete Cleo zum ersten Mal wieder tief durch, seit sie in die düstere Gasse getreten war.

Im Schein der Laterne über der Tür erkannte sie Kally, die den Detective mit einem breiten Lächeln begrüßte. Es war offensichtlich, dass die beiden sich besser kannten. Hatte Kally ihr nicht heute Morgen noch erzählt, dass sie manchmal für die Polizei arbeitete? Genauso wie Logan?

Zu müde, um sich gut genug erinnern zu können, versuchte Cleo das Gespräch der beiden Frauen zu verfolgen. Die Worte konnte sie nicht hören, doch die Körpersprache gab ihr genügend Hinweise. Der Detective deutete immer wieder zu Cleo, während Kally die Schultern sinken ließ. Besonders der besorgte Blick, den Kally zum Auto warf, ließ Cleos Herz unvermittelt warm werden. Dicht gefolgt von dem schlechten Gewissen, wie mies sie sich Kally gegenüber verhalten hatte.

Kurz darauf sah sie, wie Detective Gonzales nickte und sich zu ihr umdrehte. Sie hielt den Autoschlüssel in die Höhe und die Zentralverriegelung sprang auf. Cleo fischte ihren Rucksack vom Beifahrersitz, stieg aus und ging zu den beiden Frauen. Den Gedanken, wieder abzuhauen, verdrängte sie tief in ihr Unterbewusstsein. Noch war sie nicht völlig aus dem Schneider, das wusste sie.

Cleo setzte einen Fuß auf die Veranda, räusperte sich und zwang sich zu sagen: »Es tut mir leid, dass ich schon wieder Unannehmlichkeiten bereite.«

»Ich nehme deine Entschuldigung an«, sagte Kally. Ihre dunkelgrünen Augen funkelten amüsiert, als sie fragte: »Kathy Smith, hm?«

Cleo lächelte schief und warf einen Blick zu Detective Gonzales. Diese bedachte sie mit einem teils amüsierten, teils resignierten Blick.

Kally lachte leise vor sich hin. »Nimm es mir nicht übel, aber der Name würde eher zu einer niedlichen Hexe passen.«

Als Antwort zuckte Cleo lediglich mit den Schultern. Sie war nicht beleidigt, denn man konnte es drehen und wenden, wie man wollte: Tote zu hören war keine besonders niedliche Fähigkeit. Diese Erkenntnis – was sie war, was sie konnte – sickerte immer tiefer und tiefer in ihr Bewusstsein.

»Wie heißen Sie wirklich?«

»Cleo Edwards.«

Detective Gonzales nickte, zog einen kleinen Block samt Stift aus der hinteren Hosentasche und begann zu schreiben. Ohne aufzusehen fragte sie: »Kally hat mir eben erzählt, dass Sie in der Lage sind, Geister zu hören. Stimmt das?«

»Scheint so«, antwortete Cleo rau. Dabei warf sie einen Blick zu Kally, die ihr zunickte. Es fühlte sich fast so an, als hätte sie eine Art Test bestanden.

»Sind Sie deswegen in die Gasse gegangen? Haben Sie die Verstorbene gehört?«

»Ja. Sie hat … um Hilfe gerufen.«

»Was hat sie alles gesagt?«, hakte der Detective nach. »Hat sie Ihnen erzählt, wer sie umgebracht hat?«

Cleo schüttelte den Kopf. »Sie hat mich gebeten, ihren Mann zu kontaktieren. Deswegen habe ich auch ihr Handy genommen. Sie hat sich Sorgen um ihn gemacht. Viel mehr haben wir nicht gesprochen, denn da kam schon die Polizei.«

»Haben Sie sie danach noch einmal gehört?«

»Nein.«

»Hm«, murmelte der Detective, schrieb weiter und steckte den Block anschließend weg. Sie sah ihr fest in die Augen und sagte: »Bitte verlassen Sie die Stadt nicht, falls ich noch etwas von Ihnen brauche.«

»Ähm … ich …« Unsicher sah Cleo zu Kally, die daraufhin breit grinste.

»Das Angebot, hier so lange zu wohnen, wie du willst, besteht noch immer. Du bist nicht die erste und wirst nicht die letzte sein, mit der es am Anfang etwas holprig läuft.«

Zaghaft lächelte Cleo, während ihr ein Gewicht von den Schultern rutschte. »Danke.«

»Wunderbar«, mischte sich Detective Gonzales ein. »Ich werde mich bei Ihnen melden. Kally, wir sehen uns.«

»Ja, danke, Darla.«

Mit einem stummen Gruß wandte sich der Detective

ab, ging zu ihrem Wagen und fuhr davon. Es war seltsam surreal, dass Cleo so einfach aus einer zuerst aussichtslosen Situation herausgekommen war. Langsam wandte sie ihre Aufmerksamkeit von der Straße zurück zu der Frau, die ihr nun schon zum zweiten Mal den Arsch gerettet hatte.

Um die Stille zwischen ihnen zu füllen, die unangenehm gegen ihre Haut drückte, sagte Cleo: »Sie hat das Muster auf der Jeans erkannt.«

»Hat sie gesagt. Ich versehe viele Kleidungsstücke damit. Es wirkt wie ein Schutzamulett.«

»Es scheint zu funktionieren.«

»Natürlich tut es das«, sagte Kally mit einer guten Portion Selbstzufriedenheit, die Cleo zu einem Lächeln animierte. Obwohl Kallys Mundwinkel nach oben gezogen blieben, wurde der Ausdruck in ihren Augen dunkel. »Läufst du wieder weg, wenn wir nochmal eine Meinungsverschiedenheit haben?«

»Nein«, versprach Cleo.

Sofort grinste Kally wieder. »Sehr schön. Ich mag dich nämlich.«

»Obwohl ich mich so unmöglich benommen und dir Ärger gemacht habe?«

Kally lachte, legte einen Arm um ihre Schultern und schob sie zum Hauseingang. »Genau deswegen wächst du mir ans Herz, Cleo. Genau deswegen.«

Der letzte Rest Anspannung fiel von Cleo ab. Sie ließ sich bereitwillig in das verwinkelte Haus führen.

»Wie wäre es, wenn du mir beim Essen erzählst, was genau vorgefallen ist?«, fragte Kally.

»Kann ich machen.«

»Cleo!«, rief es dumpf von oben, kaum dass Cleo den Mund geschlossen hatte. »Du bist wieder da!«

»Hallo June.« Cleo konnte nicht anders, sie musste lächeln. Gleichzeitig wurde sie von Wärme erfüllt. Vielleicht, nur vielleicht, könnte sie tatsächlich für längere Zeit hierbleiben.

»Hey June«, rief Kally und blieb mit Cleo im Arm am Fuß der Treppe stehen. »Willst du nicht runter kommen und sie auch persönlich begrüßen? Möglicherweise ist sie auch nur abgehauen, weil sie sich von dir beleidigt gefühlt hat?«

»Hab ich n-«, wollte Cleo widersprechen, doch Kally legte ihr eine Hand über den Mund. Grinsend schüttelte sie den Kopf.

Von oben war ein Schnauben zu hören. »Du bist ein gemeines Miststück, Kaliska.«

»Ich liebe dich auch, Juniper«, trällerte Kally.

Die ganze Situation war so verrückt, dass Cleo lachte. Sie lachte so laut und ausgelassen, dass sie sich an Kally lehnen musste. Noch immer vor sich hin glucksend ging sie mit Kally in die Küche und Cleo ließ sich wie schon am Morgen in die Sitzecke sinken. Dieses Mal jedoch fehlte die innere Anspannung, die sie ständig auf der Hut hatte sein lassen.

Weil sie das Gefühl hatte, es sagen zu müssen, atmete Cleo tief ein und begann: »Es tut mir wirklich leid, dass ich mich so dämlich verhalten habe. Ich weiß nicht, was heute Morgen in mich gefahren ist.«

»Ich aber«, antwortete Kally. Sie drehte sich von der

Mikrowelle zu ihr um und ergänzte: »Logan und ich haben uns in dein Privatleben eingemischt, ohne zu fragen und ohne dich wirklich zu kennen. Das zusammen mit deinem Misstrauen durch die Zeit in der Klinik war der perfekte Zünder für die anschließende Katastrophe.«

Cleo blinzelte langsam. »Oh … wow. Du bist erschreckend analytisch.«

»Das nehme ich als Kompliment.«

»So war es auch gemeint«, erwiderte Cleo. Sie wartete mit ihrer nächsten Frage, bis Kally mit einem Teller Nudeln zurück am Tisch war. »Woher kennst du den Detective?«

»Wir waren mal ein Paar.«

»Du stehst auf Frauen?«

Kally zwinkerte ihr zu und antwortete: »Sagen wir es lieber so: Warum sollte ich nur auf einer Seite des Buffets naschen?«

»Gutes Argument.« Cleo lächelte langsam und griff nach der Gabel. Jetzt, wo alles ausgestanden war, fühlte sie den Hunger umso stärker.

»Sehe ich auch so«, sagte Kally. »Mit Darla hat es leider nicht geklappt, aber wir haben es geschafft, Freundinnen zu bleiben. Das ist insoweit hilfreich, weil ich die Beraterin für paranormale Angelegenheiten der hiesigen Polizei bin und oft mit Darla zusammenarbeite.«

»Ist das dein Job?«

»Einer von mehreren, die ich mir alle so einteilen kann, wie ich will.« Kally lehnte sich auf dem Stuhl zurück und erzählte: »Ich stelle auch Kosmetik und Arzneien her. Wenn du fertig gegessen hast, kümmere ich mich um die Prellung an deiner Wange.«

»Gerne, wenn das Zeug genauso gut hilft wie die Haarkur.«

»Du wirst staunen«, erwiderte Kally. »Während ich dich verarzte, würde ich gerne alles über die Tote wissen, mit der du dich heute Abend unterhalten hast.«

Mehrere Spaghetti rutschten Cleo von der Gabel, als sie diese auf halben Weg vom Teller zu ihrem Mund in der Luft verharren ließ. Ihr Magen zog sich zusammen, doch sie zwang sich zu einem Nicken. Sie war es Kally nicht nur schuldig, sondern wollte gleichzeitig auch selbst mit ihr darüber reden. Cleo ließ die Gabel sinken.

»Ich glaube, ich begreife erst jetzt, dass ich tatsächlich mit den Toten reden kann.«

»Glaub mir«, sagte Kally und beugte sich nach vorn, »du steckst das alles bemerkenswert gut weg.«

Erleichterung und ein Hauch Glück erfassten Cleo und sie begann zu essen.

KAPITEL 8

»Guten Morgen Doc!«

Logans Ruf hallte durch den gekachelten Raum. Nur ein kleiner Bereich war hell erleuchtet. Dort beugte sich ein Mann in OP-Kleidung über einen Tisch. Das grelle Licht der Lampen über ihm spiegelte sich in den Brillengläsern, als der Mann den Kopf hob.

»Guten Morgen Logan«, grüßte er ihn mit einem Lächeln. Für jemand anderen hätte es grotesk ausgesehen, da er sich gerade über eine Leiche beugte, doch Logan war an den Anblick mittlerweile gewöhnt. Genauso wie an die Tatsache, dass der Torso weit geöffnet war und einige Organe bereits herausgenommen worden waren.

»Ich habe dir Kaffee mitgebracht«, sagte Logan beim Näherkommen. »Schwarz mit einem Schuss Mandelmilch.«

Hideo Ikawas Lächeln wurde noch ein wenig breiter. »Vielen Dank, stell ihn bitte auf meinen Schreibtisch.«

»Okay.« Während Logan tat, worum er gebeten worden war, fragte er: »Wer ist das auf dem Tisch? Jemand neues?«

»Ja. Kam gestern Abend rein.« Hideo seufzte tief und sah der Leiche ins Gesicht. Erst jetzt erkannte Logan, dass es eine Frau war. Sie war übel zugerichtet worden vor ihrem Tod. Denselben Gedankengang schien auch sein Vorgesetzter zu haben, denn er sagte sanft: »Sie ist in einer Gasse hinter Müllsäcken gefunden worden, das arme Ding.«

»Soll ich dir helfen?«

»Nein, ist nicht nötig.« Hideo winkte ab und deutete auf das Diktiergerät neben sich. »Ich habe das meiste bereits auf Band gesprochen. Du kannst gleich mit dem Bericht anfangen.«

»Okay.« Logan warf einen letzten Blick auf die Frau, dann wandte er sich ab und ging ins Büro zu seinem Schreibtisch. Genau in dem Moment, als das Telefon klingelte.

»Gerichtsmedizin, Sie sprechen mit Logan Doyle.«

»Guten Morgen Logan«, meldete sich Darla am anderen Ende. »Gut, dass ich dich schon erwische. Wie weit seid ihr mit der weiblichen Leiche, die ich euch gestern geschickt habe?«

»Beinahe fertig«, antwortete Logan. Innerlich seufzte er, weil Darla wie immer gleich zur Sache kam, statt sich mit langen Reden aufzuhalten. Das zeigte sie auch jetzt, da sie mit einem knappen »ich bin gleich da« und ohne Grußworte auflegte.

»War das Detective Gonzales?«, rief Hideo.

»Ja, sie will gleich vorbeikommen.«

Der Doc stieß ein Schnauben aus. »Diese Frau ist schlimmer als ein Rudel Pitbulls.«

Logan grinste und schwieg. Stattdessen fuhr er den Computer hoch, loggte sich ein und überflog die Fallakte zu der besagten Frau. Wie Hideo gesagt hatte, war sie in einem Hinterhof in der Innenstadt von einer Obdachlosen gefunden worden. Er war gerade bei ihren Personalien und wollte sich den Obduktionsbericht vornehmen, als das Knirschen der Türscharniere und Schritte erklangen.

»Erzähl mir alles, Doc«, forderte Darla. Sie trat an den Tisch heran, ihr Blick auf die Leiche gerichtet. Logan schnappte sich sein Datenpad, stellte sich dazu und machte sich Notizen. Später würde er sie mit dem diktierten Obduktionsbericht abgleichen.

In knappen Worten fasste der Doc seine Untersuchung zusammen. Dabei streifte er die Handschuhe ab und warf sie neben den Untersuchungstisch in den Mülleimer, eher er sich von diesem entfernte. Die Reifen seines Rollstuhls machten ein leises Quietschgeräusch auf dem Fliesenboden.

»Ich würde gerne die Ergebnisse aus dem Labor abwarten, aber nach aktuellem Kenntnisstand trat der Tod durch stumpfe Gewalteinwirkung ein.«

»Sie wurde also totgeprügelt«, murmelte Darla.

Hideo sah zu ihnen auf und nickte. Wieder spiegelte sich das Licht in seiner Brille, verlieh seinen Augen dahinter einen dunklen Glanz.

»Wahrscheinlich mit bloßen Fäusten. Die Hämatome weisen an einigen Stellen die typischen Abdrücke von Fingerknöcheln auf. Die Schnittwunden stammen vermutlich von den Scherben aus der Gasse, als sie zu Boden gegangen ist.«

»Könnte man Blut vom Täter feststellen?«

»Vielleicht«, sagte Hideo, doch Logan erkannte an seinem Tonfall, dass er es eher für unwahrscheinlich hielt. Er atmete tief ein, nahm seine Brille ab und putzte sie mit einem seiner altmodischen karierten Taschentücher. »Ich schätze, dass die Kollegen von der Spurensicherung bei ihrer Kleidung mehr Glück haben könnten.«

»Hm«, murmelte Darla. Sie verschränkte die Arme vor der Brust, den Blick ziellos auf den Boden gerichtet.

»Was ist mit der Zeugin?«, fragte Logan, rief wieder die Fallakte auf und überflog den Bericht. »Diese obdachlose Ms. Smith? Hat sie jemanden gesehen?«

Unvermittelt lachte Darla los. Es hörte sich so fröhlich an, als hätten sie bis eben nicht über den gewaltsamen Tod einer Frau gesprochen – die mit geöffnetem Torso keinen Meter neben ihnen lag.

»Ms. Smith«, sagte Darla und so, wie sie den Namen betonte, konnte Logan die Gänsefüßchen beinahe sehen, »war zur falschen Zeit am falschen Ort.«

»Aber etwas anderes stimmt doch nicht mit ihr«, schlussfolgerte Logan.

Darla sah ihn mit einem Grinsen an. »Da hast du recht. Zum einen heißt sie nicht Smith und zum anderen ist sie die neuste Streunerin bei unserer lieben Kally.«

Perplex starrte Logan den Detective an. *»Cleo* hat die Leiche gefunden?«

»Du hast sie schon kennengelernt?«, fragte Darla mit erhobener Augenbraue.

Logan nickte. »Gestern Morgen, als ich zum Kaffee bei Kally war.«

»Was hattest du für einen Eindruck von ihr?«

»Sie wirkte verloren«, sagte Logan geradeheraus. Noch jetzt konnte er sie vor sich sehen, wie sie ihn mit ihren blauen Augen angestarrt hatte. Ganz so, als würde sie nur darauf warten, dass er ihr etwas antat.

Hideo schob seine Brille hoch und sagte: »Wenn sie eine von Kallys Streunern ist, dann wird sie noch ganz andere Probleme haben.«

»Darum wird sich Kaliska kümmern«, sagte Darla. Ihre Stimme war absolut fest und Logan musste ihr innerlich zustimmen. Kally mochte in den Augen vieler verrückt und seltsam sein, aber bisher hatte sie noch jedem, den sie in ihr Heim aufgenommen hatte, helfen können.

Logan ertappte sich dabei, wie er es sich für Cleo ganz besonders wünschte. Vor allem, nachdem sie unverschuldet in dieses Gewaltverbrechen mit hineingezogen worden war. Dass es tatsächlich nur ein unglücklicher Zufall gewesen war, stand für ihn außer Frage.

Darlas Handy läutete und sie zog es mit einem Seufzen aus der Tasche. »Wir sehen uns später.«

»Bis dann«, sagte Logan, doch Darla hatte sich schon abgewandt und strebte Richtung Ausgang.

»Wie du weißt, glaube ich nicht an Zufälle«, sagte Hideo. Logan sah von der Tür zu ihm. Als er fragend die

Augenbraue hob, fuhr der Doc fort: »Erst dieser Zwischenfall auf dem Friedhof und jetzt eine Leiche, die von einer von Kallys Streunern gefunden wird. Findest du das nicht auch auffällig?«

»Ich habe keine Ahnung. Wie du weißt, steht Kally öfter mit den Leichen bei uns in Verbindung.«

Hideo zuckte mit den Schultern. »Ich habe trotzdem das Gefühl, etwas ist anders als sonst.«

»Das ist aber nicht sehr wissenschaftlich«, erwiderte Logan amüsiert. Auch Hideo grinste, drehte seinen Rollstuhl und fuhr zurück zum Seziertisch.

»Manche Dinge kann man eben nicht erklären«, sagte er, griff nach einem neuen Paar Handschuhe und streifte es sich über. »Das solltest du als Kallys Freund doch am besten wissen.«

»Möglich«, räumte Logan ein. Dennoch gefiel ihm nicht, welche Richtung die Gedanken des Docs einschlugen. Es bedeutete nämlich auch, dass Cleo in die Sache verstrickt war, und diese Vorstellung widerstrebte ihm. Weiter ging er zurück an seinen Schreibtisch.

Der restliche Tag zog sich eine gefühlte Ewigkeit. Jedes Mal, wenn Logan auf die Uhr sah, waren nur ein paar Minuten vergangen. Dabei hätte er schwören können, dass mindestens Stunden verstrichen waren. Je näher der Feierabend rückte, desto schlimmer schien es zu werden.

Angespannt wie eine Bogensehne war es kein Wunder, dass Logan zusammenzuckte, als sein Telefon klingelte. Innerlich betete er, dass es kein neuer Außeneinsatz war – andernfalls standen ihm Überstunden ins

Haus – doch als er den Namen auf dem Display las, entspannte er sich.

Mit einem Lächeln nahm er den Anruf an. »Hey Chipmunk.«

»Ich hasse dich«, schnaubte eine Frauenstimme. »Wann hörst du endlich mit diesem Spitznamen auf?«

»Niemals«, stichelte Logan. »Was gibt's, Jenna?«

»Nichts Besonderes eigentlich«, sagte sie mit einem Seufzen. »Ich wollte mich nur mal wieder bei meinem kleinen Bruder melden.«

»Wie geht es Mom und Dad?«

»Sie sind zu einem ihrer Wandertrips unterwegs.« Wieder hörte er, wie Jenna tief ein- und ausatmete. »Ich glaube, das färbt langsam auf mich ab.«

»Warum?«

»Weil ich gerade Urlaub in einem winzigen Nest irgendwo in Montana mache.«

Logan lachte vor sich hin. »Wie kommst du denn von Chicago dort hin?«

»Mit dem Auto, du Genie«, konterte Jenna amüsiert.

»Ja ja, geschenkt. Aber jetzt erzähl mal, was machst du da?«

»Meine Freundinnen haben mich dazu überredet. Sie haben über einen Eventveranstalter einen Selbstverteidigungskurs gebucht.«

»Warum braucht ihr denn einen Selbstverteidigungskurs?«, fragte Logan. Dabei kroch es ihm kalt den Rücken hoch.

Vor allem, als Jenna konterte: »Das fragst ausgerechnet du mich, der beruflich mit Opfern von Gewaltverbrechen zu tun hat?«

»Da ist was dran«, murmelte Logan. »Aber du hast keine akuten Probleme? Ich wollte euch erst nächsten Monat wieder besuchen, aber ich kann auch früher kommen.«

»Das ist süß von dir, aber ich brauche keinen Held in strahlender Rüstung.« Jennas spöttischer Tonfall sorgte dafür, dass sich Logan etwas entspannte. »Außerdem sind es bald alle anderen, um die du dir Sorgen machen musst.«

»Warum?«

»Weil ich nach diesem Kurs wie der Terminator sein werde«, antwortete Jenna selbstgefällig. »Die Trainer sind alle verrückt, aber auf eine gute Art und Weise. Naja, bis auf den einen ... der ist irgendwie gruselig. Hat so ein Serienkiller-Lächeln, bei dem man eine Gänsehaut bekommt. Ich hätte sicher Angst vor ihm, wäre er nicht so süß mit seiner Frau zusammen, die auch dort arbeitet.«

Logan grinste schief. »Das hört sich nach einem interessanten Kurs an.«

»Ist es auch«, bestätigte Jenna. Logan lehnte sich in seinem Stuhl zurück, als sie ihm von den Details berichtete. Wie immer verwendete Jenna sehr bildhafte Beschreibungen, die ihm in Kombination mit ihrem trockenen Humor das ein oder andere Lachen entlockten.

Wenn er ehrlich war, würde er nur zu gerne Mäuschen spielen, während Jenna und ihre Freundinnen von den Trainern über einen Parkour gescheucht und durch Einzeltrainings gezerrt wurden. Am meisten beeindruckt war Jenna von der Frau eines der Inhaber, die laut ihrer Aussage die Instinkte eines Raubtiers hatte.

»Aber genug von mir«, seufzte sie. »Was gibt es bei dir Neues? Hat deine verrückte Nachbarin wieder mit den Toten herumgezaubert?«

»Das hat sie tatsächlich«, sagte Logan und grinste, als Jenna laut lachte. »Und sie hat jemand Neues bei sich im Haus aufgenommen. Eine junge Frau namens Cleo.«

»O la la«, trällerte Jenna. »Ich kenne diesen Tonfall. Du findest sie heiß, nicht wahr?«

»Als ob ich dir das sagen würde«, konterte Logan.

Natürlich hielt das Jenna nicht davon ab, ihn weiter auszuquetschen. Logan jedoch ließ sich nicht in die Karten schauen. Schon allein deswegen, weil er Cleo bisher erst einmal gesehen und dabei keinen guten Eindruck hinterlassen hatte. Was er beabsichtigte zu ändern, aber das musste er seiner Schwester ja nicht auf die Nase binden.

Der Zufall kam ihm zur Hilfe und erlöste ihn von Jennas Verhör – in Form eines lauten Rufs bei ihr ihm Hintergrund.

»Ach verdammt, ich muss wieder los«, seufzte sie. »Wir wollen ins Restaurant. Keine Ahnung, wie wir dahin kommen sollen, denn mir tut alles weh.«

»Armer kleiner Chipmunk«, stichelte Logan, woraufhin seine Schwester ein unzufriedenes Schnauben ausstieß.

»Warte nur, bis du uns besuchen kommst. Ich merk mir das.«

»Natürlich«, erwiderte er gutmütig. »Ich freu mich drauf. Hab noch viel Spaß.«

»Danke. Bis bald, kleiner Bruder.«

Sie verabschiedeten sich und Logan legte gutgelaunt auf. Seine Laune wurde sogar noch besser, als er sah, dass seine Schicht endlich zu Ende war. Schnell räumte er seinen Schreibtisch auf, packte seine Sachen zusammen und verabschiedete sich von den Kollegen, die für die Spätschicht eingeteilt waren.

Er wollte mit einer extra großen Portion Dim Sum aus Kallys Lieblingsrestaurant in Chinatown dafür sorgen, dass sie ihn nicht vor der Tür stehen ließ. Irgendwie musste er noch herausfinden, was Cleos Lieblingsessen war.

Derlei Gedanken im Kopf, öffnete er die Eingangstür und hatte so viel Schwung dabei, dass er mit der Person dahinter zusammenstieß. Mit einem lauten Zischen wurde die Luft aus seinen Lungen gedrückt. Um nicht umgeworfen zu werden, griff Logan reflexartig nach den Schultern der kleineren Person.

»O mein Gott, das tut mir so leid«, hörte er die Frau sagen. Sie legte den Kopf in den Nacken und zwei royalblaue Augen starrten zu ihm hoch.

»Hallo Cleo«, sagte Logan überrascht. »Was machst du denn hier?«

KAPITEL 9

Vier Stunden zuvor

Cleo fühlte sich rastlos, zumal es für sie an diesem Tag nichts mehr zu tun gab. Sie hatte auf Kallys Drängen hin neue Kleidung im Internet bestellt, genauso wie ein neues Smartphone.

Jetzt hatte sie seit Wochen, vielleicht seit Monaten zum ersten Mal nichts mehr zu tun. Sie musste sich nichts zu essen organisieren, keinen sicheren Schlafplatz finden und vor keinen eingebildeten Stimmen weglaufen. Stattdessen gab es jedoch dieses große, verwinkelte Haus zu erkunden. Zumindest hatte Kally ihr erlaubt, alle Zimmer zu betreten, die nicht verschlossen waren.

»Schließlich lebst du jetzt eine Weile hier«, hatte sie nach dem Mittagessen gesagt und ihr zugezwinkert. Als wäre sie vollkommen davon überzeugt. Und langsam, aber sicher glaubte Cleo ihr das auch.

Seither streifte sie durch das Haus, vom Keller inklusive geradezu militärisch organisiertem Vorratsraum, über das Erdgeschoss mit Wohnzimmer, Küche und sogar einer kleinen Bibliothek hoch ins Obergeschoss. Ihr eigenes Zimmer kannte sie bereits, genauso wie das Badezimmer. Mit June plauderte sie ein wenig durch die geschlossene Tür und nun war sie auf dem Weg weiter den Flur hinunter.

Zwei Türen gab es hier noch und Cleo öffnete zögerlich die erste. Der Raum dahinter war abgedunkelt, ihre Augen brauchten einige Sekunden, um sich daran zu gewöhnen. Es war ein weiteres Schlafzimmer, ähnlich eingerichtet wie ihres, jedoch mit himmelblauen Vorhängen und einem Traumfänger vor dem Fenster. Es war eindeutig verwaist, genauso wie das zweite Zimmer.

Es schien fast so, als würden die beiden Räume in einer Art Winterschlaf liegen und warten, bis jemand sie bewohnte. Dieser alberne Gedanke ließ Cleo grinsen, sie schloss die Tür und ging wieder zur Treppe und ins Dachgeschoss.

Kally hatte hier ihre Räume, das hatte sie ihr erzählt. Drei Türen gingen von dem hier sehr viel schmaleren Flur ab. Die erste führte in ein kleines Badezimmer – aber mit einer Krallenfuß-Badewanne. Dieses Detail passte einfach zu Kally.

Der zweite Raum war ein Schlafzimmer, an dem sie vorbei ging. Sie fühlte den inneren Drang, die dritte Tür zu öffnen. Nicht nur, weil sie leise Musik dahinter hörte, sondern auch, weil jede Zelle ihres Körpers zu kribbeln anfing, je näher sie kam.

Cleo biss sich auf die Unterlippe, streckte die Hand

nach dem Knauf aus und drehte ihn langsam. Sobald die Tür einen Spalt weit offen war, strömte ihr der herbe Geruch von Kräutern entgegen. Tief atmete Cleo ein und es war, als würde der Duft sie wie in eine warme, kuschelige Decke einhüllen.

Nun war kein Zögern mehr in ihren Bewegungen, sie öffnete die Tür zu einem … Cleo fand keine Worte dafür. Sie mussten sich über der Küche und der Essecke befinden, denn auch hier waren die Fenster in einem Erker angeordnet und mit Buntglas versehen. Das eingefärbte Sonnenlicht fiel wie ein Kaleidoskop auf die Einrichtung.

Und auf Kally, die mit dem Rücken zu ihr an einer Art Werkbank stand. Cleo hörte neben der Musik das charakteristische Geräusch eines scharfen Messers, welches durch Pflanzenteile schnitt. Der Rhythmus passte perfekt zur Melodie aus dem Radio.

»Hey Cleo«, rief Kally, ohne sich umzudrehen. »Komm rein und mach die Tür zu, sonst entweicht das Aroma.«

Schnell tat Cleo wie geheißen und ging anschließend tiefer in den Raum hinein. »Was machst du da?«

»Kräuteröle anrühren«, antwortete Kally. »Heute Nacht ist Vollmond und ich will die Flaschen ins Mondlicht stellen.«

»Aha«, murmelte Cleo. Sie wusste ehrlich gesagt nicht, was sie anderes hätte antworten können. Es war noch immer schwierig für sie, zu akzeptieren, dass es so etwas wie Geister tatsächlich gab. Dass Kally besondere Fähigkeiten hatte, stand außer Frage. Dennoch fühlte sie sich linkisch, direkt danach zu fragen, was das Öl bewirkte.

Weil sie sich nach Gesellschaft sehnte, setzte sie sich in einen der abgewetzten Samtsessel neben dem Bücherregal. Das Geräusch des Steinmörsers, in dem Kally die Kräuter mittlerweile zerrieb, war seltsam beruhigend.

Cleo ließ den Blick durch das Zimmer wandern und nahm sich Zeit, all die kleinen Details zu sehen: Die Tierschädel in einem Regal, die Kräuterbündel an der Decke, die gemalten Ornamente an den Wänden. Besonders faszinierend war das alte Ouija-Brett, welches auf einem kleinen Beistelltisch neben dem Sessel lag. Das dunkle Holz war schartig und die eingravierten Buchstaben waren mit Blattgold ausgelegt. Mit dem Zeigefinger strich Cleo über das Brett und eine Gänsehaut breitete sich auf ihrem Arm aus.

Ganz allgemein herrschte in diesem Raum eine anziehende und gleichzeitig einschüchternde Atmosphäre. Als wäre dies das Zentrum des Hauses. Vielleicht war Cleo doch verrückt, denn statt sich davon abgeschreckt zu fühlen, kam ein tiefverborgener Teil ihrer Seele zur Ruhe.

»Nun frag schon«, forderte Kally und riss Cleo aus ihren Überlegungen.

»Was denn?«

»Alles, was du möchtest. Ich merke doch, wie es in deinem Kopf rumort.«

Aus einem Impuls heraus fragte Cleo: »Könntest du die Lottozahlen vorhersagen?«

»Wie bitte?«, fragte Kally, drehte sich zu ihr um und blinzelte mehrmals.

»Die Lottozahlen«, wiederholte Cleo. Sie fühlte, wie ihre Wangen rot wurden und fügte leiser hinzu: »Ich dachte nur, wenn du schon mit Toten kommunizieren kannst, kannst du vielleicht auch hellsehen oder so.«

Einige Augenblicke sah Kally sie an, dann schüttelte sie den Kopf und sagte amüsiert: »Ich könnte das sicher, aber ich mache es nicht. Niemandem, der nur aus egoistischen Gründen zaubert, ist das je gut bekommen. Mein Cousin Leon ist da das perfekte Beispiel.«

»Was ist mit ihm?«

»Er ist das schwarze Schaf der Familie«, sagte Kally mit einem schiefen Lächeln. »Und das ist nicht leicht, schließlich gibt es auch noch mich. Aber immerhin halte ich mich an die meisten Regeln meiner Nana, so dass ich ihm den Titel nicht streitig mache.«

»Lebt deine Familie auch hier in der Stadt?«

»Nur mein Grandpa, der Vater meiner Mutter.« Sie wandte sich wieder dem Mörser vor sich zu und fuhr fort, den großen Stößel kreisen zu lassen. »Die Seite meiner Mutter ist recht übersichtlich. Da gibt es nur noch Grandpa, Großcousine Malila und mich. Die Familie meines Vaters dagegen macht gefühlt die halbe Einwohnerzahl von New Orleans aus.«

»Warum lebst du dann hier? Hast du dich mit dem Teil deiner Familie überworfen?«

»Nein, eigentlich nicht. Es ist wegen der Hurrikans. Ich habe keine Lust auf Naturkatastrophen.«

Cleo runzelte die Stirn und sagte: »Aber in San Francisco gibt es Erdbeben und man wartet nur auf ›The Big One‹.«

»Aber es ist nur eins – Hurrikans gibt es jedes Jahr. Mehrmals. Das halte nicht aus.« Kally schüttelte den Kopf, legte den Stößel beiseite und griff nach einer Flasche auf dem Regal. Sie war gefüllt mit einer goldenen Flüssigkeit, die im Sonnenlicht leuchtete.

Kally goss den Inhalt in den Mörser und rührte weiter. Es dauerte nur wenige Augenblicke, dann wurde der schwere Duft im Raum noch intensiver. Ohne es zu wollen, atmete Cleo tiefer ein und seufzte leise.

»Wow, das riecht herrlich.«

»Du wirst es lieben, wenn es fertig ist«, antwortete Kally. »Man kann damit fast alles machen – von Marinaden bis hin zu Tinkturen.«

»Hält es auch tote Seelen fern?«, fragte Cleo tonlos. Die Leichtigkeit, die sie eben noch empfunden hatte, war wie weggefegt. Stattdessen prickelte ihre Haut und sie musste sich davon abhalten, mit den Nägeln über ihre Unterarme zu kratzen. Auch die Prellung in ihrem Gesicht schien wieder zu schmerzen, obwohl sie davon im Spiegel nichts mehr erkennen konnte.

Kally drehte sich um, verschränkte die Arme und lehnte sich an die Werkbank. »Leider nicht, dazu braucht man andere Zauber.«

»Kennst du sie?«, fragte Cleo sofort.

»Wenn ich Ja sage, wirst du mich darum bitten, sie auszuführen, und ich müsste diese Bitte ablehnen.«

»Warum?«

»Weil man mit den Toten nicht grundlos herumzaubert. Auch etwas, wofür Cousin Leon ein abschreckendes Beispiel ist.«

Unmut sammelte sich in Cleos Brust, stieg ihre Kehle nach oben und ließ ihre Stimme rau werden, als sie fragte: »Und wie soll ich sie dann loswerden? Muss ich für den Rest meines Lebens nach ihrer Pfeife tanzen, damit sie endlich ins Licht gehen und mir nicht mehr das Ohr abkauen?«

Kally lachte und schüttelte den Kopf. »Vergiss es, Süße. Du bist weder Melinda noch ist das hier Grandview. Das ganze Gesülze von wegen, dass Geister entstehen, weil die Verstorbenen noch etwas zu erledigen haben, ist Bullshit. Es ist sehr viel einfacher und weit weniger dramatisch.«

»Ach ja?«, fragte Cleo.

»Ja«, erwiderte Kally. »Geister sind eine Anomalie von Energien. Besonders, wenn der Tod plötzlich oder sehr gewaltsam erfolgt ist, verirrt sich die Seele auf dem Weg ins Totenreich. Es ist wie eine Ladung, die nicht korrekt überspringen kann. Meistens regelt sich dieses Ungleichgewicht von alleine und ja, auch dadurch, dass der oder die Tote begreift, was geschehen ist. Aber das ist nicht immer der Fall und je länger es dauert, desto weniger schafft es die Seele aus eigener Kraft. Dann sitzt sie hier fest.«

»Wie dieser Rupert?«

»Ja und nein.« Kally lachte leise, schüttelte den Kopf und sagte: »Rupert ist ein sturer Hund. Er will einfach nicht ins Totenreich. Mittlerweile kann er von alleine nicht mehr übertreten, aber jedes Mal, wenn ich ihm anbiete, ihm zu helfen, beschimpft er mich und haut für ein paar Wochen ab.«

Cleo nickte langsam. Was Kally sagte, hörte sich auf verquere Art und Weise logisch an. »Du hast gesagt, du könntest ihm helfen … wie denn?«

»Manchmal, indem ich den Toten begreiflich mache, was passiert ist. Aber meistens dadurch, dass ich ihre Seele hinüberschicke.« Kally lächelte langsam und etwas änderte sich in der Atmosphäre. Cleo konnte es nicht benennen, doch es fühlte sich wie kalte Finger an, die über ihr Gesicht strichen. Sie vermied es nachzufragen, wie Kally dieses Hinüberschicken anstellte.

»Kann ich das auch?«, fragte sie stattdessen. »Wenn ich die Toten schon hören kann.«

»Das weiß ich nicht, aber wir werden das zusammen herausfinden«, sagte Kally. Dabei hatte sie ein so enthusiastisches Funkeln in den Augen, dass es Cleo die Furcht in die Knochen hätte treiben sollen. Tat es aber nicht.

War sie am Ende doch verrückt?

Innerlich schüttelte sie den Kopf und fragte: »Und was mache ich dann, wenn ich wieder einen Geist höre? Das letzte Mal ist es nicht besonders gut gelaufen, als ich der Stimme gefolgt bin.« Die letzten Worte rutschten wie Glasscherben durch Cleos Kehle. Sie glaubte, wieder die Handschellen an ihren Gelenken zu fühlen.

»Ich gebe zu, das ist richtig mies gelaufen«, gestand Kally. »Aber im Prinzip wäre das genau mein Rat: Mit den Toten reden und ihnen geben, was sie wollen.«

»Klasse«, brummte Cleo. Sie lehnte sich zurück und ließ die Luft hörbar aus ihren Lungen strömen. »Ich werde diese Fähigkeit nicht mehr los, nicht wahr?«

»Nein.«

»Ich bin also dazu verdammt, den Rest meines Lebens den Toten hinterher zu räumen?«

Kally schüttelte langsam den Kopf. »Ich habe nicht gesagt, dass du immer springen musst, wenn dir einer von ihnen über den Weg läuft. Leider scheinen die Toten jedoch einen sechsten Sinn dafür zu haben, wer mit ihnen in Kontakt treten kann und wer nicht. Sie werden dich also finden, ganz egal, ob du sie hören willst oder nicht.«

Cleo fluchte vor sich hin, ließ den Kopf in den Nacken fallen und schloss die Augen. Ihr Schädel pochte und sie sehnte sich nach einem starken Drink, obwohl es erst früher Nachmittag war. Dennoch … ihre Mundwinkel hoben sich.

Sie linste zu Kally und sagte: »So scheiße ich das im Moment auch finde, es ist um Längen besser als zu glauben, dass ich nicht mehr alle Tassen im Schrank habe.«

»Das wollte ich hören«, erwiderte Kally mit einem breiten Grinsen. Sie wollte noch etwas sagen, doch jemand anderes kam ihr zuvor. Jemand, den Cleo nicht sehen, dafür aber sehr deutlich hören konnte.

»Da sind Sie ja endlich!«, rief eine vertraue Frauenstimme.

Kälte prickelte auf Cleos Haut. Obwohl sie wusste, dass es sinnlos war, sah sie sich suchend um. Den entscheidenden Hinweis, wo jemand stehen sollte, lieferte ihr Kally. Deren Blick war zur Tür gerichtet, doch als Cleo ihm folgte, sah sie dort nur Luft.

Verdammte Scheiße, dachte sie, gefangen zwischen Wut und Resignation.

»Wohin sind Sie gestern verschwunden?«, fragte die Tote. »Tun Sie bitte nicht so, als könnten Sie mich nicht hören. Ich weiß, dass es so ist!«

Hilfesuchend sah Cleo zu Kally. Diese hob nur eine Augenbraue und gab ihr stumm zu verstehen, dass sie sich nicht einmischen würde. Am liebsten hätte Cleo ihr den Finger gezeigt, riss sich aber zusammen.

Sie atmete tief durch und sagte: »Ich kann Sie hören. Wie heißen Sie?«

»Alisha«, kam es stockend. »Alisha Packard.«

»Ich heiße Cleo.«

»Cleo, Sie müssen mir helfen! Ich habe keine Ahnung, was mit mir passiert ist, und außer Ihnen ignorieren mich alle.« War die Stimme von Alisha eben noch fordernd gewesen, so war nun Verzweiflung darin zu hören. Und Angst. Sie drückte auf Cleos Brust, als würde dort ein Gewicht liegen.

»Alisha … Sie sind gestorben.«

»Was?«, kam es leise. Kaum lauter als ein Hauchen.

»Sie wurden ermordet. Es tut mir sehr leid.«

»Das kann nicht sein«, erwiderte die Tote. Entschiedener fügte sie hinzu: »Das ist eine Lüge, schließlich bin ich noch da!«

Hilflos sah Cleo zu Kally. »Und jetzt? Was soll ich jetzt tun?«

»Du hilfst ihr, es zu begreifen«, sagte Kally.

»Sie hören mich doch auch!«, platzte es aus Alisha heraus.

»Ja Schätzchen«, sagte Kally und wandte sich wieder zur Tür. »Ich kann Sie sogar sehen, aber das ändert nichts an der Tatsache, dass Sie tot sind.«

»Das ist doch lächerlich, ich bin nicht tot!«

»Doch, Alisha. Es tut mir leid, aber Cleo sagt die Wahrheit. Aber keine Sorge, sie wird Ihnen helfen, den Weg ins Jenseits zu finden.«

»Ich will aber nicht ins Jenseits!«

Kally schüttelte langsam den Kopf. »Aber dort gehören Sie hin, glauben Sie mir.«

Das Klagen und Schimpfen, das Alisha daraufhin ausstieß, ignorierte Kally. Sie drehte sich um, griff in ein Regal und holte ein kleines Fläschchen hervor. Sie gab es Cleo mit den Worten: »Wenn du bei ihrem Körper bist, gib ein paar Tropfen davon in ihren Mund.«

»Was?«, fragte Cleo schwach. Obwohl das Fläschchen fast in ihrer Hand verschwand, fühlte es sich mit einem Mal schwerer an. »Kannst du das nicht machen?«

»Nein, das ist deine Aufgabe«, erwiderte Kally kühl. Als Cleo zu einem weiteren Protest ansetzen wollte, hob Kally die Hand und sagte milder: »Süße, du musst dich mit diesem neuen Aspekt deines Lebens abfinden. Je schneller du ihn akzeptierst, desto besser.«

Cleo atmete hörbar aus und sah auf das Fläschchen hinunter. Die Flüssigkeit darin hatte eine grünliche Farbe und wirkte zäh. Es sah nicht sonderlich appetitlich aus, aber das war Cleos geringste Sorge. Ihre

Schultern sackten hinunter.

»Na schön«, murmelte sie. »Wo finde ich ihren Körper?«

»In der Leichenhalle, ich schreibe dir die Adresse auf.«

»Werden sich die Mitarbeiter dort nicht wundern, warum ich da auftauche und mich an einer der Leichen zu schaffen mache?«

Kally lächelte gewinnend. »Nicht, wenn du sagst, dass ich dich schicke. Marc oder einer der anderen an der Pforte ruft mich an und ich kann ihnen bestätigen, dass du in Ordnung bist.«

»Natürlich«, murmelte Cleo. Mittlerweile hatte Alisha Packard aufgehört, sich lauthals zu beschweren. Cleo sah zur Tür – wo einfach nur Luft war – und sagte betont freundlich: »Ich werde Ihnen helfen, aber dafür müssen Sie mich begleiten.«

»Na schön«, kam es zögerlich von Alisha.

»Ich kann Sie im Gegensatz zu Kally aber nicht sehen. Das heißt, ich muss mich darauf verlassen, dass Sie in meiner Nähe bleiben.«

»Sie sind eine seltsame Frau«, beschied Alisha ihr.

Wem sagen Sie das, dachte sich Cleo. Aber besser seltsam als geisteskrank.

»Ich habe unten einen Stadtplan«, sagte Kally und stieß sich von ihrer Werkbank ab. »Ich zeige dir, wo ihr hin müsst. Zu Fuß sind es dreißig Minuten oder du nimmst die Stadtbahn.«

»Okay«, seufzte Cleo. Sie folgte ihrer Gastgeberin und spirituellen Führerin, wenn man Kally so bezeichnen konnte. Den ganzen Weg ins Erdgeschoss betete sie dafür, dass das keine dumme Idee gewesen war. Immerhin war sie schon in Zusammenhang mit Alisha Packards Leichenfund unangenehm bei der Polizei aufgefallen.

Als sie das gegenüber Kally ansprach, schüttelte diese den Kopf. »Nein, dieser Ausflug wird bestimmt kein schlechtes Licht auf dich werfen. Darla weiß schon, dass du eine Gabe besitzt und deswegen eventuell ein paar seltsame Sachen machst.«

»Du findest echt schöne Worte«, erwiderte Cleo mit einer gehörigen Portion Sarkasmus.

Völlig unbeeindruckt davon drückte Kally ihr den Stadtplan in die Hand und schob sie zur Eingangstür. Aus dem Obergeschoss hörte sie Junes Stimme, die sie verabschiedete. Das irre Glucksen, das sich daraufhin in Cleos Kehle sammelte, schluckte sie mit aller Macht hinunter.

»Viel Erfolg euch beiden«, sagte Kally, verabschiedete sich von Alisha Packard und schloss die Tür.

»Na schön«, murmelte Cleo und wandte sich an die Tote, die sie nicht sehen konnte. »Wollen wir los?«

»Ich bin direkt hinter Ihnen«, antwortete Alisha. Tatsächlich war es Cleo so, als würde sie einen leichten Lufthauch im Nacken spüren. Sie unterdrückte ein Schaudern, straffte die Schultern und setzte sich in Bewegung.

KAPITEL 10

»Hallo Cleo. Was machst du denn hier?«

Mit einem Puls jenseits von Gut und Böse starrte Cleo zu dem blonden Mann hoch, der sie an den Schultern hielt. Sie wusste zwar, dass sie ohne seine helfenden Hände wahrscheinlich umgefallen wäre, dennoch stieg der Drang in ihr auf, sich loszumachen.

Bestimmt trat sie einen Schritt zurück und somit aus Logans Reichweite. Außerdem ragte er dadurch nicht mehr über ihr auf.

»Es tut mir leid, ich wollte dich nicht anrempeln«, sagte sie langsam. »Was machst du hier?«

»Wer ist das? Kennen Sie ihn?«, fragte Alisha hinter ihr, aber Cleo ignorierte sie.

Sie konzentrierte sich ganz auf Logan, dessen Lächeln breiter wurde. »Ich arbeite hier.«

»Oh, stimmt.« Am liebsten hätte sich Cleo an die Stirn geschlagen. So unangenehm ihr das hier alles im Moment war, es könnte sich auch als Vorteil herausstellen. Sie atmete tief ein und sagte: »Ich suche eine Frau, Alisha Packard.«

»Die, die du gestern gefunden hast?«, fragte Logan

und überraschte Cleo damit.

»Woher weißt du das?«

»Von Darla. Sie war heute Morgen hier und hat erzählt, wie die Leiche entdeckt wurde.«

»Ich bin also wirklich tot?«, murmelte Alisha. Ihre Stimme klang gebrochen und tonlos, als hätte sie alle Hoffnung fahren lassen. Cleo wurde es eng in der Brust und am liebsten hätte sie Alisha gut zu geredet, doch das traute sie sich in Logans Gegenwart nicht.

Stattdessen fragte sie ihn: »Sie ist also hier? Ich meine, ihr Körper?«

»Warum willst du das wissen?«, fragte er neugierig.

Scheiße, dachte Cleo. Kopfschmerzen machten sich hinter ihren Schläfen breit. Der Drang, alles hinzuschmeißen und von hier abzuhauen, ließ die Muskeln in ihren Beinen zittern. Dabei war sie doch schon so weit gekommen! Der Wachmann am Empfang hatte sie, nachdem er Kally angerufen hatte, sogar mit einem Lächeln und den Worten »viel Erfolg« durchgewunken.

In der Hoffnung, dass das auch bei Logan funktionieren würde, sagte sie: »Kally hat mich hergeschickt. Ich soll … also, ich soll dem Geist der Frau helfen, ins Totenreich zu finden.«

Logan blinzelte langsam, Neugier in dem Grün-Braun seiner Augen. »Warum macht sie das nicht selbst?«

»Keine Ahnung«, erwiderte Cleo und zuckte mit den Schultern. »Sie hat mich genötigt, hierher zu kommen.«

»Warum lügen Sie ihn an?«, wollte Alisha wissen.

Weil ich Angst vor seiner Reaktion habe, dachte Cleo

bei sich. Sie zwang sich, eine nichtssagende Miene zur Schau zu stellen, während Logan sie musterte. Der Wunsch, von hier zu verschwinden, wurde immer stärker.

Was, wenn er doch noch so wie ihr Ex reagierte und sie wieder in einer Gummizelle landete?

»Das klingt ganz nach Kally«, sagte Logan amüsiert und holte Cleo aus ihren Gedanken. Ihr wurde schwindelig vor Erleichterung, dass er sie nicht für verrückt hielt.

Logan wandte sich zur Tür, aus der er eben getreten war. »Komm, ich führe dich zu ihrem Fach. Eigentlich habe ich schon Feierabend, aber das will ich nicht verpassen.«

»Danke«, antwortete Cleo. Sie folgte ihm den kargen Flur hinunter, den Blick fest auf seinen Rücken gerichtet. Der Stoff seines weißen Langarmshirts spannte sich um breite Schultern und Cleo fiel auf, wie selbstsicher sein Gang war.

»Er mag Sie«, sagte Alisha dicht neben ihr, so dass Cleo zusammenzuckte. Sie fühlte sich ertappt,doch statt zu erröten, wich das Blut aus ihrem Gesicht.

»Nicht mehr lange«, flüsterte sie so leise, dass Logan es nicht hören konnte.

»Warum nicht?«

Cleo blieb ihrer unsichtbaren Begleiterin die Antwort schuldig, denn sie hatten einen großen Raum betreten. Mehrere Tische, die aus blankem Stahl gefertigt und mit dem Boden verschraubt waren, standen in der Mitte. Zur Rechten war ein Bürobereich von einer Glaswand abgetrennt. Es roch nach Desinfektionsmittel, mehr nicht. Das überraschte Cleo, denn sie hatte angenommen, dass es nach Tod riechen würde. Nach Verwesung.

Ihre Erleichterung hielt nicht lange vor, denn Logan ging zu einer Wand, die mit mehreren großen Klappen versehen war. Sie brauchte nicht viel Vorstellungskraft, um zu erraten, was sich dahinter befand. Wie angewurzelt blieb Cleo stehen, während ihr Herz hektisch pochte.Mit einem Mal wurde ihr bewusst, wo genau sie war und was sie gleich zu sehen bekommen würde.

Die Toten zu hören war eine Sache und aus Versehen eine zu finden die andere, aber das hier? Das war verrückt!

Logan, der nichts von ihrer drohenden Panikattacke bemerkte, öffnete eines der Fächer und zog die darin befindliche Vorrichtung heraus. Ein Körper lag darauf, noch verdeckt von einem weißen Laken. Cleo starrte ihn an, voller Angst, dass er – oder besser sie – sich gleich bewegen würde.

Aber der einzige, der sich regte, war Logan. Mit geübten Handgriffen streifte er sich ein Paar Latexhandschuhe über und griff nach dem Laken. Cleo wollte ihn aufhalten, sie wollte die Tote nicht noch einmal sehen, doch über ihre Lippen kam kein Laut.

Stattdessen starrte sie auf das weiße Tuch, das Stück für Stück den Kopf der Frau freilegte. Cleos rechte Körperhälfte wurde ganz kühl, obwohl im Raum kein Luftzug herrschte. Sie würde ihre Hand dafür ins Feuer legen, dass das von Alisha herrührte, die dicht neben sie getreten war.

»O verdammt«, murmelte sie und tatsächlich war es ganz nah an Cleos rechtem Ohr. »Ich sehe grauenvoll aus.«

Cleo konnte nicht anders, sie lachte abgehackt. »Ich denke, niemand in Ihrer Situation macht eine besonders gute Figur.«

»Das hoffe ich doch«, erwiderte Alisha. In ihrer Stimme schwang derselbe Galgenhumor mit, den Cleo selbst empfand. Sie hatte keine Ahnung, wie sie selbst sich in dieser Situation verhalten hätte, aber lachen war definitiv besser als panisches Kreischen.

»Du siehst immerhin besser aus als gestern«, sagte Cleo gedankenverloren, während sie näher trat. Sie hatte nicht gelogen, denn jemand hatte Alishas Gesicht gewaschen. Nur die Blutergüsse waren noch auf ihrer hellen Haut zu erkennen. Die Augen waren geschlossen und es wirkte fast so, als würde sie schlafen.

Ja, klar.

»Du hast recht«, seufzte Alisha. »Ich bin also tatsächlich tot.«

»Bist du«, antwortete Cleo. Sie schob die Hände in die Taschen ihrer Jeans, ihre rechte umfasste das Fläschchen. Sie musste den Inhalt nur in Alishas Mund träufeln, so hatte es Kally ihr zumindest gesagt. Dennoch zögerte Cleo, denn …

»Du kannst mit den Toten reden, nicht wahr?«

Ruckartig hob sie den Kopf und starrte zu Logan. Sie hatte ihn völlig vergessen, verdammt nochmal! Nun war es eine ganz andere Art von Angst, die ihr kalten Schweiß aus den Poren trieb. Vor allem, da Logans Blick sich so intensiv in ihren bohrte. Jeden Moment würde er zum Telefon greifen und wen auch immer anrufen, damit man sie wegsperrte. Ganz egal, ob er mit Kally befreundet war oder nicht.

Aber stattdessen verhielt sich Logan abermals anders, als Cleo erwartet hätte.

»Hat sie etwas darüber gesagt, wer sie umgebracht hat?«, fragte Logan. Er beugte sich sogar ein Stück zu ihr – über Alishas leblosen Körper – und sah Cleo tief in die Augen.

»Ich weiß es nicht«, antwortete Alisha sofort. Sie klang betrübt. »Ich kann mich nur noch daran erinnern, dass ich auf dem Weg von der Arbeit nach Hause war.«

»Bist du sicher?«, hakte Cleo nach. »Dein Körper … er wurde übel zugerichtet.«

Sie konnte sich noch genau an das getrocknete Blut erinnern. Es war nicht wenig gewesen. Ganz zu schweigen von den Prellungen. So sah niemand aus, der schnell und effizient mit einem Messer oder ähnlichem ermordet worden war. Da war sich Cleo sicher.

Diese Überzeugung festigte sich, als Logan sich räusperte und sagte: »Cleo hat recht. Der Pathologe hat mehrere große Hämatome und auch ein paar Knochenbrüche festgestellt.«

»Oh«, murmelte Alisha. Einige Augenblicke war es still – totenstill. »Ich erinnere mich wirklich nicht.«

Cleo schluckte, ihre Kehle fühlte sich trocken an. Als sie Logan die Antwort weitergab, sagte er sanft: »Das macht nichts. Detective Gonzales wird den oder die Täter finden. Sie ist eine sehr gute Ermittlerin.«

Alisha gab ein leises Murmeln von sich, was Cleo jedoch kaum hörte. Sie war zu sehr damit beschäftigt, Logan anzustarren. Dieser grinste schief.

»Was?«

»Nichts«, antwortete Cleo automatisch, nur um gleich darauf den Kopf zu schütteln und zu sagen: »Ich hätte nicht erwartet, dass du so gelassen bleibst.«

»Warum sollte ich nicht?«

»Weil ich behaupte, mit Toten zu reden«, entwich es Cleo härter als beabsichtigt. »Kommt dir das nicht seltsam vor? Warum hältst du mich nicht für eine kranke Irre, die sich hier gerade nur einen besonders grotesken Kick holt?«

»Weil du das nicht bist«, sagte Logan so entschieden, als würde für ihn kein Zweifel bestehen. »Außerdem scheinst du zu vergessen, dass ich mit Kally befreundet bin. Da ist jemand, der Tote hören kann, fast schon langweilig.«

»Aber Alisha könnte trotzdem nur ein Hirngespinst von mir sein.«

»Hey«, empörte sich die Tote neben ihr, während Logan antwortete: »Sie ist aber kein Hirngespinst.«

»Trotzdem«, beharrte Cleo. »Jeder andere normale Mensch hätte mich schon längst einweisen lassen, weil ich behaupte, mit Toten reden zu können.«

Etwas in Logans Blick änderte sich, das Grün-Braun seiner Augen wurde weich. »Ist es das, was dir passiert ist?«

Instinktiv wich Cleo einen Schritt zurück. Das hier war verführerisch und sehr gefährlich. *Er* war gefährlich. Cleo brach den Blickkontakt ab und sah sich um, auf der Suche nach etwas, das sie retten konnte. Welch Ironie, wenn sie bedachte, wo sie sich befanden. Hier waren nur die Toten.

»Ich denke, wir sollten Alisha jetzt hinübergehen lassen«, sagte Cleo, noch immer die Augen überall, nur nicht in Logans Gesicht.

»Eins noch, bevor ich gehen muss«, sagte Alisha neben ihr.

Cleo sah in ihre Richtung. »Was denn?«

»Könntest du meinem Mann – er heißt Gordon Packard – sagen, dass ich ihn liebe und es mir leidtut, dass wir nicht zusammen alt werden und nach Florida ziehen?«

Cleo nickte schnell, während sie die Lippen zusammenpresste. Ihre Augen brannten und sie kämpfte darum, dass die Tränen ihr nicht über die Wangen liefen. Sie war so verdammt nah am Wasser gebaut, wenn es um solche Dinge ging. Vielleicht, weil sie sich auch so etwas wünschte. Eine echte Verbindung. Jemanden, zu dem sie gehörte.

Alisha atmete ein und aus, es hörte sich erleichtert an. »Vielen Dank, Cleo. Ich wünsche dir alles Gute.«

»Ich dir auch«, erwiderte Cleo rau. Um sich abzulenken und nicht doch noch den Kampf gegen die Tränen zu verlieren, holte sie das Fläschchen hervor und zog den Stöpsel. Sie räusperte sich und fragte an Logan gewandt: »Kannst du ihren Mund bitte ein Stück öffnen?«

»Natürlich.« Er griff nach Alishas Kinn und drückte es ein kleines Stück nach unten. Cleo beeilte sich und träufelte die grüne Flüssigkeit in Alishas Mund. Sofort knisterte es in der Luft, alle Haare an Cleos Körper stellten sich auf und sie meinte, ein leises Seufzen zu hören.

Gleich darauf senkte sich eine allumfassende Stille um sie. Suchend sah Cleo sich um, obwohl sie wusste, dass es sinnlos war.

»Alisha?«, fragte sie, aber niemand antwortete ihr.

»Ich denke, sie ist gegangen.« Logan ließ den Kiefer der Toten los, schlug das Laken über ihr Gesicht und schob sie zurück in die Kühlkammer. Das metallische Klicken des Türschlosses hallte laut in Cleos Ohren wider. Noch immer hielt sie das Fläschchen fest in der Hand.

Das war verrückt, selbst für ihre Verhältnisse. Sie musste Kally später unbedingt fragen, was in diesem Fläschchen gewesen war. Sie betrachtete es, sah den Rest der grünlichen Flüssigkeit darin an, bevor sie es zurück in ihre Hosentasche schob.

In der Zwischenzeit hatte sich Logan die Handschuhe abgezogen und in einen Mülleimer geworfen. Er kam auf sie zu und Cleo musste sich zwingen, nicht einen Schritt zurückzuweichen.

»Nun, vielen Dank«, brachte sie heraus. »Ich sollte dann jetzt gehen.«

»Ich begleite dich nach draußen«, sagte Logan und setzte sich in Bewegung. Cleo musste sich beeilen, um nicht alleine zurückzubleiben. Auf dem Weg nach draußen schwiegen sie, dabei war die Stille aufgeladen mit unausgesprochenen Worten. Sie kribbelten und zwickten auf Cleos Haut.

Logan verabschiedete sich von dem Wärter am Eingang und wenig später standen sie auf dem Vorplatz. Die Sonne war bereits tief gesunken. Die Atmosphäre war friedlich und doch fühlte sich Cleo fahrig. Sie wandte sich an Logan und zuckte zusammen, als sie bemerkte, dass er sie beobachtete.

»Vielen Dank nochmal«, murmelte sie. »Wir sehen uns sicher mal wieder.«

»Hey, warte doch«, sagte Logan und griff sie am Arm, als sie sich abwenden wollte. Reflexartig entzog sich Cleo seiner Berührung und wich einen Schritt zurück. »Da wir denselben Weg haben, wie wäre es, wenn wir zusammen gehen?«

»Ich brauche keinen Aufpasser«, zischte Cleo.

»So war das nicht gemeint, tut mir leid.« Logan hob die Hände, als hätte sie ihn schlagen wollen.

Ein schlechtes Gewissen machte sich in Cleo breit. Mit einem Mal kraftlos ließ sie die Schultern und auch den Kopf hängen. Ihre Locken fielen ihr vors Gesicht. Sie wusste, dass ihr Verhalten kindisch und unfair gegenüber jemandem war, der das nicht verdiente.

Noch nicht, wollte ihr die dunkle Stimme in ihrem Kopf zuflüstern, die dort lauerte, seit jeder Cleo wie einen fauligen Apfel hatte fallen lassen. Aber sie wollte ihr nicht mehr zuhören. Sie hatte es satt und bisher hatte Logan sich nicht wie die verhalten, die sie für irre gehalten hatten.

»Ich bin es, die sich entschuldigen muss«, zwang sie sich zu sagen.

»Kein Problem«, sagte Logan schnell. Er klang so gut gelaunt, dass Cleo irritiert den Kopf hob. Tatsächlich lächelte er, ehe er sagte: »Wenn du mit mir einen Ausflug nach Chinatown machst, bevor wir nach Hause gehen, ist alles vergeben.«

»Du erpresst mich«, sagte Cleo langsam. Dabei versuchte sie, nichts von ihrer Belustigung darüber durchscheinen zu lassen.

»Vielleicht ein bisschen.« Logan zuckte mit den Schultern. »Aber es springt auch etwas für dich dabei raus, denn ich wollte dort Dim Sum für Kally und June holen. Wenn du mir tragen hilfst, lade ich dich mit ein. Quasi auch als Willkommensgeschenk für gute Nachbarschaft.«

Cleo gab es auf, nicht zu lächeln. Es war schlicht unmöglich. Was hatte es denn für einen Vorteil, als verrückt zu gelten, wenn sie sich nicht ab und zu auch so verhielt? Und ein Teil von ihr wollte mit Logan die Stadt erkunden. Einfach nur, weil es etwas Normales war. Sie konnte sich nicht daran erinnern, wann sie das letzte Mal etwas in der Art getan hatte.

»Okay«, sagte Cleo und nickte.

KAPITEL 11

Es fühlte sich an, als hätte er einen Sieg errungen.

In einer Schlacht, die weder mit Schwertern noch mit sonst einer Waffe geführt worden war. Dennoch hatte Logan das archaische Bedürfnis, mit einem siegreichen Grinsen die Straße hinunterzugehen. Er verkniff es sich, aber es fiel ihm schwer.

Es dämpfte seinen Triumph ein wenig, dass Cleo nichts mehr gesagt hatte, seit sie aufgebrochen waren. Schweigend ging sie neben ihm her, die Hände in den Taschen ihrer Lederjacke vergraben. Ihr Gesicht war halb von ihren Locken bedeckt, der Ausdruck darauf nicht zu deuten.

»Was geht dir durch den Kopf?«, fragte Logan. Er wollte mehr über diese Frau erfahren, die eben einer Toten geholfen hatte, ihre letzte Ruhe zu finden. Wusste der Teufel, warum Kally sie alleine auf diese Mission geschickt hatte. Seine Freundin hatte zuweilen eigenwillige und auch radikale Methoden.

»Ich denke über Alisha nach«, sagte Cleo, ehe sie zu ihm aufsah. »Was wäre gewesen, wenn sie ihren Mörder gesehen hätte? Wenn sie ihn vielleicht gekannt hätte? Hätte die Polizei die Person dann nicht verhaften können?«

»Leider nicht«, erwiderte Logan.

Cleos Augenbrauen zogen sich zusammen. »Warum nicht?«

»Weil solche paranormalen Praktiken für ein Gerichtsverfahren einzusetzen fast unmöglich ist«, sagte Logan. »Die Polizei hier ist zwar einigermaßen aufgeschlossen, was vor allem Darla zu verdanken ist. Aber da keiner beweisen kann, dass es Magie und so etwas wirklich gibt, halten viele bei der Polizei Kally für eine Hochstaplerin, die immer mal wieder Glückstreffer landet. Darum kommt es leider nicht in Frage, die Aussage eines Geistes als Beweismittel zu verwenden.«

»Das ist doch dämlich«, schnaubte Cleo, was Logan zu einem Nicken veranlasste.

»So sehe ich das auch, aber mich und die anderen fragt ja niemand. Daher versuchen Darla und die anderen Ermittler so viele klassische Beweismittel zu sammeln, dass Kallys Aussage vor Gericht nicht nötig ist.«

Cleo gab ein unzufriedenes Brummen von sich. Es verriet Logan viel über seine Begleiterin, dass sie sich über diese Ungerechtigkeit ärgerte.

»Wie läuft Kallys Zusammenarbeit mit der Polizei genau ab? Rufen sie immer an oder nur bei besonderen Fällen?«

Logan lachte vor sich hin. »Solltest du das nicht lieber Kally direkt fragen?«

»Sie würde mir sicher nur ausweichen«, erwiderte Cleo und hörte sich dabei unzufrieden an. »Das hab ich irgendwie im Gefühl.«

»Wahrscheinlich, weil du selbst ganz gut darin bist.«

»Was willst du denn damit sagen?«, fragte sie und sah ihn mit hochgezogener Augenbraue an.

Logan grinste und zuckte mit den Schultern. Er dirigierte Cleo um eine weitere Ecke und sie landeten mitten in Chinatown. Obwohl Logan schon lange in San Francisco lebte, war es jedes Mal wieder überwältigend, in das bunte und quirlige Viertel einzutauchen. Die Mischung aus Einheimischen und Touristen garantierte, dass immer etwas los war. Jetzt kamen noch der Lärm und die Hektik des Feierabendverkehrs hinzu.

Um sie nicht zu verlieren, trat Logan näher an Cleo, bis sich ihre Oberarme berührten. Sie warf einen Blick zu ihm hoch, sagte aber nichts. Als sie weitergingen, blieben sie dicht beieinander.

»Wie bist du zu Kally gekommen?«, fragte Logan über den Geräuschteppich des Viertels hinweg. Irgendwo über ihnen wurde ein heftiges Streitgespräch auf Mandarin geführt.

»Zu Fuß.« Als er schwieg und einfach wartete, seufzte Cleo und fügte hinzu: »Ein Mann hat mich gedrängt, zu ihr zu gehen, als ich in San Francisco ankam. Da dachte ich noch, dass ich verrückt bin. Aber weil ich keine Ahnung hatte, wo ich sonst hin sollte, habe ich einfach getan, was diese Stimme in meinem Kopf gesagt hat.«

»Nur, dass sie nicht in deinem Kopf war«, vermutete Logan.

Seine Begleiterin nickte. »Es war ein Mann namens

Rupert. Sagt zumindest Kally.«

»Ich kenne Rupert … also, irgendwie.« Logan zuckte mit den Schultern und sagte: »Kally hat mir von ihm erzählt. Er muss ein Privatdetektiv gewesen sein, bevor er starb. Dieser Tätigkeit geht er wohl noch immer nach.«

»Scheint so«, sagte Cleo zögerlich.

»Wo warst du, bevor du in die Stadt kamst?«

Ein Ruck ging durch Cleos Körper und der Ausdruck in ihren Augen wurde hart. Schnell drehte sie den Kopf hin und her, als würde sie etwas oder jemanden suchen.

»Sind wir denn bald da? Ich verhungere gleich.«

Ein Hauch von Resignation mache sich in Logan breit. Sie wollte ihm nicht sagen, woher sie kam. Da er vermutete, dass Druck kein gutes Mittel bei ihr war, ging er auf ihren plumpen Themenwechsel ein.

»Da vorne ist es«, sagte er und streckte den Arm aus. Ein rot-schwarzes Schild an der Straßenecke wies auf den *Jade-Drachen* hin.

Cleo folgte seinem Fingerzeig und beschleunigte ihre Schritte. Sie schob sich durch das dichte Gedränge und kam viel schneller vorwärts als Logan. Er musste sich anstrengen, damit sie ihn nicht abhängte oder er sie aus den Augen verlor. Kurz vor dem Restaurant holte er sie ein.

»Wolltest du mich etwa loswerden?«, fragte er und tat dabei gespielt verletzt.

Tatsächlich lächelte Cleo schief und zuckte mit den Schultern. »Was kann ich dafür, wenn du so langsam zu Fuß bist?«

Logan lachte und sie traten über die Schwelle.Der grün und golden eingerichtete Laden war selbst zu dieser frühen Stunde gut besucht, aber sie wollten sich ohnehin nicht setzen. Stattdessen dirigierte Logan Cleo zur Theke und reichte ihr dort die Speisekarte.

»Guten Abend Mr. Logan«, sagte der junge Mann hinter dem Tresen freundlich. »Wieder etwas zum Mitnehmen?«

»Ja«, antwortete Logan. Er bestellte das Übliche und als er Cleo fragend ansah, gab auch sie ihre Bestellung auf. Amüsiert bemerkte er, dass sie dasselbe ausgesucht hatte wie er.

»Du kommst öfter hierher, oder?«, fragte Cleo, als sie sich an einen kleinen Tisch setzten, um dort auf das Essen zu warten. »Du hast nicht einmal in die Karte schauen müssen.«

»Ein paar Mal im Monat wird es schon sein«, sagte er. »Du wirst verstehen warum, wenn du dein Essen probiert hast.«

Langsam erwiderte Cleo sein Lächeln. Es erreichte ihre Augen und ließ das intensive Blau regelrecht strahlen. Gleichzeitig versetzte es Logans Herz einen Stoß, so dass es schneller schlug.

Wie albern.

Dennoch ertappte er sich dabei, wie er sie ewig anstarren wollte. Vor allem, wenn sie so locker und offen war wie jetzt. Damit das so blieb, fragte er sie nach ihrem Lieblingsessen und was sie gar nicht mochte. Es entspann sich ein lockeres Gespräch mit viel Gelächter.

»Ah, Mr. Logan. Heute in Begleitung?« Die Worte, mit einem weichen Akzent gesprochen, veranlassten Logan dazu, seine Aufmerksamkeit von Cleo zu nehmen. Eine leicht untersetzte Frau mittleren Alters stand vor ihrem Tisch und stellte eine Tüte darauf ab. Ihre dunklen Augen, in denen ein amüsiertes Funkeln lag, huschten zwischen ihm und Cleo hin und her.

»Scheint so, Ms. Su-Yin«, erwiderte er. Er schob sich aus der Sitzecke und griff nach der Tüte. Cleo trat kurz darauf neben ihn.

Ms. Su-Yin zwinkerte ihnen zu. »Lassen Sie es sich schmecken und kommen Sie bald wieder.«

»Mache ich, bis bald.« Er winkte der Besitzerin zu und verließ, mit Cleo im Schlepptau, den Laden. Draußen war der Himmel mittlerweile dunkel, doch durch die Straßenlaternen und vielen Lichter in den Fenstern war es beinahe taghell.

»Denkt sie jetzt, dass wir ein Paar sind?«, fragte Cleo, den Blick hinter sich zum Restaurant gerichtet.

Logan verkniff sich ein Grinsen und tat so, als hätte er Cleo nicht gehört. Statt ihr zu antworten, sagte er: »Komm, wir sollten los. Ansonsten kommen wir mit kaltem Essen an und dann wird Kally unleidlich.« Er setzte sich in Bewegung und nach einigen Schritten eilte Cleo neben ihn.

»Hey, du weichst mir aus«, beschwerte sie sich.

Logan biss sich auf die Wangeninnenseite, um nicht zu lachen. »Ich weiß nicht, was du meinst.«

»Natürlich tust du das«, konterte Cleo. Sie grinste breit, doch in ihrem Blick lag eine Herausforderung.

»Du hast mich sehr wohl verstanden und ich-«

Von einer Sekunde auf die andere verstummte Cleo und auch ihre Mimik, die eben noch so lebendig gewesen war, fror ein. Sie blieb wie angewurzelt stehen und drehte sich langsam nach rechts. Das genügte Logan, um zu begreifen, dass etwas nicht stimmte.

»Was ist?«

Cleos Lippen bewegten sich, doch ihre Worte waren so leise, dass Logan sich zu ihr beugen musste, um sie zu verstehen.

»Ich … ich höre jemanden.«

»Wen?«

»Einen Mann.« Er sah, wie Cleo schluckte und ihre Augen hin und her huschten. »Irgendwo auf der anderen Straßenseite.«

»Was sagt er?«

Cleo runzelte die Stirn. »Er sagt, dass sein Körper gestohlen wurde und von jemand anderem benutzt wird. Einem der Passanten.«

»Er lebt also noch?«, fragte Logan verwirrt. »Ich dachte, du kannst nur die Toten hören.«

»Das dachte ich auch.« Cleo sah zu ihm auf, einen verlorenen Ausdruck auf dem Gesicht. Logan musste nicht fragen, um zu wissen, was sie dachte.

»Du bist nicht verrückt«, sagte er entschieden. »Ist der Mann noch da?«

»Nein, ich höre ihn nicht mehr.«

»Okay, dann machen wir jetzt folgendes«, sagte er und fasste nach ihrem Ellenbogen. Dieses Mal entzog sie sich ihm nicht. »Wir gehen zu Kally und erzählen ihr davon. Wenn jemand hier einen Rat weiß, dann sicher sie.«

»In Ordnung«, murmelte Cleo. Gleichzeitig nickte sie abgehackt. Sie setzten sich in Bewegung und sprachen kein Wort, bis sie bei Kallys Haus angekommen waren.

KAPITEL 12

Kally neigte den Kopf zur Seite, als sie Schritte auf dem Weg um das Haus hörte.

Im Schein der Lichterketten, die sich zwischen dem Efeu im Gebälk verbargen, erkannte sie die beiden Besucher erst, als sie schon direkt vor der hinteren Veranda standen. Der Kater auf ihrem Schoß hörte auf zu schnurren und beäugte die beiden.

»Hallo ihr zwei«, sagte Kally. »Habt ihr einen kleinen Ausflug zusammen gemacht?«

»Es ist etwas passiert«, sagte Cleo, ohne auf ihre Sticheleien einzugehen. Ihre Stimme klang gepresst und erst jetzt sah Kally den harten Zug um ihren Mund. Ihre Belustigung verschwand. Vor allem, weil auch Logan besorgt aussah.

»Was ist passiert?«

Cleo atmete tief durch und erzählte von der Männerstimme in Chinatown. Dabei wurden ihre Worte immer hektischer, überschlugen sich beinahe. Als sie fertig war, hob und senkte sich ihr Brustkorb schneller.

»Weißt du, was das zu bedeuten hat?«, fragte Logan.

»Setzt euch«, verlangte Kally. Gleichzeitig rasten ihre

Gedanken. »Der Tote könnte sehr verwirrt sein und jemand anderen für sich selbst halten. Das kommt öfter vor. Oder ein Nekromant hat die Seele verdrängt und kontrolliert den nun leblosen Körper.«

»Wie eine Marionette?«

Kally sah zu Cleo und nickte. »Aber es ist sehr viel gefährlicher, als es sich anhört. Denn wenn die verdrängte Seele zu lange vom Körper getrennt ist, stirbt die Person.«

»Warum sollte jemand so etwas riskieren wollen?«, fragte Cleo leise und rieb sich über die Arme, als würde sie frieren.

»Dafür gibt es viele Gründe«, antwortete Kally und zuckte mit den Schultern. »Mit dem Körper stiehlt der Nekromant auch die Identität der Person und kann dadurch beispielsweise Geschäfte in deren Namen abschließen oder Verbrechen begehen.«

Weiter sprach sie nicht. Es war keine Lüge, wenn man nur einen Teil der Wahrheit sagte, und Kally wählte lieber diese Variante, als den beiden von der anderen Möglichkeit zu berichten, die als Erklärung für dieses Phänomen in Betracht kam. Eine, mit der sie sehr vertraut war.

Ihr Instinkt sagte ihr, dass sie es nicht mit dem Seelenspringer zu tun hatten. Seine Magie war anders, das wusste Kally. Den Gedanken, dass das vielleicht auch nur ein Wunsch ihrerseits war, schob sie weit von sich.

»Hast du das schon einmal getan?«, fragte Cleo, einen kalten Ausdruck in den Augen. »Du bist doch eine Nekromantin. Hast du schon einmal eine Seele aus einem

Körper verdrängt?«

»Nein.« Kally schüttelte nachdrücklich den Kopf und fügte hinzu: »Ich habe die Rituale gelernt, sie aber noch nie angewendet.«

Einige Sekunden starrte Cleo sie weiter an und Kally wartete auf ihr Urteil. Ob sie ihr glauben würde oder nicht. Als ihr neuster Schützling schließlich nickte, entspannten sich Kallys Schultern.

»Und jetzt?«, fragte Logan, die Arme vor der Brust verschränkt. »Wie finden wir heraus, was wirklich dahinter steckt?«

»Vorerst gar nicht«, sagte Kally und streichelte weiter die Katze auf ihrem Schoß.

»Warum nicht?«

»Weil wir nicht wissen, wie der Mann aussieht«, erklärte sie. »Mit einem Bild oder einer groben Beschreibung könnte ich ihn auspendeln, aber die bloße Stimme reicht dafür nicht aus. Solltest du ihn das nächste Mal hören, versuch ihn anzusprechen.«

»Ja klar«, schnaubte Cleo. Sie lehnte sich zurück, ließ den Kopf in den Nacken fallen und seufzte tief. Kally konnte ihren Frust verstehen, aber nichts dagegen unternehmen. Was sie jedoch überraschte, war die hohe Frequenz, mit der Cleo den toten Seelen begegnete. Kein Wunder, dass man sie eingewiesen hatte.

Stille senkte sich zwischen sie und wurde erst durchbrochen, als Logan sich von seinem Platz erhob. »Ich bringe mal das Essen rein.«

»Holst du uns Teller?«, fragte Kally.

Logan blieb neben ihr stehen, eine Augenbraue erhoben. »Wie kannst du jetzt noch daran denken, etwas zu essen?«

»Warum denn nicht? Es ist niemandem geholfen, wenn es kalt wird und essen müssen wir es so oder so.«

»Stimmt«, erwiderte er, schüttelte lächelnd den Kopf und verschwand in der Küche. Dabei bemerkte Kally, wie Cleo ihm hinterher sah.

Wie interessant, dachte Kally amüsiert.

Cleo, die ihren Blick bemerkt hatte, zuckte zusammen und deutete auf Kallys Schoß. »Ist das deine Katze?«

»Nein«, erwiderte Kally und streichelte das Tier. »Shiva gehört niemandem, aber er genießt regelmäßig meine Gesellschaft.«

»Shiva?«, fragte Cleo und zum ersten Mal, seit sie zurückgekommen war, zeigte sich ein Lächeln auf ihrem Gesicht. Es war schief und kaum als solches zu deuten, aber besser als der schockierte Ausdruck von zuvor.

»Ja, Shiva. Was gibt es daran auszusetzen?«

»Nichts. Es passt einfach gut, weil du dir doch selber lieber den Spitznamen Kali gegeben hättest.«

»Du hast die Göttin gegoogelt«, mutmaßte Kally und grinste. Sie sah auf den dunkelgrauen Kater hinunter und kraulte ihn unter dem Kinn. »Gut möglich, dass ich ihm deswegen diesen Namen gegeben habe. Er würde einen tollen Gott abgeben, meinst du nicht?«

»Aber natürlich«, sagte Cleo. »War er auch einer deiner Streuner?«

Kally nickte. »Er wurde von einem Auto angefahren

und ich habe ihn gesund gepflegt. Wie alle anderen, die einmal hier gewohnt haben, kommt er immer mal wieder auf einen Besuch vorbei.«

»Aha«, murmelte Cleo. Sie warf ihr einen zweifelnden Blick zu, aber das war Kally egal. Bei ihr würde es genauso laufen, das wusste sie schon jetzt und sie freute sich bereits auf Cleos Besuche nach ihrem Auszug. Jetzt allerdings war ihr neuster Schützling noch meilenweit davon entfernt, wieder auf eigenen Beinen zu stehen.

Doch allgemein schlägt sie sich gut, dachte Kally zufrieden.

Wenige Augenblicke später kam Logan zurück auf die Veranda und reichte ihr und Cleo je einen Teller. Der herzhafte Duft der Dim Sum ließ Kally das Wasser im Mund zusammenlaufen. Shiva schien es ähnlich zu gehen, denn der Kater reckte den Kopf und schnupperte in Richtung der Teigtaschen.

»Vergiss es«, sagte Kally und gab ihm einen kleinen Schubs. Mit einem unleidigen Miauen sprang er von ihrem Schoß, warf einen Blick über die Schulter und stolzierte mit hochgerecktem Schwanz in die Nacht.

Logan lachte leise, wandte sich ihr zu und fragte: »Soll ich Junes Portion nach oben bringen?«

»Nein.«

»Was? Warum nicht?«

»Weil sie sie selbst abholen kann«, antwortete Kally.

Logan blinzelte überrascht. »Kommt sie neuerdings denn aus ihrem Zimmer?«

»Nein. Aber vielleicht ist das mal ein Anreiz für sie.«

»Du bist ganz schön hartherzig«, sagte Cleo.

»Wenn es nötig ist, ja.« Kally lehnte sich zurück und rief: »June! Beweg deinen Arsch hier runter, sonst werden deine Dim Sum kalt!«

Es dauerte einige Sekunden, dann ertönte dumpf die Antwort: »Du bist eine gemeine Hexe!«

»Sag mir das ins Gesicht!«, konterte Kally und lachte in sich hinein, als ein wüstes Fluchen erklang. Weder Cleo noch Logan sagten ein Wort, sie lauschten wie Kally auch ins Haus hinein. Doch das Knarzen der Treppe blieb aus.

Kally seufzte und schob sich eine Teigtasche in den Mund.

»Ich verabschiede mich dann mal.«

Cleo sah vom Spülbecken auf und entdeckte Logan, der in die Küche kam. Er sah müde aus und in ihr regte sich das schlechte Gewissen. Ihre Schultern sackten hinunter.

»Es tut mir leid.«

»Was denn?«, hakte Logan nach. Mittlerweile war er an der Kücheninsel angekommen und lehnte sich mit der Hüfte dagegen.

»Das heute«, sagte Cleo. Sie griff nach dem Geschirrtuch und trocknete sich die Hände ab, während sie sich zu ihm umdrehte. »Du hättest mir nicht helfen müssen und dein Abend wäre sicher entspannter verlaufen, wenn ich nicht da gewesen wäre.«

»Vielleicht«, sagte er und zuckte mit den Schultern. »Andererseits ist entspannt auch irgendwann langweilig. Zumal du keine Schuld daran hast, dass du diesen Mann gehört hast.«

Wenn du wüsstest, dachte Cleo, sprach es jedoch nicht aus. Seit Kally ihr erzählt hatte, dass ihr Tauchunfall der Auslöser für die Stimmen in ihrem Kopf war, fühlte sie sich dafür verantwortlich, sie hören zu können. Wäre sie damals vorsichtiger gewesen, hätte sie jetzt noch ein normales Leben.

Sie hätte …

Nein, dachte sie und krallte die Hände fester in das Geschirrtuch.

Um sich selbst abzulenken und nicht weiter zu schweigen, räusperte sich Cleo und sagte: »Danke nochmal für das Essen.«

»Gern geschehen.« Logan fuhr sich durchs Haar und lächelte schief. »Wir sehen uns sicher bald wieder, oder? Vielleicht dann eher geplant als zufällig?«

»Vielleicht«, erwiderte Cleo. Es entstand ein kurzes Schweigen, dann stieß sich Logan von der Kücheninsel ab und verschwand durch die Hintertür. Cleo sah ihm hinterher.

Wahrscheinlich zuckte sie deswegen zusammen und ließ das Geschirrtuch fallen, als Kally hinter ihr leise lachte. Den Herzschlag unangenehm in der Kehle, drehte sich Cleo um.

Grinsend lehnte Kally am Türrahmen zur Küche. »Ich hatte dir doch gesagt, dass Logan einer von den Guten ist.«

»Du und ich kennen uns noch nicht so gut, als dass ich dir das einfach so geglaubt hätte.« Cleo bückte sich und hob das Geschirrtuch auf.

»Mit der Betonung auf *noch*«, sagte Kally und zwinkerte ihr zu. »Er mag dich.«

»Vergiss es«, konterte Cleo sofort und schüttelte den Kopf. »Einfach nur nein.«

»Was denn?«

Cleo hob eine Augenbraue, deutete mit dem Zeigefinger auf Kally und sagte: »Ich weiß ganz genau, was dieser Blick und der Tonfall bedeuten.«

Kallys Grinsen wurde nur noch breiter. »Ich bin vollkommen unschuldig.«

»Ja klar«, sagte Cleo. Gleichzeitig musste sie die Kiefer zusammenpressen, um nicht zu lachen. Eine halbe Ewigkeit war vergangen, seit sie sich mit einer … einer Freundin gekabbelt hatte. Denn das konnte Kally für sie werden, da war sich Cleo sicher. Es war ein tröstliches Gefühl.

Als wäre sie noch eine normale Frau.

Aber das bin ich nicht mehr, dachte sie. Das Bedürfnis zu lachen verschwand, wurde von dunkleren Gedanken überrollt.

»Was ist?«, fragte Kally. Auch ihr Tonfall war ernster.

»Ich habe über etwas nachgedacht«, schwindelte Cleo. »Ich kann die Toten nur hören und das ist jedes Mal, als würde mich jemand aus dem Hinterhalt angreifen. Es wäre viel einfacher für mich, wenn ich sie auch sehen könnte. Weißt du nicht einen Weg, wie ich-«

»Nein«, fiel Kally ihr ins Wort. Ihre Stimme klang hart, passend zu dem Ausdruck in ihren dunkelgrünen

Augen. »Denk gar nicht weiter in diese Richtung.«

»Warum nicht?«

»Weil das gefährlich ist«, erwiderte sie. »Je stärker deine Verbindung zum Totenreich ist, desto anfälliger wirst du auch. Du bemerkst doch selbst, wie anziehend du auf die Toten wirkst. Das Ganze wird sich verschlimmern, wenn du sie auch noch sehen kannst.«

»Aber …«, setzte Cleo an, doch Kally schüttelte entschieden den Kopf.

»Kein Aber und keine weitere Diskussion darüber.«

Cleo drehte sich um und machte sich daran, das restliche Geschirr abzutrocknen. Nicht lange, dann hörte sie Schritte hinter sich und spürte die Wärme von Kallys Körper, als diese neben sie trat.

»Ich meine es ernst, Cleo«, sagte sie, nun sanfter. »Du willst nicht tiefer hineingezogen werden, glaub mir.«

»Und andersherum? Könntest du meine Verbindung zu den Toten ganz lösen, so dass ich sie auch nicht mehr hören kann?«

»Nein, tut mir leid. Es gibt nur eine Richtung und die führt vom Leben zum Tod. Das ist ein ungeschriebenes Gesetz, genau wie die Schwerkraft.«

Cleo wollte es schon abnicken, doch dann fiel ihr der Fehler in Kallys Logik auf. Die Schwachstelle in ihrer Argumentation … ihre Lüge?

Sie drehte den Kopf zu ihr und fragte lauernd: »Wie kannst du dann Tote wiedererwecken?«

»Wie können Vögel fliegen?«, fragte Kally und neigte dabei den Kopf zur Seite. Einige Haarsträhnen rutschten ihr ins Gesicht, die ihr etwas Hexenhaftes verliehen.

»Sie nutzen die Thermik und den Auftrieb«, antwortete Cleo langsam.

»Und es kostet sie Kraft«, sagte Kally. »So ist das auch mit der Nekromantie. Wie auch jede andere Form bewusst praktizierter Magie ist sie immer mit einem Preis verbunden und kann nur begrenzte Zeit eingesetzt werden.«

Cleo sagte darauf nichts – sie hatte keine Ahnung, was.

Ihr Leben war, wenn das überhaupt möglich war, noch verrückter geworden. Vielleicht gerade deswegen, weil sie eine Erklärung für das hatte, was sie seit Jahren für Halluzinationen hielt. Jetzt eröffnete sich ihr eine Welt, die sie bis vor wenigen Tagen nur aus Filmen und Büchern gekannt hatte. Eine, die sie nicht verstand und der sie nicht mehr entfliehen konnte.

»Kopf hoch, Cleo«, sagte Kally und legte ihr eine Hand auf den Unterarm, »es wird einfacher werden, damit zurecht zu kommen.«

»Es ist ja nicht so, als hätte ich eine Wahl.«

»Nein, die hast du nicht.«

Bravo, dachte Cleo und stellte den letzten Teller zurück in den Schrank. Ihr Blick fiel auf die übriggebliebene Portion Dim Sum.

»Soll ich das in den Kühlschrank stellen?«, fragte sie.

»Eigentlich«, erwiderte Kally, »wollte ich dich bitten, es zu June zu bringen.«

Überrascht blinzelte Cleo. »Ich dachte, sie sollte es sich selbst holen?«

»Es war ein Versuch wert«, sagte Kally resigniert und zuckte mit den Schultern. »Wärst du bitte so lieb? Ich muss mein Kräuteröl ins Mondlicht stellen.«

»Natürlich«, murmelte Cleo.

»Du bist ein Schatz.« Mit diesen Worten gab Kally ihr einen Kuss auf die Wange – eine Geste, bei der Cleo erstarrte – und ging zur Verandatür. Cleo sah ihr hinterher, bis ein Ruck durch ihren Körper ging. Sie widerstand der Versuchung, ihr Gesicht zu berühren, schnappte sich stattdessen den Teller und stellte ihn in die Mikrowelle.

Kurz darauf ging sie mit den dampfenden Teigtaschen und dem Kopf noch immer voller Gedanken ins Obergeschoss. Vor Junes Tür blieb sie stehen und klopfte.

»Hey June, ich bringe dir dein Abendessen.«

Sofort hörte Cleo es auf der anderen Seite der Tür rumpeln. »Wirklich?«

Cleo lächelte. »Ja, wirklich.«

Langsam öffnete sich die Tür einen Spalt und eine schmale Hand erschien. Noch immer lächelnd – weil das alles so skurril und gleichzeitig herzerwärmend war – überreichte Cleo June den Teller. So schnell, dass beinahe einige Dim Sum heruntergerutscht wären, wurde der Teller ins Zimmer gezogen.

»Lass es dir schmecken«, sagte Cleo und wollte sich abwenden, als June sie bat: »Würdest du noch ein wenig bleiben?«

Wieder öffnete sich die Tür ein Stück und ein Kissen landete auf dem Flur. Es war aufwändig mit Blumen und Kolibris bestickt und sah aus, als hätte sich jemand stundenlang damit beschäftigt.

»Natürlich«, antwortete Cleo. Sie war heute in einem Hexenzimmer und mit einer Toten im Leichenschauhaus gewesen und hatte einen weiteren Geist gehört – warum also nicht mit einer extrem schüchternen Frau durch eine geschlossene Tür plaudern?

Sie nahm sich das Kissen, setzte sich darauf und verschränkte die Beine im Schneidersitz. Währenddessen hörte Cleo hinter der Tür ein glückliches Summen, was ihr ein Lächeln entlockte.

Da war es kein Wunder, dass Junes Stimme ein wenig genuschelt klang, als sie fragte: »Du denkst hoffentlich nicht, dass ich dich nicht leiden kann, nur weil wir uns bisher nur durch meine Zimmertür unterhalten haben?«

»Wie kommst du darauf?«

Ein tiefes Seufzen, dann sagte June: »Kally hat das gestern gesagt.«

»Ach was«, sagte Cleo und schüttelte den Kopf, bis ihr einfiel, dass Junes es nicht sehen konnte. »Nein, ich glaube nicht, dass du mich nicht leiden kannst.«

»Das ist gut, denn ich mag dich«, beeilte sich June zu sagen. Dann, zögerlicher, fragte sie: »Willst du denn gar nicht wissen, warum ich hier nicht rauskomme?«

»Schon, aber ich will dich nicht drängen. Irgendwann bist du so weit und erzählst es mir.«

»Ja«, antwortete June, Freude war in ihrer Stimme zu hören.

»Aber eigentlich ist deine Strategie gar nicht

schlecht«, überlegte Cleo laut. Ihre Erheiterung und das warme Gefühl in der Brust ließen nach, wurden von Kälte ersetzt.

»Wie meinst du das?«

Cleo seufzte leise und erzählte von Alisha und dem Mann, dessen Körper mutmaßlich gestohlen worden war. Obwohl schon so viele ihr glaubten – Kally, Darla … Logan – wartete Cleo noch immer darauf, dass June sie verurteilen und als Irre beschimpfen würde.

Aber wieder trat das nicht ein.

»Weißt du«, sagte June langsam, »Menschen können sich weit schlimmere Dinge antun, als sich nur gegenseitig zu töten. Vielleicht ist genau das dem Mann in Chinatown passiert.«

»Ich weiß«, erwiderte Cleo. Die Worte drückten sich wie Kies durch ihre trockene Kehle. Gleichzeitig prickelten ihre Handgelenke, als wären die Abschürfungen wieder frisch. Sie schluckte und fragte: »Du hältst es also auch für möglich, dass der Körper des Mannes gestohlen worden ist?«

»Ja«, antwortete June sofort. »Vor allem, wenn Kally dieser Meinung ist. Ich kenne niemanden anderen, der sich so gut mit paranormalen Phänomenen auskennt.«

»Woher weiß sie das alles?«, fragte Cleo neugierig. Unbewusst hatte sie die Stimme gesenkt, doch June hatte sie trotzdem verstanden.

»Hat sie dir schon von ihrer Familie erzählt?«

»Ein wenig«, erwiderte Cleo. »Dass der Großteil in New Orleans lebt und nur wenige hier in der Gegend.«

»Aber sie hat dir nicht gesagt, dass die väterliche Seite ihrer Familie einer uralten Voodoo-Dynastie entstammt und ihre Mutter die letzte einer langen Reihe von mächtigen Schamanen war?«

»Nein, hat sie nicht.« Cleo wollte noch etwas hinzufügen, doch die Worte entglitten ihr bei der Frage, die sich in ihren Gedanken formte. »Warte mal, *war?* Ist ihre Mutter tot?«

»Ja«, sagte June düster. »Genauso wie ihr Vater. Sie sind gestorben, als Kally noch ein Kind war.«

Cleo erwiderte nichts darauf. Ein drückendes Gefühl machte sich in ihrer Brust breit und sie ballte die Hände zu Fäusten. Noch eine Gemeinsamkeit, die sie mit Kally verband: Sie hatten beide keine Eltern mehr – und das, obwohl Cleos nicht gestorben waren. Für sie machte das allerdings keinen Unterschied.

Sie hörte, wie June tief einatmete und sagte: »Jedenfalls macht dieser illustre Stammbaum Kaliska Roux zu einer Art Hexenprinzessin.«

»Netter Titel«, sagte Cleo leise, eine Spur Humor in der Stimme.

»Den sie sich nicht selbst geben hat«, fügte June hinzu. »Trotzdem passt er.«

»Irgendwie schon.« Bilder davon, wie sie vor wenigen Stunden Kally in ihrem Hexenlabor gesehen hatte oder später, wie sie mit einer dunkelgrauen Katze auf dem Schoß auf der dunklen Veranda gesessen hatte, geisterten durch Cleos Kopf.

June wechselte das Thema und versuchte erfolglos, etwas über Cleos früheres Leben herauszufinden, bevor sie sich verabschiedeten. Cleo erhob sich, lehnte das Kissen gegen die Tür und wünschte ihrer einsiedlerischen Mitbewohnerin eine gute Nacht.

In Gedanken versunken ging sie ins Badezimmer und anschließend ins Bett. Trotz des verrückten Tages fiel sie schnell in einen tiefen, traumlosen Schlaf. Da war es kein Wunder, dass sie nicht bemerkte, was sich im Garten hinter dem Haus abspielte.

KAPITEL 13

Der kühle Wind trug nicht nur die Ahnung des Winters mit sich, sondern auch den leichten Salzgeruch des Ozeans. Kally schloss die Augen, atmete tief ein und anschließend durch den Mund wieder aus. Nicht mehr lange, dann müsste sie in solchen Nächten einen Mantel tragen.

Aber jetzt war es noch erträglich, im Mondlicht zwischen ihren Kräutern zu sitzen und dabei zuzusehen, wie die Magie der Nacht in ihr Öl sickerte. Es war eine besondere Stimmung, wie jedes Mal. Manch einer hätte sich unwohl gefühlt, im Dunkeln allein draußen zu sein.

Doch Kally nicht. Jemand wie sie würde sich auch im dunkelsten Wald niemals unwohl fühlen, weil sie tief in ihrer Seele wusste, dass das Schrecklichste in der Dunkelheit sie selbst war.

Ein Lächeln huschte über ihr Gesicht und sie lehnte sich zurück, stützte die Hände hinter sich ab und sah in den Sternenhimmel hinauf. Die Lichter der Stadt verschluckten die meisten Punkte am Firmament, nur einige waren sichtbar.

Die Nacht schritt weiter voran und es war beinahe Zeit, die Öle wieder ins Haus zu bringen, als sie Schritte hörte. Erst ganz leise und weit entfernt, aber sie kamen immer näher. Jemand lief auf der Straße an ihrem Haus vorbei …

»Nein«, murmelte Kally. Dieser Jemand lief nicht vorbei, er betrat das Grundstück durch die Gartentür. Das leise Bimmeln der Glöckchen, die sie dort zum Schutz angebracht hatte, verriet ihn.

Ein Mann war es ganz sicher, das sagten Kally ihre Instinkte. Statt aufzuspringen und verschreckt ins Haus zu flüchten, blieb sie auf dem Boden sitzen. Dieser Mann würde schon noch merken, auf was er sich eingelassen hatte, sollte er mit bösen Absichten kommen.

Wenige Sekunden später bog er um die Hausecke und steuerte auf die Veranda zu. Er bewegte sich selbstsicher, als wäre er schon öfter hier gewesen. Kally erkannte seine Statur nicht. Es war definitiv nicht Logan und ansonsten gab es keinen großgewachsenen Mann mit breiten Schultern in der Nachbarschaft.

Der Mann hatte den Fuß auf die erste Verandastufe gesetzt, da räusperte sich Kally. Sofort erstarrte er und drehte sich langsam um. Der schwache Schein der Lichterketten im Efeu fiel auf ein glattrasiertes Gesicht mit einer krummen Nase.

Die Worte, die sie sich zurechtgelegt hatte, blieben in ihrer Kehle stecken. Stattdessen prickelte ihre Haut vom Scheitel bis zur Sohle. Sie hatte diesen Mann noch nie im Leben gesehen und doch *kannte* sie ihn. Kannte die Seele, die in diesem geliehenen Körper steckte.

Jeder hatte ein schmutziges Geheimnis. Kaliskas war, wie alles andere in ihrem Leben, besonders verdreht und morbide. Es war dieser Mann, der ihr vertraut und doch fremd war. Der die dunklen, widernatürlichen Bereiche ihrer Seele zum Klingen brachte und sie damit immer tiefer in den Abgrund zog.

Er gab ihr das, was sie am meisten wollte: Er ließ sie sich begehrt fühlen, mit jeder Facette ihres Wesens.

Sie war süchtig nach ihm und konnte sich nicht von ihm lösen, konnte ihn nicht hassen und aus ihrem Leben verbannen. Gleichzeitig konnte sie ihn nicht haben, nicht ganz. Genau wie Rauch glitt er immer wieder durch ihre Hände, wenn sie versuchte, ihm näher zu sein.

Jetzt stand er wieder in ihrem Garten, kam in diesem neuen Körper zu ihr.

Sein Blick war es, der ihn verriet. Kally erkannte seine Augen selbst in finsterster Nacht. Dieses einzigartige, helle Eisblau mit dem dunklen Ring um die Pupillen. Wie ein Kronenkranz strahlte diese Düsternis in das perfekte Blau, verunreinigte und vervollständigte es gleichermaßen.

»Hallo Seelenspringer«, sagte sie rau.

Der Mann nahm den Fuß von der Veranda und kam zu ihr herüber. Seine Stimme war tief und hatte ein warmes Timbre, als er antwortete: »Ich sagte dir doch, dass du mich nicht so nennen sollst.«

»Und ich habe dir gesagt, dass du mir nur deinen Namen verraten musst, wenn du nicht willst, dass ich dich so nenne.« Kally blieb auf dem Boden sitzen und sah zu ihm hoch. Es machte ihr nichts aus, vor ihm zu knien. Es war nicht das erste Mal.

Ihrem armen Nacken zuliebe ging er in die Hocke, so dass sie ihn noch ein wenig besser erkennen konnte. Der Mann, dem dieser Körper eigentlich gehörte, hatte bis auf die krumme Nase ein perfekt geschnittenes Gesicht. Sein Haar war dunkel, mit dicken Locken und nachlässig nach hinten gestrichen. Kally ballte die Hände zu Fäusten, um sie nicht darin zu versenken.

»Tut mir leid, Kaliska«, sagte er mit einem schiefen Lächeln, »aber meinen Namen verrate ich dir auch heute nicht.«

»Warum nicht?«, bohrte sie nach. Es kostete sie viel Kraft, nicht unleidlich zu klingen. Frust, Sehnsucht und Nervenkitzel waren eine Mischung, die zu dämlichen Entscheidungen führte. Das wusste sie sehr genau.

»Wie wäre es mit John Doe?«

»Bist du das denn?«, fragte Kally und musterte ihn eingehend. »Eine unidentifizierte, männliche Leiche? Dafür sieht der Körper aber noch ganz frisch aus.«

»Er lebt noch, keine Sorge«, erwiderte der Mann. »Wie du weißt, gibt es mehr als eine Art, tot zu sein.«

Kally schnaubte und gab es auf. »Na gut, *John*. Welchem Umstand verdanke ich den heutigen Besuch? Ich hatte angenommen dich los zu sein.«

John lachte. Es war ein warmer Laut, der Kally an Samt und Whisky erinnerte. Unwillkürlich presste sie die Schenkel zusammen.

»Warst du denn froh, mich nicht mehr zu sehen?«, fragte er amüsiert. »Und ich dachte schon, ich muss mich dafür entschuldigen, dass ich dich zwei Monate nicht besucht habe.«

»Ganz im Gegenteil, es hat sich eher angefühlt wie Ferien.«

»Ach Kaliska«, schnurrte er und sah sie unter halb gesenkten Lidern an. »Du und ich wissen, dass du das nicht ernstmeinst.«

»Sprich nur für dich selbst«, konterte Kally. Sie redete sich ein, dass die Gänsehaut auf ihren Armen von der Nachtkälte kam. Sicher nicht von dem Mann ihr gegenüber.

John seufzte leise, als wäre er irgendwie enttäuscht, und ließ den Blick durch den Garten und zum Haus wandern. Als er wieder zu ihr sah, sagte er: »Du hast einen neuen Schützling.«

»Woher weißt du das?«

Er sah sie an, als hätte sie ihn beleidigt. Hatte sie auch, deswegen fühlte sie sich kein bisschen schuldig. John atmete tief ein und sagte: »Ich kann ihren Geist spüren. Sie schläft, aber ihre Träume sind nicht friedlich.«

»Halt dich von Cleo fern«, knurrte Kally. Zum ersten Mal, seit dieser Fremde und doch so vertraute Mann ihr Grundstück betreten hatte, sammelte sich etwas anderes als Frustration in ihr. Das Gefühl war heiß, brannte in ihrem Blut und ließ ihre Magie zittern.

»Immer so beschützend«, murmelte John.

»Mir liegt etwas am Wohl meiner Mitmenschen«,

konterte Kally. »Ich benutze sie auch nicht als Werkzeuge.«

Als Reaktion auf ihre Anschuldigung, zuckte John lediglich mit den Schultern. »Frauenkörper übernehme ich nur in Ausnahmefällen. Sie sind so anders, so kompliziert.«

»Schade«, sagte Kally ironisch. »Vielleicht würde es dir mal ganz gut tun, in der Haut einer Frau zu stecken. Sie sollen ja das einfühlsamere Geschlecht sein.«

Wieder lachte John. »Wahrscheinlich halte ich meinen Geist genau deswegen von ihnen fern.«

Elender Macho, dachte Kally wütend. Dennoch brachten seine Worte, ja seine ganze Anwesenheit hier, sie auf einen anderen Gedanken.

»Warst du heute in Chinatown?«, fragte sie. Dabei sah sie ihm tief in die Augen, um nicht die kleinste Reaktion zu verpassen. Doch seine Mimik blieb völlig neutral.

»Warum willst du das wissen?«

Kally knurrte und sagte: »Weil Cleo einen Mann gehört hat, der behauptet hat, dass sein Körper gestohlen worden ist.«

»Sie hat ihn gehört? Wie?«, fragte John mit einem Hauch Überraschung in der Stimme.

»Sie hat eine unvollständige Verbindung zum Totenreich«, erklärte Kally. Mehr war nicht nötig, denn John war nicht dämlich. Seine Augen weiteten sich ein klein wenig, während sich ein Mundwinkel zu einem Lächeln hob.

»Du scharst immer die interessantesten Leute um

dich.«

»Ja ja, geschenkt«, konterte Kally. »Weißt du etwas über diese Inbesitznahme oder nicht? Hast du etwas damit zu tun?«

»Was bekomme ich für die Antwort?«

Kally hob eine Augenbraue und gab ihrer Stimme einen verächtlichen Klang, als sie fragte: »Verlangst du gerade Geld von mir?«

»Eine Art Bezahlung schwebt mir tatsächlich vor, auch wenn ich nicht an Geld gedacht hatte«, murmelte er. Dabei ruhte sein eisblauer Blick auf Kallys Mund. Wie war es möglich, dass so kühle Augen so heiß loderten?

»Vergiss es«, zischte sie.

Ihr verräterischer Körper hatte jedoch anderes im Sinn. Er wollte, dass John sie anfasste. Dass er diesen geliehenen Mann dazu brachte, sie auszuziehen, zu streicheln und es gleich hier im Garten mit ihr zu treiben. Der Wunsch war so heftig, dass es Kally die Kehle zuschnürte.

Obwohl sie nichts weiter als ihre Weigerung von sich gegeben hatte, grinste John siegessicher. Als hätte der Mistkerl die Wünsche ihres Unterbewusstseins gehört. Von allem, was sie über ihn wusste, war das durchaus möglich.

Mit heftig pochendem Herzen saß Kally auf der Erde und beobachtete John dabei, wie er näher kam. Langsam und ohne Eile beugte er sich zu ihr, hob eine Hand und ließ sie in ihren Nacken gleiten. Seine Fingerspitzen waren rau, so dass sich auf ihrem Rücken und den Armen eine Gänsehaut ausbreitete.

Der Körper mochte geliehen und ihr fremd sein, doch seine Berührung hatte etwas schmerzlich Vertrautes. Kallys eigener erkannte ihn wieder und ihr Widerstand bröckelte.

»Du hast mir gefehlt«, sagte John dicht über ihrem Mund.

»Wo kommen auf einmal die süßen Worte her?« Kally wollte ihrer Stimme einen harten Klang geben, doch über ihre Lippen kam nur ein raues Murmeln.

Er lächelte – sie konnte es an seinen einzigartigen Augen erkennen – ehe er die Lücke zwischen ihren Mündern schloss. Der Kuss begann nicht sanft, sondern war von der ersten Sekunde ein Angriff auf Kallys Sinne. Ein Ringen um die Oberhand, um Kontrolle und gleichzeitig pures Chaos. Die Stimme, die ihr sagte, dass das keine gute Idee war, ging darin unter.

John nutzte den größeren Körper, drängte sie nach hinten und Kally sank ins Gras. Der Kontrast der kühlen Halme zu dem heißen Mann über ihr hätte nicht stärker sein können. Ein Stöhnen entwich ihm, als sie die Beine um ihn schlang und er gleichzeitig eine Hand unter ihr Shirt schob. Obwohl er sich anders als beim letzten Mal anfühlte, war es doch vertraut.

»Sag mir, dass du das nicht brauchst«, forderte er. »Dass du nicht auch nachts wachliegst und dir vorstellst, dass ich über dir bin. In dir.«

»Du bist ein elender Bastard«, keuchte Kally, während sie gleichzeitig die Hände tief in seine schweren Locken vergrub. Ihr Kopf fiel nach hinten und sie schloss die Augen, als er ihren Hals küsste.

»Ganz wie du meinst.« Sein Atem wehte heiß gegen ihr Schlüsselbein.

Sie wollte ihn schlagen, ihn verfluchen ... aber noch dringender wollte sie ihn vögeln. Ganz egal, wessen Körper er gerade benutzte.

Also wehrte sie sich nicht dagegen, als er sich an den Knöpfen ihrer Jeans zu schaffen machte. In einem hektischen Durcheinander aus Armen, Beinen und Kleidungsstücken dauerte es nur wenige Augenblicke, bis sie zumindest teilweise nackt im Gras lagen.

Der letzte rationale Gedanke, der durch Kallys Gehirn geisterte, war die Erinnerung daran, dass er ihr nicht geantwortet hatte. John hatte ihr nicht verraten, ob er den Körper des Mannes in Chinatown benutzt hatte. Sie durfte nicht vergessen, ihn das noch einmal zu fragen.

Dann jedoch fühlte sie seinen harten Schaft an ihrem Schoß. Wie ein Blitzschlag schoss eine weitere Welle aus heißem Verlangen durch ihren Körper und leerte ihre Gedanken. Da war nichts mehr außer dem Wunsch, dass er in sie eindrang.

»Mach endlich«, forderte sie ihn auf. Sie hob ihm ihre Hüften entgegen und fluchte, als er sich in sie schob.

»Wie du wünschst«, raunte John in ihr Ohr. Gleichzeitig schob er eine Hand unter sie, legte sie auf ihr Steißbein und presste sie noch näher an sich. Kally biss sich auf die Unterlippe, um nicht laut zu stöhnen. Niemand sollte mitbekommen, dass sie ein weiteres Mal schwach geworden war.

Dass sie sich von einem Mann vögeln ließ, den sie noch nie gesehen hatte und den sie doch kannte.

KAPITEL 14

Es war eigenartig für Cleo, alleine in der Küche zu sitzen.

Ein Zettel auf dem Esstisch hatte verraten, dass Kally unterwegs war. Cleo hatte sich schon so daran gewöhnt, hier auf die Nekromantin zu treffen, dass sie sich nun verloren fühlte. Der Raum war derselbe, der Kaffee schmeckte gleich und doch war es irgendwie anders.

Cleo schob diese unsinnigen Gedanken beiseite und nippte an ihrer Tasse. Sie war lange Zeit alleine gewesen, hatte die Isolation der Gesellschaft anderer vorgezogen. Sich jetzt einsam zu fühlen, war lachhaft.

Andererseits hat mich nie jemand so verstanden wie Kally, dachte sie. Logans Gesicht erschien vor ihrem inneren Auge und Cleo schüttelte unwillig den Kopf.

Besser nicht, dachte sie und führte ihre Tasse wieder zum Mund.

»Guten Morgen Cleo«, grüßte eine Männerstimme.

Cleo verschluckte sich am Kaffee, hustete und verteilte dabei Spritzer des Getränks auf dem Tisch. Sie sah sich um und konnte doch niemanden entdecken.

»Guten Morgen«, erwiderte sie rau und räusperte sich. »Mit wem spreche ich?«

»Mit Rupert«, sagte die Stimme. Sie kam von ihrer Linken. »Tut mir leid, ich wollte dich nicht erschrecken. Ich hatte vergessen, dass du mich nicht sehen kannst.«

»Schon okay«, murmelte Cleo. Sie stand auf, holte ein Küchentuch und wischte über den Tisch. Dabei fühlte sie sich die ganze Zeit beobachtet. Um die unangenehme Stille zu füllen, fragte sie: »Bist du wegen Kally hier?«

»Nicht nur.« Er klang amüsiert und es hörte sich so an, als würde er am Tisch sitzen. Nur zögerlich nahm Cleo ihren Platz auf der Bank wieder ein. Erst dann fuhr Rupert fort: »Ich wollte nachsehen, ob du wieder zurückgekommen bist und falls ja, wie es dir geht.«

»Oh«, gab Cleo leise von sich. »Mir geht es ganz gut.«

»Das freut mich. Dieses Haus hier ist genau der richtige Ort für dich, das weiß ich einfach. Kaliska wird dir helfen.« Er klang sehr überzeugt.

»Das tut sie bereits, irgendwie«, antwortete Cleo, ehe sie ihm von den Ereignissen der letzten Tage berichtete. Dabei konnte sie sogar ausblenden, dass ihr Gesprächspartner für sie unsichtbar war. Besonders für den gestohlenen Körper interessierte sich Rupert.

»Weißt du«, sagte Rupert langsam, als sie fertig war, »nicht nur dieses Haus ist etwas Besonderes, sondern die ganze Stadt. Es liegt Magie in der Luft und das hat nicht nur Auswirkungen auf die Leute.«

»Wie meinst du das?«

»Ich will damit sagen, dass es nicht nur gute paranormale Talente wie Kally und June gibt. Auch Menschen mit bösen Absichten wenden hier Magie an. Der Prozentsatz solcher Verbrechen ist hier höher als in anderen Städten.«

»Das ist doch verrückt«, murmelte Cleo und schüttelte den Kopf. »Ich habe noch nie von paranormalen Verbrechen gehört.«

»Natürlich nicht, weil die meisten Menschen die Existenz von Magie entweder nicht anerkennen oder aktiv leugnen. Du selbst hast dich für verrückt gehalten, oder nicht?«

»Weil es mir attestiert wurde«, presste Cleo zwischen zusammengebissenen Zähnen hervor.

Rupert hingegen klang nüchtern, als er konterte: »Von Ärzten, die genauso wenig Ahnung haben wie der Rest der Bevölkerung.«

Cleo öffnete den Mund und wollte ihm erneut widersprechen, doch sie beließ es dabei. Denn er hatte recht, so schmerzlich es auch war.

»Du bist nicht verrückt«, beteuerte Rupert. Er klang näher, als wäre er zu ihr auf die Bank gerutscht. Cleo wünschte sich sehr, ihn auch sehen zu können.

»Ich unterhalte mich mit einem Geist«, schnaubte sie. »Wenn das nicht verrückt ist, dann weiß ich auch nicht.«

»Nenne es lieber ungewöhnlich«, erwiderte Rupert. Er atmete tief ein, stieß die Luft in einem hörbaren Seufzen aus und murmelte: »Ach, wie ich Kaffee vermisse. Und die Zigaretten. Das sind einige der Nachteile, tot zu sein.«

»Erinnerst du dich an deinen Tod?«, fragte Cleo und fuhr gleich fort: »Ich kann mich erinnern. An die Panik, die Wut und die Dunkelheit … Ich bin ertrunken.«

Wie aus Reflex fasste sie sich an den Hals und glaubte, wieder das kalte Salzwasser zu schmecken, das in ihre Lungen geströmt war. Um die Erinnerung zu vertreiben, trank sie ihren Kaffee leer.

»Ja, ich erinnere mich auch«, antwortete Rupert. Er klang sanft, beinahe so, als wolle er sie beruhigen. Abermals wünschte sich Cleo, dass sie ihn sehen konnte. So hörte sie nur, dass er tief einatmete und sagte: »Ich hatte einen Herzinfarkt, während ich einen Auftrag ausführte. Ich wäre sprichwörtlich einfach umgefallen, wenn ich nicht in meinem Auto auf einem Parkplatz gesessen hätte. Man hat mich erst einen Tag später gefunden.«

»Das tut mir leid«, sagte Cleo.

»Du kannst ja nichts dafür.«

»Trotzdem«, beharrte sie. »Du warst alleine. So traumatisch es bei mir auch war, ich hatte andere Menschen um mich, die versucht haben mir zu helfen.«

»Und sie waren erfolgreich«, sagte Rupert. »Ich bin froh darüber, denn so habe ich die Chance, dich kennenzulernen.«

Ein kleines Lächeln breitete sich auf Cleos Gesicht aus. Es war surreal, sich über solche Themen mit einem für sie unsichtbaren Mann zu unterhalten. Aber gleichzeitig war das nun ihr Leben und auch sie war dankbar dafür, Rupert getroffen zu haben.

»Ich habe mich noch gar nicht dafür bedankt, dass

du mich hierher gelotst hast«, sagte sie.

»Gern geschehen. Auch wenn es ein hartes Stück Arbeit war.«

»Stimmt.« Cleo lachte leise und schüttelte den Kopf. »Einen halben Tag hast du ununterbrochen auf mich eingeredet.«

Ein leises Lachen war zu hören, dann antwortete Rupert: »Das war auch nötig, denn du hast einen starken Willen.«

Habe ich den wirklich?, dachte Cleo. Sie sah auf ihre leere Tasse hinunter, rollte sie zwischen den Händen hin und her. Stille breitete sich zwischen ihnen aus, drückte gegen ihre Haut.

»Ich sollte mich verabschieden«, sagte Rupert. Cleo sah hoch, die Position seiner Stimme hatte sich verändert. »Danke für die Unterhaltung.«

»Gerne. Hast du noch etwas vor?«

»Das habe ich tatsächlich«, antwortete Rupert amüsiert. Seine nächsten Worte waren ernster: »Aber dafür müsstest du mir eine Frage bezüglich des Mannes beantworten, dessen Körper angeblich gestohlen worden ist.«

Cleo sah in Richtung Hintertür, wo sie ihn vermutete. »Was für eine?«

»Wo genau war das? Ich würde mich dort gerne umsehen.«

»Es war nur wenige Meter vom Restaurant *Jade-Drachen* in Chinatown entfernt«, antwortete Cleo.

»Ah, das Restaurant kenne ich. Die hatten schon zu meinen Lebzeiten ausgezeichnete Dim Sum.«

Cleo murmelte zustimmend. Die Erinnerung an das leckere Essen wurde abermals von dem beklemmenden Gefühl überschattet, das sie bei den verzweifelten Worte des Mannes überkommen hatte.

»Bitte richte Kally Grüße von mir aus«, bat Rupert.

»Mach ich.«

»Auf Wiedersehen, Cleo.«

»Bye Rupert.«

Es waren keine Geräusche zu hören – keine Schritte, kein Türschlagen – und doch würde Cleo ihre Hand dafür ins Feuer legen, dass sie nun wieder allein war. Nicht nur, weil sie niemanden sehen konnte. Es war, als wäre der Raum nun kälter.

»Das ist doch irre«, sagte sie leise, stand auf und räumte ihr Geschirr auf. Noch immer drang aus dem Obergeschoss nur Stille und es fühlte sich fast so an, als würde selbst das Haus schlafen. Als wäre Cleo ganz allein.

Wie früher.

Der Gedanke erzeugte einen harten Knoten in ihrer Kehle. Nicht gewillt, ewig weiter in der verlassenen Küche zu stehen, ging Cleo in den Flur, schnappte sich ihre Jacke und verließ das Haus.

Die Sonne schien vom blauen Himmel, wärmte sie trotz der kühlen Novemberluft. Cleo atmete tief durch, trat auf den Gehweg und sah sich um. Dadurch, dass Kallys Tortenhaus an einem der Hügel lag, ging es entweder nach unten oder nach oben.

Unten war ich schon oft genug, dachte Cleo, drehte sich nach links und lief die Straße hinauf. Der Gehweg war so steil, dass er in regelmäßigen Abständen von Treppen unterbrochen wurde. Schon nach kurzer Zeit atmete Cleo schwer und schälte sich wieder aus ihrer Jacke.

Die Häuser hier gingen nahtlos ineinander über und nur die wechselnden Farben der Fassaden unterschieden die einzelnen Einheiten. Am Ende der Straße erkannte sie hohe Bäume, die ihre kahlen Äste in den Himmel streckten.

Wie knochige Finger, dachte sie und wandte den Blick ab – nur, um eine vertraute Person zu entdecken.

»Guten Morgen Cleo«, sagte Logan lächelnd. Er stand in Jogginghosen und einem weißen Shirt im Eingang eines der Reihenhäuser.

»Hi«, antwortete sie leicht atemlos.

Logans Lächeln zog sich in die Breite. »Ja, diese Hügel sind nicht ohne. Aber so spart man sich wenigstens das Cardio-Training.«

»Das stimmt allerdings.«

»Wie wäre es mit einem Kaffee? Zur Stärkung?«

Aus Reflex wollte Cleo ablehnen, doch die Worte kamen ihr nicht über die Lippen. Logan war nicht wie die Menschen aus ihrem vorigen Leben. Er hielt sie nicht für eine Irre, sondern war immer freundlich. Sogar charmant. Etwas, das sie vermisste.

Cleo räusperte sich und sagte: »Ein Kaffee wäre wunderbar.«

Ein Funkeln erschien in seinen grün-braunen Augen, ehe Logan die Tür aufstieß und sie herein bat. Ein eigenartiges Gefühl überkam Cleo, als sie über die

Schwelle trat.

»Milch und Zucker?«

Logan drehte sich zu seinem Gast um und biss die Zähne zusammen, um nicht zu lachen. Cleo saß in seiner kleinen Küche, als wäre sie in eine Maus in einer Falle. Ihre Augen waren geweitet und ihre ganze Körperhaltung auf dem Stuhl wirkte angespannt.

»Nichts von beidem, ich trinke ihn schwarz.«

»In Ordnung.« Logan stellte den Milchkarton zurück in den Kühlschrank, nahm sich die beiden Tassen und ging damit zu Cleo. Sie bedankte sich und pustete über die dunkle Flüssigkeit. Dabei sah sie ihm in die Augen.

»Musst du heute nicht arbeiten?«

»Nein. Da sich der Tod nicht an normale Arbeitszeiten hält, sehen unsere Dienstpläne ziemlich chaotisch aus. Wenn ich nachts oder am Wochenende arbeiten muss, dann habe ich öfter solche freien Tage.« Logan zuckte mit den Schultern und fügte hinzu: »Hinzu kommt, dass mein Boss leider nicht mobil genug ist und ich die meisten Außeneinsätze übernehme. Leichen liegen an den ungewöhnlichsten Orten.«

»Aha«, murmelte Cleo und blinzelte zögerlich. »Macht dir die Arbeit … Spaß?«

Logan lachte. »Diese Frage kann ich gar nicht richtig beantworten, oder?«

»Wie meinst du das?«

»Na, wenn ich Ja sage, klingt das für dich vielleicht seltsam und wenn ich Nein sage, wäre es gelogen.«

Cleos Mundwinkel hoben sich und ihre Mimik wirkte

sofort weicher. Auch der angespannte Ausdruck in ihren Augen, der nie ganz verschwand, wurde abgemildert.

»Hast du dir den Job denn ausgesucht?«

»Nicht wirklich«, antwortete Logan. »Ich habe mein Medizinstudium aus familiären Gründen abbrechen müssen. Mein Professor an der Uni hat einen alten Bekannten um einen Gefallen gebeten und so bin ich in der Pathologie gelandet.«

Cleo öffnete den Mund, wie um etwas zu sagen, doch dann hob sie ihre Tasse und trank einen Schluck. Da sie das Gespräch offenbar nicht weiterführen wollte, fragte er: »Was ist mit dir? Was arbeitest du?«

Die Stille zwischen ihnen dehnte sich aus und wurde selbst für ihn unangenehm. Es war beinahe so, als wäre die Barriere wieder da, die Cleo schon bei ihrer ersten Begegnung errichtet hatte.

Als er schon dachte, sie würde nicht mehr antworten, leckte sich Cleo über die Lippen und sagte stockend: »Ich bin … war Buchhalterin.«

»Hast du gekündigt?«

»Nein, ich wurde entlassen.«

»Oh, das tut mir leid«, erwiderte Logan. »Warum?«

Von einer Sekunde auf die andere wechselte Cleos Stimmung von unsicher zu verärgert. Sie kniff die Augen zusammen, stellte ihre Tasse mit mehr Schwung als nötig ab und fragte: »Was ist das hier, ein Verhör?«

»Tut mir leid.« Logan hob die Hände, als wolle er einen Angriff abwehren. »Ich war einfach neugierig, ohne Hintergedanken.«

»Warum?«

»Warum was?«, fragte er verwirrt.

»Warum bist du so neugierig? Was interessiert dich mein gescheitertes Leben?«

»Ist es denn gescheitert?«

»Natürlich ist es das!«, brauste sie auf. Ihre Brust hob und senkte sich stärker, ihre Wangen röteten sich. »Ich höre die Toten, falls du das schon wieder vergessen hast. Außerdem habe ich mehrere Wochen auf der Straße gelebt, bis mich eine Hexe bei sich in ihrem Irrenhaus aufgenommen hat.«

Okay, dachte Logan. Das waren viele Informationen auf einmal und dennoch glaubte er, dass das noch lange nicht alles war. Unsicher, wie er auf ihren Ausbruch reagieren sollte, entschied er sich für die vermeintlich sicherste Variante und sagte: »Kallys Haus ist vieles, aber keine Irrenanstalt.«

»Natürlich ist es das«, brummte Cleo und starrte in ihren Kaffee. »Alle Bewohnerinnen sind nicht normal.«

»Auf die Gefahr hin, mich zu wiederholen«, sagte Logan sanft, »aber normal ist langweilig und in meinen Augen nicht immer erstrebenswert.«

»Aber es ist sicher«, murmelte sie. »Es bedeutet, dass man dich nicht einfach für unmündig erklären und in eine Anstalt stecken kann.«

Logan fragte sich, ob Cleo bewusst war, was sie da eben über sich preisgegeben hatte. Er tippte auf ein Nein, aber das behielt er für sich. Es wunderte ihn nicht, was sie ihm erzählte. Kallys Mitbewohner und Mitbewohnerinnen hatten immer einen ganz besonderen Lebenslauf. Meistens einen besonders steinigen.

»Danke für den Kaffee, ich muss wieder los«, sagte Cleo leise und stand auf. Sie schob die Tasse zu ihm, die noch halb voll war. Logan sah zu ihr auf.

»Hast du heute einen Termin?«, fragte er.

»Ja, mit Gordon Packard«, sagte sie, ihre Stimme mit einem Mal belegt. »Ich habe Alisha versprochen, ihm noch etwas auszurichten.«

»Weißt du, wo er wohnt?«

Cleo presste die Lippen zusammen, ehe sie antwortete: »Das finde ich schon noch heraus.«

»Musst du nicht«, sagte Logan und lächelte schief. »Ich weiß es nämlich.«

»Woher?«

»Alisha ist immerhin noch Gast in der Pathologie.«

»Merkst du dir die Adressen von allen euren Gästen?«, fragte Cleo und betonte das Wort *Gäste* dabei besonders.

Logan ignorierte die Anspielung. »Nein, nur von denen, deren Geist mit einem Medium zusammen zu Besuch waren.«

»Ein Medium«, flüsterte sie, als würde sie den Klang des Wortes prüfen. Logan tippte darauf, dass sie sich selbst noch nie als ein solches gesehen hatte. Nicht verwunderlich, da sie bisher immer von sich selbst gesprochen hatte, als würde mit ihr etwas nicht stimmen.

»Ja, ein Medium«, bestätigte er daher. Logan stand auf, nahm ihre Tassen und ging zur Spüle. »Ich würde dich gerne zu Mr. Packard begleiten. Ich habe Erfahrung mit der Reaktion von Hinterbliebenen auf derlei

Botschaften.«

»Danke, aber nein danke.«

Logan drehte sich zu Cleo um. Sie war bereits in ihre Jacke geschlüpft und hatte die Arme vor der Brust verschränkt.

»Cleo, komm schon. Lass dir bitte helfen.«

Sie wandte das Gesicht von ihm ab, sah sich in der Küche um, nur bei ihm blieb ihr Blick nicht hängen. Schließlich atmete sie tief ein und aus und murmelte: »Ich bin nicht gut in sowas.«

»Worin?«

»Hilfe anzunehmen.«

Logan lehnte sich an die Arbeitsplatte. »Deswegen bist du zuerst auch von Kally weggelaufen.«

»Ja.« Cleo schnaubte und fuhr fort: »Aber schau, was es mir eingebracht hat: Ich habe eine Tote gefunden, wurde von der Polizei verhört und war in einer Leichenhalle.«

»Und du hast die Chance, einem trauernden Ehemann eine letzte Botschaft von seiner Frau zu überbringen«, fügte Logan hinzu. »Du könntest deine Gabe dafür nutzen, ihm Trost zu spenden.«

Überraschung malte sich auf Cleos Gesicht ab und ihre Schultern entspannten sich. Einer ihrer Mundwinkel zog sich ein kleines Stück nach oben. Es war kein Lächeln, aber eine eindeutige Verbesserung gegenüber dem harten Ausdruck zuvor.

»Du hast recht«, sagte sie schließlich und ließ die Arme sinken. »Würdest … du mich wirklich begleiten wollen?«

»Natürlich«, antwortete Logan sofort. »Gib mir fünf Minuten. Ich ziehe mich um und dann können wir los. Es ist nicht weit von hier, wir können zu Fuß gehen.«

Cleo nickte, dieses Mal mit einem richtigen Lächeln. Logan erwiderte es, wandte sich von ihr ab und ging ins Obergeschoss. Schon auf der Treppe zog er sich das Shirt über den Kopf und schaffte es in weniger als zwei Minuten, fertig angezogen wieder unten bei Cleo zu sein.

Grinsend fragte er: »Bereit für unseren Ausflug?«

KAPITEL 15

Auf dem Weg zu ihrem Ziel erzählte Logan etwas mehr von seiner Arbeit in der Pathologie. Es war ihm deutlich anzuhören, dass er seinen Job gerne machte. Wenn Cleo für einen Moment ausblendete, mit was genau er sich beschäftigte, ließ auch das mulmige Gefühl nach. Ganz schön vermessen für jemanden, der die Toten sogar hören konnte.

Fünfzehn Minuten später erreichten sie ihr Ziel: Ein kleines Haus mit rotem Dach am Ende einer Straße. Alte Bäume standen im Garten, der von einem weißen Holzzaun umgeben war. Alles sah sehr adrett und einladend aus. Dennoch spürte Cleo einen Kloß im Hals, als sie durch das Tor ging.

Kurz vor der Haustür blieb sie stehen.

»Was ist?«, fragte Logan hinter ihr.

Cleo sah weiter geradeaus, schluckte und murmelte: »Das ist vielleicht doch eine schlechte Idee gewesen.«

»Warum?«

»Weil er mich für verrückt oder noch schlimmer, für die Mörderin halten wird.«

»Cleo«, sagte Logan leise und legte eine Hand auf ihre Schulter. Das warme Gewicht ließ sie zusammenzucken, doch sie schüttelte ihn nicht ab. Der Trost, der von dieser Berührung ausging, sickerte in ihre Knochen.

»Es wird alles gutgehen«, versicherte Logan ihr. »Ich war schon einige Male dabei, wenn Kally Hinterbliebenen Nachrichten überbracht hat. Anfangs sind sie immer skeptisch, aber dann erkennen sie, was für ein Geschenk ihnen gemacht wird.«

»Ein Geschenk?«, fragte sie und drehte sich halb zu ihm um.

Logan nickte. Wie ein Fels in der Brandung stand er hinter ihr, gab ihr Halt. Es war so ein ungewohntes Gefühl, dass Cleo es nicht einordnen konnte. Was sie jedoch wusste, war, dass seine Worte die Zweifel in ihrem Kopf in den Hintergrund drängten.

»Ich habe es Alisha versprochen.«

»Hast du.«

Cleo atmete tief ein, wandte sich wieder dem Haus zu und ging weiter. Dabei rutschte Logans Hand von ihrer Schulter, die Stelle wurde ganz kalt. Sie hatte aber nicht die Zeit, darüber nachzudenken, denn sie hatte bereits die Klingel betätigt.

Das Geräusch hallte im Haus wider, kurz darauf waren Schritte zu hören und die Tür wurde geöffnet. Ihnen stand ein großer Mann gegenüber. Cleo schätzte ihn auf Mitte bis Ende dreißig. Er hatte braunes Haar mit ausgeprägten Geheimratsecken, wirkte blass und der Ausdruck in seinen braunen Augen war sowohl resigniert als auch misstrauisch.

»Was kann ich für Sie tun?«, fragte er flach.

Obwohl sie sich die Worte vorher in Gedanken zurechtgelegt hatte, kam nun keines davon über ihre Lippen. Zu ihrem Glück sprang Logan ein: »Guten Morgen Mr. Packard. Mein Name ist Logan Doyle und das ist Cleo Edwards. Ich arbeite in der Pathologie. Mein Beileid für den Tod Ihrer Frau.«

»Danke«, erwiderte Mr. Packard. Sein Blick huschte zu Cleo.

»Ich … ich kannte Ihre Frau, Alisha«, sagte sie. »Auch von mir mein herzliches Beileid.«

Mr. Packard nickte. Seine Schultern schienen noch ein wenig mehr hinunterzuhängen. Cleo leckte sich über die Lippen und ballte ihre Hände zu Fäusten, ehe sie weitersprach: »Es mag sich seltsam anhören, aber ich habe eine Botschaft von Alisha für Sie.«

»Wenn das ein Scherz sein soll«, knurrte Mr. Packard und kniff die Augen zusammen, »dann haben Sie einen sehr grausamen Sinn für Humor.«

»Nein, bitte Mr. Packard, das ist kein Scherz!«, rief Cleo und stellte den Fuß in die Tür, die er ihnen vor der Nase zuschlagen wollte. Sie biss die Zähne zusammen, ignorierte den Schmerz und fügte hinzu: »Ich soll Ihnen von Alisha ausrichten, dass es ihr leidtut, dass sie nicht zusammen alt werden und nach Florida ziehen können.«

Langsam öffnete sich die Tür wieder. Mr. Packard starrte sie mit großen Augen an.

»Wir haben erst an dem Morgen darüber geredet, als sie … sie …« Er brach ab, schluckte und fuhr mir rauer Stimme fort: »Wir hatten nur herumgealbert. Woher wissen Sie davon?«

»Weil Ihre Frau es mir gesagt hat«, antwortete Cleo. »Besser gesagt der Geist Ihrer Frau. Ich bin ein Medium.« Die Worte fühlten sich seltsam, aber richtig in ihrem Mund an. Vielleicht musste sie sich nur an sie gewöhnen.

Mr. Packard hingegen schien über diese Aussage nicht erfreut. »Was wollen Sie von mir? Geld?«

»Nein. Ich habe Alisha nur versprochen, Ihnen das zu sagen. Sie hat Sie sehr geliebt und wäre gerne mit Ihnen alt geworden.«

Nun verschwand der misstrauische Ausdruck von Mr. Packards Gesicht, machte tiefer Trauer Platz. »Danke.«

»Gern geschehen«, erwiderte Cleo.

»Hat sie sonst noch etwas gesagt?«

»Nein, tut mir leid.«

Mr. Packard nickte, murmelte eine Verabschiedung und schloss die Tür. Cleo starrte einige Augenblicke auf das helle Holz, dann atmete sie die angehaltene Luft aus und ließ sich gegen Logan sinken. Sie fühlte sich, als wäre sie einen Marathon gelaufen. Mit Gewichten an den Beinen.

»Das lief doch ganz gut«, sagte er, ein Lächeln in der Stimme.

Cleo sah zu ihm auf und erschrak ein wenig darüber, wie nah er ihrem Gesicht war. Eilig trat sie einen Schritt von ihm zurück und schob die Hände in die Jackentaschen.

»Danke, dass du mich begleitet hast.«

»Immer wieder gerne«, sagte er.

Cleo nickte, sie drehten sich um und gingen zurück zum Gartentor, doch der Weg wurde ihnen von einer Frau in Jeans und schwarzem Mantel versperrt, die sie mit verengten Augen musterte.

»Was macht ihr zwei denn hier?«, fragte Detective Gonzales und klang dabei so misstrauisch, als hätte sie Cleo und Logan inmitten eines aufgebrochenen Tresors erwischt.

»Detective Gonzales, ich …«, setzte Cleo an, doch der Detective unterbrach sie sofort.

»Bitte nur Darla«, sagte sie. »Ich habe so das Gefühl, dass wir uns noch öfter über den Weg laufen werden und Förmlichkeiten habe ich in meinem Job schon genug.«

Ihr Blick wanderte zu Logan. »Also, was macht ihr beide hier bei dem Ehemann eines Mordopfers?«

»Cleo kam gestern mit dem Geist von Alisha Packard in die Pathologie«, antwortete Logan.

Darla Gonzales fluchte und fragte: »Warum erfahre ich erst jetzt davon?«

»Weil Ms. Packard sich an nichts von der Attacke erinnern konnte«, erklärte er.

»Mierda«, brummte Darla und massierte sich die Nasenwurzel. Als sie wieder aufsah, war ihr Blick mit unangenehmem Fokus auf Cleo gerichtet. »Was solltest du Mr. Packard ausrichten?«

»Dass es Alisha leid tut, dass sie nicht gemeinsam alt werden und in den Süden ziehen können.«

»Wohin genau?«, fragte der Detective und als Cleo es ihr sagte, nickte Darla und machte sich eine Notiz auf ihrem Block.

»Weißt du denn schon etwas darüber, wer der Mörder ist?«, fragte Logan.

»Zu laufenden Ermittlungen darf ich keine Aussagen machen«, sagte Darla, ohne aufzusehen.

Logan schnaubte ungehalten und blieb stumm. Cleo ahnte, warum der Detective so geantwortet hatte, immerhin war sie eine Zivilistin. Schlimmer noch, sie war für kurze Zeit Tatverdächtige gewesen. Eine Gänsehaut lief ihr über den Rücken bei dem Gedanken, wie knapp sie einem Aufenthalt in Untersuchungshaft entgangen war.

Darla steckte den Notizblock weg und musterte Cleo. »Gibt es sonst noch etwas, dass du mir in dieser Sache mitteilen willst?«

Cleo schüttelte schnell den Kopf. Darla mochte zwar nett zu ihr gewesen und zudem Kallys Freundin sein, aber Cleo wollte auf keinen Fall weiterhin im Mittelpunkt ihrer Aufmerksamkeit stehen.

Logan stieß sie sacht an der Schulter an und als sie zu ihm aufsah, fragte er leise: »Was ist mit dem Mann mit dem gestohlenen Körper?«

»Nicht auch noch das«, ächzte der Detective. Zum ersten Mal sah Cleo etwas wie Frustration ihren Augen.

»Kommt so etwas öfter vor?«, wollte Cleo wissen.

»Gelegentlich«, sagte Darla ausweichend. »Es lässt sich schwer beweisen, wie du dir vorstellen kannst.

Was genau ist passiert?«

Widerwillig begann Cleo zu erzählen und verfluchte Logan dabei innerlich immer wieder. Warum hatte er nicht einfach den Mund gehalten? Immerhin hatte sie keinerlei Anhaltspunkte zur Identität des Mannes.

Als sie auch das dem Detective erzählte, hakte diese nach: »Hast du Kally davon erzählt?«

»Ja.«

»Was sagte sie dazu?«

»Dass ich die … also die Ohren offen halten soll«, antwortete Cleo. Sie musste sich zusammenreißen, um nicht von einem Fuß auf den anderen zu treten. Statt sie für verrückt zu erklären, nickte der Detective.

»Dann tu das«, sagte Darla. »Aber ich würde dir dringend raten, keine Alleingänge zu unternehmen. Nicht nur gute Menschen praktizieren in dieser Stadt Magie, wenn du verstehst, was ich meine. Hier ist meine Nummer.«

Sie zog eine zerknitterte Visitenkarte aus der Innentasche ihres Mantels und reichte sie Cleo. Ein Klingeln ertönte, Darla zog ihr Smartphone heraus und seufzte tief. »Die Arbeit ruft. Wir sehen uns sicher bald wieder.«

Cleo und auch Logan verabschiedeten sich, doch das hörte der Detective schon nicht mehr. Mit dem Handy am Ohr ging sie den Weg zum Haus der Packards hinauf. Cleo sah ihr einige Augenblicke hinterher, ehe sie sich abwandte und zum Gartentor ging. Sie wurde das Gefühl nicht los, als wäre sie gerade noch mit heiler Haut davongekommen.

»Darla war ganz schön sauer, dass ich ihr nichts von Alishas und deinem Besuch erzählt habe.«

Cleo drehte den Kopf zu Logan, der entgegen seiner Worte lächelte und entspannt neben ihr herging. »Bekommst du deswegen Ärger?«

»Nein«, antwortete er. »Darla ist mir gegenüber nicht weisungsbefugt, wenn ich mich nicht an einem ihrer Tatorte befinde. Im Grunde weiß sie auch, dass ich sie verständigt hätte, wenn Alishas Geist etwas zur Aufklärung ihres Mords beizutragen gehabt hätte.«

Was sie nicht hatte, dachte Cleo.

Schweigend gingen sie nebeneinander her. Die Sonne war höher gestiegen, die Luft roch nach feuchtem Laub und Salz. Das Meer war zwar nicht zu sehen, doch es war irgendwie immer präsent. Cleo wartete nur darauf, dass es sie an ihren Unfall erinnerte, doch dem war nicht so.

Tief atmete sie die kühle Luft ein und als Cleo sie wieder aus ihren Lungen strömen ließ, fühlte sie eine Last von ihren Schultern rutschen.

»Was hast du heute noch vor?«, fragte Logan.

»Ich weiß es noch nicht.«

»Hattest du schon Zeit, die Stadt ein wenig kennenzulernen?«

»Nein«, erwiderte Cleo kühl.

»Ich bin ein guter Fremdenführer«, beteuerte Logan. »Und ich habe heute zufälligerweise auch nichts mehr vor.«

Cleo musterte ihn, sein offenes Lächeln und die Art, wie er entspannt neben ihr herging. Er schien ihr paranormales Talent wirklich zu akzeptieren und würde sie nicht unter Drogen setzen, um sie dann wegsperren zu lassen.

Sie gab sich einen Ruck und fragte: »Du hast also *zufällig* nichts mehr vor, hm?«

»Ja.«

»Na schön«, antwortete sie. Ein Gefühl von Leichtigkeit, von Normalität überkam Cleo. Etwas, was sie schon seit sehr langer Zeit nicht mehr empfunden hatte. Beflügelt davon fragte sie: »Wo fangen wir an?«

Das Grinsen auf Logans Gesicht wurde so breit, dass eigentlich seine Wangen einreißen mussten. »Ich würde vorschlagen, wir beginnen bei den üblichen Touri-Hotspots und arbeiten uns dann langsam zu den Geheimtipps vor.«

»So wie die Dim Sum im *Jade-Drachen?«,* fragte Cleo und hob dabei eine Augenbraue.

»Ganz genau.«

Cleo lachte, doch von einer Sekunde auf die andere verflog ihre Erheiterung. Er musste es ihr anmerken, denn Logan runzelte die Stirn und fragte: »Hey, was ist los?«

»Ich habe kein Geld und kann von dir nicht verlangen, dass du mich einlädst. Nicht schon wieder.«

»Mir gefallen deine emanzipierten Gedankengänge«, sagte er und stieß sie leicht mit der Schulter an. »Aber keine Sorge. Ich denke nicht, dass du mich absichtlich ausnutzt. Vielmehr biete ich es dir an, ohne Gegenleistung.«

»Ein selbstloser Pathologe also?«, mutmaßte Cleo,

nur einen Hauch Ironie in der Stimme.

Logan hatte es dennoch bemerkt und konterte ernst: »Wenn, dann pathologischer Angestellter. So viel Zeit muss sein.«

Cleo lachte leise und schüttelte über Logan den Kopf. Dieser alberne Wortwechsel hatte die Knoten gelöst, die sich in ihrer Brust gebildet hatten. Es war ihr ein Rätsel, wie Logan das immer wieder schaffte.

»In Ordnung«, sagte sie schließlich. »Vielen Dank.«

Kurz nach fünf beobachtete Logan seine Begleiterin dabei, wie sie sich mit einem seligen Gesichtsausdruck einen Löffel Muschelsuppe in den Mund schob. Sein eigener Teller drohte kalt zu werden, aber das interessierte ihn nicht. Cleo dabei zuzusehen, wie sehr sie ihr Abendessen genoss, war die Sache wert.

»O mein Gott«, murmelte sie. »Ich bin sonst kein Fan von Meeresfrüchten, aber in diese Suppe würde ich mich am liebsten kopfüber reinstürzen.«

»Ich hatte dir ja gesagt, dass es sich lohnt«, sagte er zufrieden.

Cleo grinste, aß einen weiteren Löffel und summte dabei glücklich. Sie saßen am Außentresen seines Lieblings-Bistros, vor ihnen der Hafen und um sie herum zahlreiche andere Gäste. Wie immer war der Laden berstend voll mit Einheimischen und Touristen, deren Stimmen fast die Radiomusik übertönten. Der Himmel verdunkelte sich bereits und die Straßenlaternen glitzerten auf dem Wasser.

Auch Logan begann zu essen und dachte darüber

nach, dass er schon lange keinen so schönen Tag mehr erlebt hatte. Die Stadt nochmal durch neue Augen zu sehen – durch Cleos – hatte ihm verdeutlicht, warum er sich hier so wohlfühlte und nicht zu seiner Familie zurückgezogen war.

Aber nicht nur San Francisco mit all seinen großen und kleinen Sehenswürdigkeiten hatten ihn erneut verzaubert, sondern auch die Frau an seiner Seite. Ihm war nicht verborgen geblieben, dass sie einen Teil der Rüstung abgelegt hatte, die sie seit ihrem ersten Treffen getragen hatte. Darunter war eine hilfsbereite, ehrliche Person mit einem herrlichen Sinn für Humor und einem wachen Verstand zum Vorschein gekommen.

Etwas hatte sich zwischen ihnen verändert und Logan wollte es um jeden Preis behalten.

Aber da war noch etwas, das sie voneinander trennte. Jedes Mal, wenn er versuchte, mehr über ihre Vergangenheit herauszufinden, wich sie ihm aus. Er erzählte ihr von seiner Schwester und seinen Eltern und Cleo lenkte ab, indem sie ihm Fragen über die Stadt oder etwas anderes stellte.

Es war, als gäbe es da noch eine letzte Barriere, die sie aufrechterhielt. Über die Gründe grübelte Logan noch nach, als sie das Restaurant verließen und sich auf den Heimweg machten. In der vollgestopften Bahn hatte er keine Gelegenheit, Cleo zu fragen. Doch sobald sie an ihrer Station ausgestiegen und sich ein Stück von den Menschen dort entfernt hatten, startete Logan einen neuen Versuch.

»Was hast du als nächstes vor?«, fragte er betont neutral.

»Wie meinst du das?«, hakte Cleo nach.

»Ich bin mir sicher, dass du deine Fähigkeiten mit Kallys Hilfe bald im Griff hast. Willst du dir hier einen Job als Buchhalterin suchen? Es gibt viele Firmen in San Francisco, bei denen du sicher gute Chancen hättest. Oder du machst dich selbstständig.«

»Darüber habe ich mir noch keine Gedanken gemacht«, erwiderte sie. Das Haar fiel über die ihm zugewandte Gesichtshälfte und verdeckte ihre Mimik. Doch Logan glaubte gesehen zu haben, wie sich ihre Mundwinkel nach unten gezogen hatten.

Mit einem mulmigen Gefühl in der Magengegend, fragte er: »Du hast nicht vor, hierzubleiben, oder?«

»Ich weiß es nicht«, sagte sie leise.

»Wartet irgendwo jemand auf dich?«

Cleo schüttelte den Kopf, beschleunigte ihre Schritte und Logan passte sich ihrer Geschwindigkeit an.

»Hast du Probleme?«

Sie lachte kalt, warf ihm einen kurzen Blick zu und sagte: »Ich höre die Toten, falls dir das entfallen sein sollte.«

»Und falls es dir entfallen sein sollte, sehe ich das nicht als Problem«, antwortete er und seufzte. »Cleo … Ich merke doch, dass du ständig meinen Fragen nach deiner Vergangenheit ausweichst.«

»Ja und? Das ist ja wohl mein gutes Recht, oder nicht?«

»Natürlich«, sagte Logan und zuckte mit den Schultern. »Aber ich hatte gehofft, dir mittlerweile bewiesen zu haben, dass du mir vertrauen kannst. Dass ich dich nicht für das verurteile, was du bist oder was du zu tun gezwungen warst.«

Cleo blieb stehen und starrte ihn an. Ihre Atmung war viel schneller, als ihr Fußmarsch hätte erwarten lassen. Es sah vielmehr aus, als wäre sie eine Viertelmeile in Rekordzeit gerannt. Unvermittelt fluchte sie und fuhr sich mit beiden Händen durch die kurzen Locken.

»Cleo«, versuchte Logan es erneut. Er ballte die Hände zu Fäusten und schob sie in seine Jackentaschen, um nicht nach ihr zu greifen. »Mir macht es nichts aus, dass du deinen Job verloren und auf der Straße gelebt hast. Du hattest niemanden, der verstand, was mit dir vor sich ging.«

»Woher …?«, fragte sie schwach und machte sogar einen Schritt rückwärts. Im dämmrigen Licht der Straßenlaternen waren ihre Augen riesengroß.

Logan seufzte leise und sagte: »Ich bin nicht dämlich. Außerdem haben viele von Kallys Streunern eine ähnliche Vorgeschichte.«

Mehrere Augenblicke starrte Cleo ihn an, dann sackten ihre Schultern herunter. Mit dumpfer, stockender Stimme begann sie zu erzählen:Von ihrem Tauchunfall, ihrem Nahtoderlebnis und dem ersten Mal, als sie Stimmen in ihrem Kopf hörte.

»Die Ärzte schoben es auf eine posttraumatische Belastungsstörung und haben mir Medikamente verschrieben. Doch damit sind die Stimmen nicht verschwunden. Ich habe lange Zeit versucht, sie zu ignorieren, aber als es eher schlimmer als besser wurde, haben mich mein Ex und meine Eltern in eine Klinik einweisen lassen. Ich war mehr als zwei Jahre dort und es war die Hölle.«

»Deswegen bist du abgehauen«, schlussfolgerte Logan.

Cleo nickte. Sie hatte mittlerweile die Arme um sich geschlungen, den Kopf gesenkt und sah so einsam aus, dass es ihm körperliche Schmerzen bereitete. Er fluchte leise, trat auf sie zu und zog sie in eine lockere Umarmung. Statt sich wie erwartet zu versteifen oder sich von ihm loszumachen, sank Cleo gegen ihn und atmete zitternd ein. Langsam rieb Logan über ihren Rücken und legte seine Wange auf ihr Haar.

»Es tut mir leid«, raunte er. »Das muss alles sehr schwierig für dich gewesen sein.«

Cleo nickte. Zögerlich legten sich ihre Arme um seine Taille und sie trat einen winzigen Schritt näher an ihn heran. Der blumige Duft ihres Shampoos stieg ihm in die Nase. Logan fuhr damit fort, beruhigend über ihren Rücken zu streichen. Was sie ihm erzählt hatte, erklärte so viele ihrer Reaktionen und auch, warum sie in Kallys Haus gelandet war.

»Es wird alles wieder in Ordnung kommen«, versprach er ihr.

»Wie kannst du dir da so sicher sein?« Cleos Stimme war gedämpft, die Worte voller Zweifel.

»Weil du dich noch nicht hast unterkriegen lassen. Kally wird dir beibringen, wie du mit deiner Gabe zurechtkommst und ich bin ja auch noch da.«

Cleo gab ein leises, belustigtes Schnauben von sich. Logan wusste nicht, ob sie ihm nicht glaubte, aber im Grunde war es ihm egal. Er meinte es ernst und würde ihr das beweisen.

»Sollen wir weiter gehen?«, fragte er und löste sich von Cleo. Sie lächelte verhalten, aber es erreichte ihre Augen und hatte den verlorenen Ausdruck von zuvor verdrängt.

»Danke Logan«, sagte sie, stellte sich auf die Zehenspitzen und hauchte einen Kuss auf seine Wange. Es war eine flüchtige Berührung, trotzdem ging sie ihm durch und durch.

KAPITEL 16

»Boss, der Kleine ist hier.«

Heath sah von den neusten Berichten aus der Buchhaltung auf und begegnete dem Blick seines Assistenten. Oder seines Fahrers. Oder seines Henkers. Ray hatte viele nützliche Eigenschaften und tat immer genau das, was Heath von ihm verlangte. Er war eine gute Investition gewesen.

Ganz im Gegensatz zu dem Grünschnabel, der nun in zerknittertem Hemd und schlechtsitzenden Jeans sein Büro betrat. Den Kopf gesenkt, blieb er vor Heaths großem Schreibtisch stehen. Er hatte die Hände an den Seiten zu Fäusten geballt.

»Mr. Jackson«, sagte der junge Mann, »Sie wollten mich sehen?«

»Das wollte ich«, antwortete Heath. Er legte den Bericht beiseite, lehnte sich in seinem Sessel zurück und legte die Fingerspitzen aneinander. Noch immer sah sein Gegenüber ihn nicht an.

Heath verzog angewidert das Gesicht und forderte: »Noah, verdammt nochmal, schau mir in die Augen, wenn ich mit dir spreche.«

Sofort zuckte Noahs Kopf nach oben. Schatten lagen unter seinen Augen, seine Wangen waren eingefallen.

Er sieht aus wie ein halbverhungerter Köter, dachte Heath und seufzte innerlich. Er wandte sich von Noah ab, nickte Ray zu und wartete, bis dieser das Büro verlassen hatte.

Erst dann atmete er tief ein und sagte: »Für den Cormak-Job hast du einen zweiten Anlauf benötigt, das hat bei meinen Geschäften zum Verzug geführt. Kannst du mir verraten, warum du nicht beim ersten Mal das tust, worum ich dich bitte?«

»Sir, ich … es …« Noahs Lippen bewegten sich, aber es kam kein Ton heraus. Ein Anblick, der Heaths Unmut weiter ansteigen ließ.

»Ich habe dich aus der Gosse geholt. Habe dich aufgenommen, dir eine Bleibe und einen Job gegeben. Ist es da zu viel verlangt, wenn ich eine Gegenleistung von dir erwarte?«

»Nein, Sir.«

»Und ist es zu viel verlangt, dass du dir verdammt nochmal mehr Mühe gibst?«

»Nein, Sir.«

»Wenn du das alles begreifst, warum handelst du dann nicht danach?«, fragte Heath kalt. Er sah, wie der Mann vor ihm blasser wurde, wie sich Schweiß auf seiner Stirn sammelte und er die Hände immer fester zu Fäusten ballte, so dass sie ganz weiß wurden.

»Weißt du Noah«, sagte Heath langsam, »ich bin ein Mann, der Effizienz schätzt. Ich bilde mir gerne ein

Urteil über Investitionen, indem ich mir die Seiten von Kosten und Nutzen ansehe. Überwiegt der Nutzen, bin ich großzügig. Überwiegen die Kosten …« Er ließ den Satz unvollständig, aber seine Botschaft schien angekommen zu sein: Noahs Adamsapfel hüpfte heftig auf und ab.

»Ich tue alles, was ich kann, um Ihre Aufträge zu Ihrer Zufriedenheit zu erledigen«, beteuerte er, »aber ich habe noch nicht viel Erfahrung. Wenn ich einen Lehrer hätte, dann-«

»Pah, einen Lehrer«, schnaubte Heath. »Glaubst du, dass Männer wie du zuhauf auf den Straßen herumlaufen? Dass sie im Telefonbuch stehen?«

Noah schüttelte den Kopf.

»Du bist ein schlaues Kerlchen, du musst dich nur mehr anstrengen.«

»Ja, Sir.«

»Ich gebe dir noch eine Chance, wenn du deine aktuelle Aufgabe zu meiner Zufriedenheit abschließt. Hast du gehört? Falls du mich wieder enttäuschst, dann muss ich Konsequenzen ziehen.«

Die Augen des jungen Mannes wurden kugelrund, er presste die Lippen fest zusammen, doch er nickte. Immerhin fing er nicht an zu betteln. Wenn Heath etwas nicht leiden konnte, dann sich vor ihm windende Versager.

»Sehr gut«, sagte er, griff nach Stift und Papier und machte einige Notizen darauf. »Wenn du mit Cormak fertig bist, ist das hier dein nächster Job.« Mit diesen Worten hielt er Noah den Zettel hin.

Zögerlich griff dieser danach, faltete ihn zusammen und steckte ihn ein. »Ich werde Sie nicht enttäuschen.«

»Natürlich nicht«, erwiderte Heath, lächelte kühl und entließ ihn mit einer Handbewegung aus dem Raum. Noah verschwand so schnell, dass er beinahe über den teuren Perserteppich stolperte.

Mit einem leisen Fluchen warf Heath den Stift auf den Tisch und stand auf. Die Hände auf dem Rücken verschränkt, stellte er sich an das Fenster und blickte auf den Hafen hinunter. Das blaugraue Wasser schwappte gemächlich gegen die Kaimauern, die Sonne reflektierte auf den kleinen Wellenkämmen.

Das Meer hier vor San Francisco war so anders als vor New York, doch auch hier vermochten die sanften Wellen seine Gedanken zu beruhigen. Nur eine gewisse Anspannung blieb in seinen Schultern. Zum wiederholten Mal wünschte er sich, dass er sich nicht in dieser Lage befand. Der Umzug vor wenigen Wochen hierher – zu dem Ort seiner Geburt – war ebenso notwendig wie unangenehm.

Heath seufzte tief und seine Gedanken wanderten zurück zu dem Kleinen. Eigentlich hatte Heath einen anderen Mitarbeiter mit hervorragenden Fähigkeiten, der Noahs Aufgaben spielend und in kürzester Zeit erledigen könnte. Dumm nur, dass dieser Mitarbeiter sich langsam selbst zu einem Problem mauserte.

Man musste wissen, wann man einen Hund erschießen musste, der zu alt für die Jagd war. Oder der kurz davor stand, die Hand zu beißen, die ihn fütterte.

»Wenn es nur nicht so lästig wäre«, brummte Heath

und trat von der Scheibe zurück. Er griff nach seinem Jackett, zog es an und verließ sein Büro. Es gab noch so viel zu erledigen und in die Wege zu leiten, bis der Welpe den alten Köter ersetzen konnte.

KAPITEL 17

Es klopfte an Cleos Zimmertür und als sie von ihrem Buch hochsah, stand Kally in der Tür. Zu ihren Füßen stand ein großer Rucksack aus Segeltuch.

»Hey Cleo«, sagte sie und lehnte sich an den Türrahmen. »Hast du Lust, mit mir in die Stadt zu gehen? Ich bringe einige meiner Tinkturen zu einem Laden, der sie verkauft.«

»So etwas gibt es hier?«, platzte es aus Cleo heraus, ehe sie darüber nachdenken konnte.

Statt beleidigt zu sein, lachte Kally leise. »Ja, so etwas gibt es hier. Der Laden gehört einem Freund und er schwört darauf, dass meine Mixturen ihm quasi aus den Händen gerissen werden.«

»Okay«, erwiderte Cleo. »Und du willst mich mitnehmen, weil …?«

»Es ein schöner Ausflug ist«, antwortete Kally. Sie griff nach ihrem Rucksack und fügte hinzu: »Komm schon, beweg deinen Hintern. Oder hast du Angst, mit mir gesehen zu werden?«

Bei den letzten Worten wackelte Kally mit den Augenbrauen und brachte Cleo zum Lachen. Sie legte ihr

Buch beiseite, schlüpfte in einen Pullover, nahm sich einen Schal und bändigte ihre kurzen Locken mit etwas Haaröl. Als sie hinunter ins Erdgeschoss kam, stand Kally in Mantel und Stiefeln an der Eingangstür.

»Wo geht ihr hin?«, rief June von oben.

»Wir machen einen Ausflug zu Archer«, antwortete Kally. »Willst du mit?«

Statt auf die Frage einzugehen, erwiderte June: »Sagt ihm liebe Grüße von mir und ich freue mich auf seinen nächsten Besuch.«

Kally verdrehte die Augen und öffnete die Tür. Cleo griff nach ihrer Jacke und folgte ihr hinaus in den trüben Vormittag. Hatte sich gestern der Herbst noch von seiner sonnigen Seite gezeigt, herrschten nun gegenteilige Bedingungen. Cleo zog den Reißverschluss höher und vergrub das Gesicht halb im Schal.

»Du bist ziemlich hartnäckig«, sagte sie zu Kally, sobald sie auf die Straße hinausgetreten waren. Das herabgefallene Laub knirschte unter ihren Schuhen, während sie hinunter zur Bahnstation gingen.

»Eine meiner besten Eigenschaften«, antwortete Kally. »Zumindest, wenn man nach meinem Großvater geht. Meine Familie väterlicherseits sieht das zum Großteil anders. Die meisten da halten mich für einen störrischen Esel.«

»Nette Familie«, murmelte Cleo. Sie dachte darüber nach, was June ihr über Kallys Verwandtschaft erzählt hatte. Doch sie traute sich nicht, sie danach zu fragen. Solche Gespräche kehrten sich schnell mal um und sie selbst wollte nicht über ihre Familie reden.

Auch, wenn die Erfahrungen mit Logan am gestrigen Tag alles andere als negativ gewesen waren.

»Ich hatte noch gar keine Gelegenheit, dich auszuhorchen«, sagte Kally amüsiert, wobei das Grün ihrer Augen verdächtig funkelte. »Du bist gestern Abend so schnell in dein Zimmer geschlichen und ich war heute Morgen noch mit den restlichen Tinkturen beschäftigt. Wie war dein Tag mit Logan?«

»Woher weißt du, dass ich mit ihm unterwegs war?«, fragte Cleo misstrauisch, wobei ihr das Herz bis zum Hals klopfte.

Kally grinste und erwiderte: »Weil ich eine Hexe bin und so einiges weiß. Also los, erzähl schon!«

»Es war nett«, wich Cleo aus. Wie erwartet war Kally mit dieser vagen Aussage nicht zufrieden.

»Nett ist bekanntlich die kleine Schwester von Scheiße. Ich weigere mich zu glauben, dass Logan selbst an seinen schlechten Tagen diese Bezeichnung verdient hat.«

Cleo lachte und schüttelte den Kopf. »Nein, hat er nicht.« Sie dachte einige Augenblicke nach, suchte nach den richtigen Worten. »Es ist schon sehr lange her, dass ich so einen … normalen Tag erlebt habe. Einfach nur durch eine Stadt laufen, neue Dinge und Orte entdecken und das in Gesellschaft von jemandem, der meine Geschichte kennt und mich doch nicht einweisen lassen will.«

»Na, das hört sich doch an, als wäre es sehr viel besser gewesen als nur ›nett‹«, sagte Kally. Dabei stieß sie Cleo leicht mit der Schulter an, wodurch der Inhalt ihres Rucksacks leise klimperte.

»War es«, bestätigte Cleo. Vor allem der Nachhauseweg.

»Wann trefft ihr euch wieder?«

»Darüber haben wir nicht gesprochen.«

»Warum nicht?«, fragte Kally und klang dabei entrüstet. Sie waren mittlerweile an der Station angekommen und stellten sich zu den anderen Fahrgästen.

»Warum sollten wir?«, hakte Cleo nach.

»Weil man doch eigentlich Dinge wiederholen möchte, die schön waren oder Spaß gemacht haben. So wie gute Schokolade essen, Sex oder ein Besuch im Freizeitpark.«

Cleo sah die andere entgeistert an. »Ich hatte keinen Sex mit Logan.«

»Interessant, dass du dir von meinen Beispielen genau dieses ausgesucht hast«, erwiderte Kally mit einem breiten Grinsen. Das typische Rattern der Straßenbahn erklang und sie schwiegen, bis sie eingestiegen waren und sich gesetzt hatten. Kally hatte ihren Rucksack auf den Schoß genommen und strich mit den Händen darüber.

»Weißt du Cleo«, setzte sie langsam an, »in Beziehungsfragen solltest du nicht auf mich hören. Bei allen anderen Themen kann ich hervorragende Ratschläge geben, aber sobald es das Herz oder das Schlafzimmer betrifft, bin ich keine gute Adresse.« Sie zuckte mit den Schultern. »Tut mir also leid, dass ich Kupplerin spielen wollte.«

Cleo wusste einige Augenblicke nicht, was sie sagen

sollte. Kally erschien ihr gerade so anders, als sie sie bisher kennengelernt hatte. Eher nachdenklich – fast schon melancholisch. Sie murmelte ein ›Okay‹ und wandte den Blick ab.

Die restliche Fahrt verbrachten sie schweigend, bis Kally sie mit dem Ellenbogen anstieß und ankündigte, dass sie an der nächsten Haltestelle raus mussten. Dank dem gestrigen Tag wusste Cleo ganz grob, wo sie sich befanden – ein paar Straßen weiter lag das Hafenviertel.

»Komm, der Laden ist gleich da drüben«, sagte Kally und deutete nach links. Sie setzten sich in Bewegung.

»Woher kennst du den Besitzer?«, fragte Cleo.

»Archer war einer meiner Streuner. Als er wieder auszog, hat er sich mit dem Laden selbstständig gemacht.«

Cleo nickte. Sie war neugierig darauf, einen von Kallys ehemaligen Untermietern kennenzulernen. Obwohl sie noch einige Meter entfernt waren, glaubte sie zu wissen, welches der Geschäfte Kally ansteuern würde. Tatsächlich griff sie kurz darauf nach der Klinke des *Ananda Maya*.

Von außen hell und freundlich, sah der Laden von innen aus, als wäre ein Kosmetiksalon mit einem Yogastudio kollidiert. Cleo war kaum über die Schwelle getreten, da erschlug sie bereits der Duft nach Lotusblüten und Ylang-Ylang. Enge Regalreihen mit allerhand Tiegeln und Fläschchen schlängelten sich durch den Raum, von der Decke hingen unzählige Traumfänger und Windspiele. Nur ein etwas breiterer Gang führte direkt zum Tresen. Dahinter saß eine junge Frau mit bonbonpinken Haaren und mehreren Piercings im Gesicht.

Kally steuerte direkt auf sie zu und begrüßte sie freundlich. »Hallo Vicky, ist Archer da?«

»Im Hinterzimmer«, antwortete sie fröhlich und warf einen Blick auf Cleo, ehe sie wieder zu Kally sah. »Er wartet schon sehnsüchtig auf dich. Geh einfach durch, du weißt ja wohin.«

»Danke.«

Eher mechanisch folgte Cleo ihr, noch immer erschlagen von der Fülle des Ladens und dem schweren Duft. Sie gingen an der Theke vorbei durch einen Perlenvorhang in einen kleinen Raum. Dort befanden sich eine winzige Kochnische, ein Tisch mit mehreren Stühlen – keiner passte zum anderen – und ein so hoher Stapel an Kartons, dass Cleo Angst hatte, er könnte jeden Moment umkippen.

»Archer?«, rief Kally in Richtung eines zweiten Perlenvorhangs, während sie ihren Rucksack absetzte. »Ich bin's, Kally!«

Es rumpelte, dann erklangen Schritte und ein Mann schob sich durch den Vorhang. Er musste etwa in Cleos Alter sein, war nur wenig größer als sie und hatte hellbraune Dreadlocks, die ihm bis zur Hüfte reichten. Blassgrüne Augen strahlten ihnen aus einem Gesicht mit tiefen Aknenarben entgegen.

»Kaliska, mein Herzblatt«, sagte er und streckte die Hände nach ihr aus, die sie sofort ergriff. »Es tut so gut, dich zu sehen. Und du hast jemanden mitgebracht.« Bei diesen Worten sah er zu Cleo, sein Lächeln noch genauso warmherzig wie zuvor. Obwohl Cleo Fremden gegenüber stets misstrauisch war, fühlte sie sich in der Gegenwart dieses Hippies sofort wohl.

»Ich hatte ja versprochen, dass ich komme«, antwortete Kally. »Archer, das ist Cleo. Sie ist eine neue Mitbewohnerin in meinem Haus.«

»Hi«, sagte Cleo und streckte ihre Hand aus. Statt sie wie gewöhnlich zu ergreifen und zu schütteln, löste Archer seine Hände von Kallys und legte beide um Cleos Finger.

»Hallo Cleo«, sagte er. »Ich bin Archer und ich liebe es, Nachfolger und Nachfolgerinnen von mir kennenzulernen. Du musst wissen, ich habe auch schon in Kaliskas Haus gelebt.«

»Hat sie erwähnt«, antwortete Cleo, noch immer irritiert davon, wie er ihre Hand hielt.

Archers Lächeln wurde breiter. »Wie schön. Das ist allerdings schon zwei Jahre her. Aber ganz lässt Kaliska ihre Streuner zum Glück nie aus den Augen. Andernfalls würde mein kleiner Laden sicher nicht so gut laufen.«

»Jetzt trägst du aber dick auf«, scherzte Kally.

Archer sah zu ihr und schüttelte entschieden den Kopf. »Nein, das meine ich ernst. Ich habe genügend Stammkundschaft, die explizit nach deinen Tinkturen fragt.«

Sanft zog Cleo an ihrer Hand und Archer ließ sie los. Er deutete zum Tisch und bat sie, Platz zu nehmen. Während sie sich aus den Jacken schälten und sich setzten, plauderte er mit Kally über ihre mitgebrachten

Mittel und füllte den Wasserkocher.

Kurz darauf kam er mit einem Tablett zu ihnen und verteilte den Tee. Wie auch die Stühle waren alle drei Tassen unterschiedlich. Cleo bedankte sich und legte die Hände um die warme Keramik.

»Sag mal Cleo«, setzte Archer an und stützte sein Kinn auf eine Hand, »darf ich dich etwas fragen?« Als sie langsam nickte, fragte er: »Was ist deine Besonderheit?«

»Warum sollte ich besonders sein?«

»Weil nur ungewöhnliche Menschen den Weg in Kallys Haus finden«, sagte Archer. »Ich zum Beispiel kann Auren lesen und war kurz davor, mich deswegen von der Golden Gate Bridge zu stürzen oder mir die Augen auszustechen.«

Erschrocken blinzelte Cleo. »Warum denn das?«

»Weil ich nicht wusste, wie ich es kontrollieren kann und meine Welt nur noch aus wirbelnden Farben bestand. Wie bei einem ganz schlechten LSD-Trip, der nie aufhört.«

Bei dieser Beschreibung verzog Cleo das Gesicht, was Archer zum Lachen brachte.

»Ja, ganz genau so war das. Zum Glück hat mich das Schicksal dann zu Kally geschickt und sie hat mir geholfen, diesen Aspekt meines Daseins zu kontrollieren.«

»Gern geschehen«, erwiderte Kally, ehe sie an ihrem Tee nippte.

»Also, was ist mit dir?«, hakte Archer nach. »Was ist deine spirituelle Besonderheit?«

»Trau dich«, ermutigte Kally sie, als sie stumm blieb.

Cleo atmete tief ein, senkte den Blick auf ihren dampfenden Tee. »Ich … ich kann die Toten hören.«

»Aber sie nicht sehen?«, hakte Archer nach, woraufhin sie nickte. Sie hörte ihn tief seufzen, ehe er hinzufügte: »Das stelle ich mir schwierig vor.«

»Ist es auch«, sagte Cleo. Sie hob den Kopf und erwiderte Archers Blick. Er war voller Wärme, so dass sie sich langsam entspannte.

»Ich finde, du schlägst dich ganz wunderbar«, kam es von Kally. Sie zwinkerte ihr zu und sagte an Archer gewandt: »Sie hat bereits einer Verstorbenen geholfen.«

»Jemandem zum ersten Mal mit den eigenen Fähigkeiten helfen zu können ist eine wunderbare Sache.«

»Ja«, antwortete Cleo zögerlich. Die Begegnung mit Gordon Packard kam ihr in den Sinn. Obwohl er natürlich getrauert hatte, war es ein … gutes Gefühl gewesen, ihm eine letzte Botschaft von seiner Frau zu überbringen.

Archer nippte an seinem Tee und sagte: »Seit ich weiß, wie ich das mit den Auren kontrollieren kann, liebe ich es, anderen damit zu helfen.«

»Was sagt dir denn Cleos Aura?«, fragte Kally. Dabei musterte sie sie von Kopf bis Fuß, als sähe sie Cleo zum ersten Mal. Ein mulmiges Gefühl breitete sich daraufhin in ihrer Brust aus. War das etwa auch eine von Kallys Fähigkeiten? Dieses Aurenlesen?

Bevor sie fragen konnte, legte Archer seine Hände über Cleos, die sie noch immer an der Tasse hatte.Der Ausdruck in seinen blassgrünen Augen wurde fokussiert, dann weiteten sie sich unmerklich.

»O Schätzchen«, murmelte er, jedes Wort voller Mitgefühl. »Du warst lange alleine, nicht wahr?«

Zu perplex, um zu antworten oder gar zu lügen, nickte Cleo lediglich. Obwohl Archer ihre Hände wie auch zuvor hielt, breitete sich nun statt Widerwillen ein eigenartiger Frieden in ihr aus. Als würde diese Ruhe einer Welle gleich von Archer aus über sie hinweg spülen.

»Was machst du?«, fragte sie leise.

»Ich reinige ein wenig deine Aura. Manchmal haften negative Gefühle oder Erinnerungen so hartnäckig an uns, dass wir sie alleine nicht ablösen können.«

»Du manipulierst meine Erinnerungen?«

»Nein«, sagte er kopfschüttelnd. »Deine Erinnerungen und auch deine Gefühle gehören ganz dir. Sieh es eher wie eine Art Reinigungsprogramm für die Energien, die deinen Körper umschließen.«

Cleo verstand nur Bahnhof. »Mich umschließen Energien?«

»Ja, die ganze Zeit«, bestätigte Archer, löste eine Hand von ihr und machte eine Geste, die den ganzen Raum einschloss. »Uns alle umgibt unablässig Energie und in unserem persönlichen Bereich sind sie stärker. Diese Energie kann gut, schlecht oder neutral sein und wird beeinflusst durch unser Handeln und Denken, aber auch das von anderen.«

»Archer kann diese Energien als Aura sehen und sie zu einem gewissen Grad beeinflussen«, fügte Kally hinzu.

»Aber erst, seit du es mir beigebracht hast.«

Kally zuckte mit den Schultern. »Du brauchtest nur einen kleinen Schubs in die richtige Richtung und die Aufzeichnungen meiner Urgroßmutter.«

»Vielleicht«, erwiderte Archer, ehe er seine Aufmerksamkeit wieder auf Cleo richtete. »Keine Sorge, du wächst auch noch in deine Fähigkeiten hinein.«

Weil Cleo nicht wusste, was sie darauf antworten sollte, nickte sie lediglich. Archer schien damit zufrieden zu sein, denn er zwinkerte ihr zu und löste sich von ihr, um anschließend seine Aufmerksamkeit Kally zuzuwenden. Die beiden unterhielten sich locker weiter, aber Cleo hörte ihnen nur mit halbem Ohr zu. Gedanklich wälzte sie noch immer Archers Worte hin und her.

Kurze Zeit später war der Tee getrunken und sie machten sich an den Aufbruch. Archer begleitete sie aus dem Laden und als sie an der Türe ankamen, legte er sacht eine Hand auf Cleos Schulter.

»Gib dir Zeit und vertrau darauf, dass deine Fähigkeiten etwas Gutes sind«, sagte er mit einem sanften Lächeln. Dieses wurde breiter, als er hinzufügte: »Und richte Logan liebe Grüße von mir aus.«

»Woher …?«, setzte Cleo an, aber Archer kam ihr zuvor.

»Woher ich weiß, dass du ihn regelmäßig siehst?«, fragte er und zwinkerte ihr zu. »Ich erkenne etwas von seiner Aura in deiner. Ihr steht euch nahe, das freut mich für euch.«

Zu irritiert von dem, was er in ihr lesen konnte,

brachte Cleo keine Antwort heraus. Das wurde nicht besser, als Archer sich an Kally wandte und seine Miene zum ersten Mal seit ihrem Kennenlernen hart wurde.

»Du hingegen solltest dich endlich von diesem Mann fernhalten, Kaliska. Er übt einen schlechten Einfluss für dich aus.«

»Danke, dass du dich um mich sorgst«, sagte Kally, beugte sich vor und gab ihm einen Kuss auf die Wange. Anschließend verabschiedete sie sich und ging in Richtung Bahnstation davon. Cleo sah ihr einige Sekunden hinterher, bedankte sich bei Archer und folgte Kally schnell.

»Was meinte er damit?«, fragte sie, sobald sie Kally eingeholt hatte.

Sie ballte die Hände zu Fäusten, presste kurz die Zähne zusammen und sagte dann langsam: »Es ist kompliziert und ich möchte im Moment nicht darüber reden.«

Okay, dachte Cleo verwirrt. Noch nie hatte sie Kally so abweisend erlebt. Andererseits kannte sie sie auch erst einige Tage, selbst wenn es ihr bereits viel länger vorkam. Da sie es ebenso wenig mochte, wenn jemand in ihrer Vergangenheit oder ihren Geheimnissen herumstocherte, schwieg sie.

Wahrscheinlich hätte sie das bis zurück zum Tortenhaus durchgehalten, wenn sie nicht eine Stimme gehört hätte. Eine, die ihr bekannt vorkam und ihr gleichzeitig eine Gänsehaut bescherte.

»Jemand muss mir helfen, meinen Körper zurückzubekommen!«, klagte ein Mann ganz in ihrer Nähe, den Cleo auch nach einigem Umschauen jedoch nirgends entdeckte. Sie standen mittlerweile an der Bahnstation und sie zupfte an Kallys Ärmel.

Als sie Cleo ansah, erkannte Cleo schon an ihrem Gesichtsausdruck, dass sie den Mann auch gehört hatte.

»Ist er es?«, fragte Kally.

»Ja. Das ist der Mann aus Chinatown. Er ist hier irgendwo.« Suchend ließ sie ihren Blick über die anderen Fahrgäste schweifen … auch wenn sie genau wusste, dass sie ihn nicht finden würde.

Aber die Frau neben ihr war dazu in der Lage,also fragte Cleo: »Siehst du ihn?«

»Ja«, antwortete Kally sofort, den Blick geradeaus gerichtet. »Er steht auf dem Bahnsteig gegenüber. Aber er ist im Begriff, wieder zu gehen. Du solltest dich also beeilen.«

»Beeilen? Was meinst du damit?«

»Um ihn nicht zu verlieren, sonst kannst du ihm nicht helfen.«

»Ich?!«, zischte Cleo und hatte Mühe, ihre Stimme gesenkt zu halten. »Warum übernimmst du das nicht? Du bist schließlich diejenige, die ihn auch sehen kann.«

»Ja, aber ich werde dich trotzdem nicht begleiten«, sagte Kally. »Das ist deine Aufgabe.«

»Bist du übergeschnappt? Wie soll ich das machen, wenn ich ihn nicht sehen kann? Er hat aufgehört zu reden und ist damit doppelt unsichtbar für mich. Außerdem hat Darla gesagt, dass ich sie anrufen soll, wenn ich ihm wieder begegne.«

»Ach, das ist jetzt viel zu früh«, wiegelte Kally ab. Sie zog einen Anhänger unter ihrer Jacke hervor, streifte sich die Kette über den Kopf und gab sie Cleo. »Hier, nimm die.«

»Was soll ich damit?«, fragte Cleo perplex. Sie sah hinunter auf den tropfenförmigen Stein, der eine milchig-schimmernde Farbe hatte.

»Sie dir umhängen.«

»Und was soll das bringen?«, knurrte Cleo. Als sie tat, was Kally verlangte, nahm diese den Stein in ihre Hände und schloss die Augen. Weiter tat sie nichts und doch spürte Cleo eine eindeutige Veränderung. Es war wie das Gefühl kurz vor einem Gewitter, wenn die Energie der Blitze bereits in der Luft flirrte und nur darauf wartete, entfesselt zu werden.

Nach wenigen Herzschlägen verblasste die Empfindung und Kally öffnete die Augen.

»Wenn du in die Nähe von Geistern kommst, wird der Stein sehr warm«, erklärte sie.

»Das hast du so einfach gemacht? Ohne irgendwelche Sprüche oder sonst was von dem magischen Zeug?«

Kally schnaubte verächtlich und sagte: »Wer wahre Magie beherrscht, der braucht solche Kinkerlitzchen nicht.« Sie deutete nach links die Straße runter. »Du musst dich beeilen, sonst ist er weg.«

»Ich kann das nicht alleine«, zischte Cleo.

»Du kannst und du wirst. Das ist eine Lektion, damit du lernst, dich mit deinen Fähigkeiten auseinander zu setzen. Also los, hopp hopp.« Mit diesen Worten gab Kally ihr einen Schubs in die von ihr gezeigte Richtung.

Einige Sekunden starrte Cleo sie entgeistert an, dann fluchte sie vor sich hin. »June hat recht, du bist eine gemeine Hexe.«

Statt beleidigt zu sein, grinste Kally breit. »Solltest du nicht netter zu mir sein, wenn du glaubst, dass ich mit dem Teufel im Bunde stehe?«

»Nein«, brummte Cleo, warf ihr einen letzten bösen Blick zu und lief los. Mit jedem Schritt verfluchte sie Kally. Trotzdem tat sie, was sie ihr aufgetragen hatte. Den verzauberten Stein in der Hand – der tatsächlich immer wärmer wurde – ging sie über die Straße in die Richtung, in die Kally gezeigt hatte.

Obwohl Cleo bereits in der Irrenanstalt gewesen war, hatte sie sich noch nie verrückter gefühlt als jetzt. Was für eine Ironie.

KAPITEL 18

»Ich muss meinen Körper wiederbekommen«, flehte der Mann.

Cleo war ihm mittlerweile von den belebteren Straßen in eine schmale Gasse gefolgt. Der Stein in ihrer Hand war tatsächlich immer wärmer geworden, je näher sie dem Geist gekommen war, der beständig vor sich hin gemurmelt hatte. Erst jetzt waren sie alleine und Cleo konnte das Wort an ihn richten, ohne unnötige Aufmerksamkeit auf sich zu ziehen.

Verfluchte Kally, dachte sie, schluckte und sagte laut: »Ich kann Sie hören.«

»Was?«, entwich es dem Mann. Nur einen Herzschlag später meinte Cleo, einen Luftzug auf ihrem Gesicht zu fühlen. Gleichzeitig erhitzte sich der Anhänger so stark, dass sie ihn loslassen musste.Leise fluchend pustete Cleo auf ihre Finger.

»Können Sie mich wirklich hören?«, fragte der Mann nun direkt vor ihr.

»Ja, aber ich kann Sie leider nicht sehen«, antwortete Cleo. »Mein Name ist Cleo Edwards und ich … bin ein Medium. Ich glaube, ich habe Sie schon vor ein paar

Tagen in Chinatown gehört.«

»Gott sei Dank!«, entfuhr es dem Mann, Erleichterung und Freude in seiner Stimme. »Ich wollte schon die Hoffnung aufgeben, dass mich irgendwer verstehen kann außer dem Dieb, der sich meinen Körper geschnappt hat.«

»Wissen Sie, wo Ihr Körper sich derzeit befindet?«, fragte Cleo.

»Ja, kommen Sie mit!« Seine Stimme entfernte sich bereits.

Langsam ging Cleo ihm nach und sagte: »Bitte denken Sie daran, dass ich Sie nicht sehen kann. Wenn Sie mir nicht sagen, wohin Sie gehen, kann ich Ihnen nicht folgen.«

»Oh, natürlich. Wir müssen zu einem Parkplatz einige Querstraßen von hier.«

»In Ordnung«, antwortete Cleo. »Wie wäre es, wenn Sie mir auf dem Weg dahin erzählen, wer Sie sind und was genau mit Ihnen passiert ist?«

»Okay«, antwortete der Mann. »Ich heiße Norman Cormak und bin Immobilieninvestor. Mir gehören mehrere Grundstücke und Gebäude in der Stadt.« Sie hatten mittlerweile die Gasse auf der anderen Seite verlassen und Mr. Cormak sagte: »Wir müssen hier nach links.«

Cleo drehte sich in die entsprechende Richtung und Mr. Cormak fuhr fort: »Vor drei Tagen wurde ich in meinem Büro niedergeschlagen und als ich wieder zu mir kam … da war ich so wie jetzt außerhalb meines Körpers.«

Mr. Cormak dirigierte sie über eine Ampel und Cleo fragte möglichst unauffällig: »Sie wurden also ermordet?«

»Ja und nein«, brummte Mr. Cormak. »Ich würde eher behaupten, dass ich bestohlen wurde. Jemand hat mir meinen Körper und meine Identität gestohlen.«

Wie Kally es gesagt hatte, dachte Cleo.

»Wissen Sie, wer das war?«

»Nein, leider nicht. Was ich aber weiß, ist, dass dieser Bastard in meinem Namen Geschäfte abgewickelt hat. Solche, denen ich selbst niemals zugestimmt hätte.«

Cleo überkam ein ungutes Gefühl und sie wollte Mr. Cormak nach der Art der Geschäfte fragen, als sie an einem Kino vorbeikamen und der Geist sagte: »Hier um die Ecke ist es. In dem weißen Geländewagen dort drüben ist mein Körper.«

»Ist er … tot?«, fragte Cleo und blieb einen Meter vor dem Fahrzeug stehen. Sie hatte nicht das Bedürfnis, eine weitere Leiche zu sehen. Gleichzeitig verfluchte sie Kally, dass sie Cleo alleine hierher geschickt hatte.

»Nein«, antwortete Mr. Cormak. »Aber es geht mir… ihm nicht sonderlich gut. Irgendwas stimmt nicht.«

»Ich werde die Polizei rufen«, sagte Cleo. Scheißegal, was Kally ihr gesagt hatte, das hier war ein Fall für Darla und ihre Kollegen. Sie wollte nicht nochmal bei einem möglichen Tatort überrascht werden, denn ein zweites Mal festgenommen zu werden würde sie nicht verkraften.

Sie holte ihr Smartphone aus der Tasche, zusammen

mit Darlas Visitenkarte, und begann, die Nummer einzutippen. Es klingelte kaum zweimal, da meldete sich der Detective.

»Gonzales?«, schnarrte es aus dem Lautsprecher.

»Hi Darla, hier ist Cleo.« Sie atmete tief ein und aus, warf dabei einen Blick zu dem Geländewagen und fuhr fort: »Ich sollte mich doch melden, wenn ich noch einmal etwas von dem Geist höre, von dem ich dir gestern erzählt habe. Also … er hat mich zu seinem Körper geführt.«

»Wo genau bist du?«, fragte Darla. Cleo fragte Mr. Cormak nach der Adresse und gab sie an Darla weiter. Im Hintergrund raschelte es und Darla forderte: »Du rührst dich nicht vom Fleck, hast du verstanden? Ich bin so schnell ich kann bei dir.«

»In Ordnung«, sagte Cleo und fügte hinzu: »Du solltest außerdem einen Krankenwagen verständigen. Laut Mr. Cormak geht es seinem Körper nicht gut.«

»Mache ich. Bis gleich.« Darla beendete das Gespräch und Cleo ließ das Smartphone sinken.

»Sie haben private Kontakte zur Polizei?«, fragte Mr. Cormak.

Cleo nickte langsam. »Eher unfreiwillig, wenn ich ehrlich bin.«

»Freunde an verschiedenen Stellen zu haben, hat meiner Meinung nach noch nie geschadet«, sagte Mr. Cormak. »Würden Sie bitte nach meinem Körper sehen?«

Cleo nickte, steckte ihr Handy weg und trat an das weiße Fahrzeug heran. Neben der Fahrertür blieb sie stehen und sah hinein. Drinnen befand sich ein Mann Ende fünfzig, in weißem Hemd und mit einer Krawatte um den Hals. Seine Haut, die vormals wahrscheinlich gebräunt gewesen war, war nun teigig-fahl, er atmete schwer und Schweiß glänzte auf seiner Stirn. Er kam Cleo vage bekannt vor, auch wenn sie nicht darauf schwören würde, ihn in Chinatown gesehen zu haben.

»Seit wann sind Sie … also, ist Ihr Körper in diesem Zustand?«

»Seit heute Morgen«, antwortete Mr. Cormak. »Der Dieb war bei meinem Bankberater und da hat es schon angefangen. Direkt nach dem Termin ist er hierher gefahren und seither verschlechtert sich mein Zustand.«

Mr. Cormaks Körper begann nach Luft zu ringen, die Atemzüge wurden immer hektischer und er griff sich an den Hals.

»Verdammt, ich habe einen Asthmaanfall«, sagte Mr. Cormak. »Tun Sie doch etwas, bitte!«

»Und was?«

»Im Handschuhfach auf der Beifahrerseite habe ich einen Inhalator.«

»Fuck«, zischte Cleo. Sie konnte unmöglich in dieser Situation weiter auf Darla warten. Also ging sie um das Auto herum, öffnete die Beifahrertür und fluchte gleich nochmal, als ihr ein widerlicher Gestank entgegenschlug. Möglichst flach atmend beugte sie sich zum Handschuhfach und suchte nach dem Inhalator.

Als sie ihn endlich fand, zog sie die Kappe ab, schüttelte ihn kräftig und rutschte auf den Sitz, um besser an Mr. Cormak heranzukommen. Dieser atmete immer ungleichmäßiger, seine Lungen pfiffen.

»Hey, Sie«, sagte sie hart in der Hoffnung, zu wem auch immer durchzudringen, der sich im Körper von Mr. Cormak befand. »Ich habe einen Inhalator. Machen Sie den Mund auf und versuchen Sie, tief einzuatmen und dann die Luft anzuhalten.«

Tatsächlich hoben sich flatternd die Augen von Mr. Cormak. Sie waren früher einmal braun gewesen, jetzt jedoch lag ein milchiger Schleier über ihnen. Statt zu tun, was Cleo ihm aufgetragen hatte, wisperte er kaum verständlich: »Es tut mir leid.«

Cleo blinzelte irritiert, wollte ihm sagen, dass das jetzt egal war und er verdammt nochmal den Inhalator in den Mund nehmen sollte, als sich seine Augen nach hinten verdrehten und er in sich zusammensackte. Ein letztes Mal hörte Cleo das Pfeifen in seinen Lungen, dann hob sich seine Brust nicht mehr.

»Mr. Cormak?«, fragte Cleo, zog den Ärmel ihrer Jacke über ihre Hand und rüttelte ihn an der Schulter. Sein Kopf sackte zur Seite, ansonsten kam keine Reaktion.

»Cleo …«, hörte sie leise Mr. Cormaks Geist hinter sich. Sie drehte sich um, sah ihn natürlich nicht und fragte: »Was ist?«

»Ich glaube, i-« Mehr kam nicht. Es war, als hätte man ihm mitten im Satz den Mund zugehalten. Oder als wäre er plötzlich fortgerissen worden. Vielleicht …

Sirenen ertönten und wenige Augenblicke später bogen ein Polizeiwagen und ein Krankenwagen mit Blaulicht auf den Parkplatz ein. Cleo war aus dem Wagen geklettert, eine Hand noch immer fest um den Inhalator geschlossen, die andere um den Anhänger. Er war kalt.

Die Sanitäter sprangen als Erste aus ihrem Fahrzeug, entdeckten Cleo und einer von ihnen fragte: »Wo ist der Patient?«

»Auf dem Fahrersitz«, antwortete Cleo, dabei deutete sie auf den Geländewagen. Ohne zu zögern eilten die Sanitäter zu dem Fahrzeug und rissen die Tür auf. Cleo sah ihnen zu, wie sie sich an Mr. Cormak zu schaffen machten. Sie wagte ihnen nicht zu sagen, dass es vergeblich war. Ihre Aufmerksamkeit wurde schnell von Darla abgelenkt, die auf sie zukam.

»Hallo Cleo«, sagte Detective Gonzales mit einem schiefen Lächeln. »Ich habe dir doch gleich gesagt, dass wir uns öfter über den Weg laufen werden.«

»Nimm das bitte nicht persönlich, aber unter diesen Umständen hätte ich darauf verzichten können.«

»Keine Sorge, mir geht es genauso.« Sie ließ den Blick über den Parkplatz schweifen, blieb bei den Sanitätern hängen. »Sie können nichts mehr ausrichten, nicht wahr?«

»Nein«, sagte Cleo rau.

»Wäre auch zu schön gewesen. Dann sag mir, wie es kommt, dass ich dich schon wieder bei einer Leiche antreffe.«

Cleo nickte und begann zu erzählen. Ihre Stimme war gedämpft, als sie von dem Moment sprach, in dem

Mr. Cormaks Körper den letzten Atemzug tat und dabei sein Geist verschwunden war. Mitgefühl für den betrogenen und bestohlenen Geschäftsmann kam in ihr auf.

»Das ist ungünstig«, murmelte Darla. »Wenn er noch länger geblieben wäre, hätte ich ihn durch dich befragen können.«

»Kann Kally ihn nicht von den Toten zurückholen, damit du das nachholen kannst?«

»Könnte sie, aber zuerst will ich alle herkömmlichen Ermittlungswege ausschöpfen. Kally ist immer nur der letzte Trumpf, wenn wir nicht mehr weiter wissen.«

Cleo nickte. »Ich erinnere mich, dass Logan etwas in der Art gesagt hat.«

»Es ist zum Kotzen«, brummte Darla. »Aber apropos Kally: Sie hat dich tatsächlich alleine auf den Weg geschickt?«

»Ja«, sagte Cleo und verschränkte die Arme vor der Brust.

»Typisch«, seufzte Darla und schüttelte den Kopf. »Ich hätte dich vielleicht warnen sollen. Sie ist ein herzensguter Mensch, aber ihre Methoden sind manchmal etwas …«

»Unfair? Radikal?«, schlug Cleo vor. Ihre Kehle zog sich zusammen und Wut sammelte sich in ihrem Bauch.

»Eher unkonventionell«, sagte Darla. »Es ist aber richtig von dir gewesen, mich anzurufen. Ich werde in meinem Bericht angeben, dass wir einen anonymen Tipp erhalten haben. So taucht dein Name nicht in den

Akten auf. Das ist dir doch wichtig, nicht wahr?«

»Ja«, antwortete Cleo. Sie rechnete damit, dass Darla sie nach dem Grund fragen würde, doch stattdessen zog diese ihr Smartphone heraus und forderte ihr Team und die Spurensicherung an. Als sie es wieder wegsteckte, kam einer der Sanitäter und überbrachte ihr die schlechte Nachricht.

Sie wechselten ein paar Worte, dann verabschiedete sich der Mann und ging mit seinem Kollegen zurück zu ihrem Einsatzfahrzeug. Cleo sah ihnen hinterher, als sie vom Parkplatz fuhren. Sie hatte gar nicht bemerkt, wie Darlas Kollegen mittlerweile das Areal abgesperrt hatten.

»Rein hypothetisch gesprochen«, setzte Darla an und fuhr fort, als Cleo sich ihr zuwandte, »wenn dir jemand sagen würde, dass es noch vor ein paar Tagen auf einem Friedhof eine misslungene Erweckung gegeben hat und der Name des Toten Nolan Cormak war, was würde dir dann durch den Kopf gehen?«

Cleo blinzelte überrascht. »Dass dieser Name sich verdammt ähnlich wie Norman Cormak anhört.«

»Glaubst du an Zufälle?«

»Nein.«

»Ich auch nicht«, sagte Darla grimmig. »Ich denke also, dass irgendjemand mit dem ersten Mr. Cormak einen Fehler gemacht hat und es eigentlich schon von Anfang an auf diesen hier abgesehen hatte.« Dabei machte sie eine Handbewegung in Richtung des Geländewagens.

»Er hat gesagt, dass der Dieb Geschäfte abgeschlossen hat, die er selbst niemals gemacht hätte«, sagte Cleo. »Wer auch immer der Begünstigte davon ist, wird sicher … ähm …« Unsicher sah sie zu Darla, dabei schloss sich ihre Hand fester um den Inhalator.

»Entweder selbst der Dieb sein oder derjenige, der ihn dafür bezahlt hat, Mr. Cormaks Identität zu stehlen«, ergänzte Darla mit ernster Stimme. »Du würdest dich wundern, was ich alles schon in dieser Richtung erlebt habe. Ich habe dir ja schon gesagt, dass es auch Menschen gibt, die Magie für Verbrechen benutzen.«

»Warum weiß die Bevölkerung nichts davon?«, fragte Cleo.

»Sie könnte es wissen, wenn die großen Zeitungen darüber berichten würden. Bisher tun das nur die Revolverblätter und denen glauben nur die wenigsten.« Darla seufzte tief. »Wenn ich ehrlich bin, ist mir das so auch lieber.«

Verständlich, dachte Cleo und fragte laut: »Und was jetzt?«

»Ich werde mich an die Ermittlungen machen und du gehst nach Hause«, ordnete Darla an. »Ich rufe dir ein Taxi.« Sie zückte ihr Smartphone und begleitete Cleo anschließend zur Straße. Cleo fühlte deutlich die Blicke der anderen Polizisten, senkte den Kopf tiefer und zwang sich, nicht schneller zu gehen.

An der Straße angekommen, reichte sie Darla den Inhalator. »Er war im Handschuhfach. Mr. Cormaks Geist hatte mich darauf hingewiesen.«

Darla zog ein Taschentuch hervor und nahm das kleine Gerät an sich. Cleo lief es kalt über den Rücken, aber als sie fragte, was passieren würde, wenn man ihre Fingerabdrücke darauf fand, lächelte Darla schief.

»Keine Sorge. Ich hatte dir ja versprochen, dich aus den Akten herauszuhalten.«

»Danke«, sagte Cleo. Das Gewicht, das bis eben noch unbemerkt auf ihren Schultern gelegen hatte, rutschte herunter.

»Gern geschehen. Ich weiß es zwar nicht aus eigener Erfahrung, aber solche Fähigkeiten zu haben ist nicht leicht.«

»Nein, ist es nicht«, sagte Cleo leise. Sie wollte noch etwas ergänzen, doch da hielt bereits das Taxi vor ihnen. Sie verabschiedeten sich, Cleo stieg ein und nannte der Fahrerin die Adresse. Langsam setzte sich der Wagen in Bewegung, fädelte sich in den Verkehr ein und Cleo ließ den Kopf gegen die Nackenstütze fallen.

Was für ein beschissener Vormittag.

KAPITEL 19

Gleichzeitig erschöpft und doch unruhig stand Logan in seiner Küche und goss den Topf mit Nudeln in ein Sieb. Der Dampf des Kochwassers schlug ihm als Wolke entgegen und vernebelte ihm für einen Moment die Sicht. Als er wieder klar sehen konnte, betrachtete er unschlüssig die Spaghetti.

Eigentlich hatte er keinen Hunger und nur gekocht, weil er nach dem anstrengenden Tag etwas essen sollte. Mit einem Seufzen griff er nach dem Kochlöffel und rührte in der Sauce. Er wollte gerade nach der Sahne greifen, als es an der Haustür klingelte.

Logan schaltete den Herd aus, ging zur Tür und musste mehrfach blinzeln, weil er mit der Frau auf seiner Schwelle nicht gerechnet hatte.

»Cleo, geht es dir gut?« Viel zu erleichtert, um auf ihre Antwort zu warten, zog er sie an sich. Die Arme locker um sie gelegt, war sie die ersten Augenblicke steif, doch dann entspannte sie sich und lehnte sich gegen ihn.

»Ja, alles halb so schlimm«, antwortete sie gedämpft. »Ich habe den Mann gefunden, den ich in Chinatown gehört habe.«

»Habe ich schon mitbekommen. Darla hat es mir im Vertrauen erzählt. Wie ist das passiert?«

Cleo regte sich und Logan senkte die Arme. Als er nach ihrer Hand griff, ließ sie sich ohne Zögern von ihm ins Haus führen. Er ging mit ihr ins Wohnzimmer, wo sie sich auf dem Sofa niederließen.

»Ich bin seinem Geist gefolgt und naja …« Sie zuckte mit den Schultern und fügte hinzu: »Dann habe ich den Körper dazu gefunden. Er hat noch gelebt und dann … nicht mehr.«

»Das tut mir leid«, sagte Logan. Wieder griff er nach ihrer Hand und etwas entspannte sich in ihm, als sie ihre Finger mit seinen verflocht. Die Wärme ihrer Haut sickerte tief in ihn hinein. »Ich habe den Leichnam gesehen, als er zu uns gebracht worden ist. Du hättest ihm nicht mehr helfen können. Es war ein Wunder, dass er noch bei Bewusstsein gewesen ist.«

Cleo lächelte schief. »Das hört sich jetzt sicher respektlos an, aber irgendwie erleichtert mich das.«

»Ich versteh schon«, versicherte Logan. »Was war mit Mr. Cormaks Geist?«

»Ist entschwunden, als sein Körper gestorben ist«, antwortete Cleo, ihre Miene wieder ernst. Sie hatte Schatten unter den Augen, in deren intensivem Blau ebenfalls mehr Dunkelheit lauerte als gewöhnlich.

Am liebsten hätte Logan sie sofort angerufen, nachdem Darla ihn beiseite genommen und erzählt hatte, wie sie auf Mr. Cormaks Leichnam gestoßen war. Aber Logan hatte sich selbst eingeschärft, dass er Cleo nicht erdrücken sollte, und hatte sich deswegen zurückgehalten.

Sie jetzt zu sehen, sogar in seinem Haus zu haben, zeigte ihm jedoch, wie wenig Ruhe er in der Nacht gefunden hätte, wenn er nicht mit ihr gesprochen hätte.

Er rieb langsam mit dem Daumen über ihren Handrücken und fragte: »Weißt du denn schon, warum das alles passiert ist? Ich bin zwar kein Experte, aber das hört sich nach nichts an, was ich in Zusammenhang mit Kally schon einmal erlebt habe.«

»Ja ja, Kally«, brummte Cleo. »Sie hat mir das ganze ja erst eingebrockt, irgendwie zumindest.« In knappen Worten erzählte sie ihm, was vor ihrer Entdeckung auf dem Parkplatz geschehen war, und fügte hinzu: »Auch jetzt noch sieht sie keinerlei Problem darin, dass sie mich so ins kalte Wasser gestoßen hat. Was wäre, wenn etwas schief gegangen wäre? Sie hat mich blindlings ins Messer laufen lassen!«

»Sie hat so ihre Eigenheiten«, gestand Logan. »Aber ich denke, du wärst schon längst abgehauen, wenn du ihr nicht mehr vertrauen würdest.«

Cleo blinzelte mehrmals, ihre Wut schien verraucht. »Wie kommst du darauf?«

»Nenne es eine Ahnung«, sagte er und zuckte mit den Schultern. »Du bist immerhin aus einer Psychiatrie abgehauen und statt zu deiner Familie und deinen Freunden zu gehen, bist du lieber ziellos herumgewandert. Du weißt also, wie du vor Leuten abhaust, denen du nicht mehr traust.«

Cleo sah ihn lange an, ihre Mimik nicht zu deuten.

Dann sagte sie dumpf: »Du bist erschreckend scharfsinnig.«

»Das bringt es so mit sich, viel mit der Polizei zusammenzuarbeiten.« Was Logan nicht sagte, war, dass wohl auch er nun zu dem kleinen Kreis von Leuten gehörte, denen Cleo vertraute. Der Gedanke erzeugte eine wohlige Wärme in seiner Brust.

Weil Cleo weiter schwieg, fragte er: »Hast du Kally erzählt, was passiert ist und in welchem Zustand Mr. Cormak war?«

»Ja«, sagte Cleo und atmete tief ein. »Sie sagte, dass das die Konsequenzen beim Verdrängen einer Seele sind. Außerdem ließ wohl der schlechte Zustand von Mr. Cormak darauf schließen, dass das Ritual von einem unerfahrenen Nekromanten durchgeführt worden ist. Von einem, der das Handwerk nicht richtig beherrscht.«

»Das ist nicht gut«, erwiderte Logan besorgt.

Cleo nickte langsam. »Das meinte Kally auch. Sie will sich nach diesem Jemand umhören.«

»Kally hat sehr viele Kontakte in der Stadt, da wird sich sicher bald etwas ergeben.« Logan neigte den Kopf zur Seite und musterte Cleo. »Bist du sicher, dass es dir gut geht?«

»Ja. Ganz davon abgesehen, dass ich bei einer verrückten Hexe wohne, die mit Toten spielen kann und mich alleine hinter Geistern herschickt.«

Logan lachte leise über ihre Worte. »Dafür hast du dich aber sehr gut geschlagen.«

»Scheint so«, erwiderte Cleo. Sie sah auf ihre Hände

hinunter, die noch immer miteinander verschränkt waren. Ganz langsam zog sie ihren Arm zurück und löste ihre Finger von seinen. Dabei lud sich die Luft zwischen ihnen mit einer Spannung auf, die Logan ein Kribbeln über die Haut jagte.

Cleo räusperte sich und sagte, noch immer den Blick gesenkt: »Danke, dass du mir zugehört hast. Mir fällt erst jetzt auf, dass ich dich regelrecht überfallen habe. Ich hätte vielleicht vorher anrufen sollen oder sowas in der Art.«

»Du darfst mich jederzeit überfallen«, erwiderte Logan. Endlich sah Cleo ihn an, Erleichterung in ihrer Mimik. »Hast du schon etwas gegessen?«

»Nein, ich hatte den ganzen Tag keinen Appetit mehr.«

»Und das hat sich jetzt geändert?«, hakte er nach.

Einer von Cleos Mundwinkeln zog sich nach oben. »Versuchst du mich gerade durch die Blume zum Essen einzuladen?«

»Ich fürchte, so feinfühlig war das gar nicht.« Logan lachte und auch Cleos Lächeln breitete sich aus, bis es ihre Augen erreichte.

»Nein, war es nicht.«

»Dann also ganz direkt: Hast du Lust, mit mir zu Abend zu essen? Es gibt Spaghetti mit einer schnellen Tomatensauce. Ich habe noch Salat im Kühlschrank, dann reicht es sicher für zwei.«

Statt ihm zu antworten, lachte Cleo. Sie ließ sich in die Polsterung des Sofas zurückfallen … und lachte einfach weiter.

»Was war daran so komisch?«, fragte Logan.

»Tut mir leid, ich lache nicht wegen dir.« Sie schüttelte den Kopf, setzte sich wieder gerade hin und erklärte: »Ich hätte beinahe ein Kommentar darüber gemacht, dass du als Mann kochen kannst und Salat im Haus hast. Dabei denke ich immer gerne von mir als Feministin und komme dann selber mit solchen Klischees um die Ecke.«

»Manche altbackenen Stereotypen lassen sich eben schwer abschütteln«, erwiderte Logan amüsiert. Er erhob sich und hielt Cleo eine Hand hin. »Komm, ich werde dir beweisen, dass ich so gar nicht in das verstaubte Rollenbild eines unfähigen Single-Mannes passe.«

Der Moment, als Cleo ihre Hand in seine gleiten ließ, war elektrisierend. Logan half ihr auf und ließ sie nicht los, bis sie in seiner Küche angekommen waren. Während er sich um das Abendessen kümmerte, saß Cleo am Tisch und sie unterhielten sich.

Dieses Mal waren ihre Themen unverfänglich und locker, sie plauderten über ihre Lieblingsrezepte und was sie gar nicht mochten. Cleo war mittlerweile aus ihrer Jacke geschlüpft und erzählte mit lebhafter Gestik, wie sie sich einmal an einem Pilzrisotto den Magen verdorben hatte und sie seither keine Pilze mehr essen konnte.

Logan hatte Mühe, sich auf seine Arbeit zu konzentrieren, weil er sich immer wieder dabei ertappte, wie er Cleo einfach nur ansah. So wie sie jetzt war – entspannt und mit einem Lachen auf den Lippen – so sollte sie immer sein. Logan nahm sich vor, so oft dafür zu sorgen, wie er konnte.

Unruhig tigerte Kally durch ihr Labor und dachte nach. Was Cleo ihr erzählt hatte, ließ sie einfach nicht los. Wer auch immer Mr. Cormak gesteuert hatte, war ein blutiger Anfänger gewesen. Einer, den Kally nicht kannte.

Das Knochenmobile in der Ecke klimperte und erinnerte sie daran, dass sie sich zu sehr gehen ließ. Mit einem Brummen blieb sie stehen, atmete tief ein und aus und versuchte, ihre Magie zu beruhigen. Nach mehreren Anläufen klappte es auch und die Knochen waren wieder still.

»Es hilft nichts«, seufzte sie und schloss für einen Moment die Augen. Alleine würde sie nicht weiterkommen, eher im Gegenteil. Da sich der verdammte Seelenspringer nicht blicken ließ – natürlich nicht, wenn sie ihn *einmal* sprechen wollte – blieb nur noch eine Person, die sie fragen konnte.

Mit einem Seufzen ließ Kally sich in den Samtsessel fallen, zog ihr Handy heraus und wählte die Nummer ihres Großvaters. Es dauerte einige Zeit, bis er abhob.

»Green?«, schnarrte es schließlich vom anderen Ende der Leitung.

»Guten Abend, Grandpa«, erwiderte Kally zuckersüß. »Ich störe dich doch hoffentlich nicht?«

»Kaliska«, sagte der alte Mann und sofort klang seine Stimme sehr viel freundlicher. »Mach dich nicht lächerlich, wobei solltest du mich denn stören?«

»Das will ich lieber nicht so genau wissen«, antwortete Kally und lachte leise.

»Unanständige Göre.« Ein belustigtes Schnauben, dann fragte ihr Großvater: »Was kann ich für dich tun? Und komm mir jetzt nicht mit der Ausrede, dass du nur mal wieder meine Stimme hören wolltest. Ich kenne dich gut genug und weiß, dass du um diese Zeit nur mit mir telefonierst, weil es nicht bis zu deinem nächsten Besuch warten kann.«

Kally seufzte tief. »Du bist ein schlauer alter Kojote.«

»Danke«, sagte er hörbar selbstzufrieden. »Aber jetzt komm zur Sache, ich werde nicht jünger.«

Kally ließ mit einem Seufzen den Kopf gegen die Rückenlehne sinken und schilderte die Ereignisse. Sie sprach nicht nur über den Tod von Norman Cormak, sondern auch von der abgebrochenen Erweckung von Nolan Cormak auf dem Friedhof.

Wie erwartet verstand ihr Großvater sofort, warum sie beunruhigt war. Der Beweis war, dass er nach ihrem Bericht sofort schlussfolgerte: »Das war schlampige Arbeit, andernfalls wäre dieser zweite Mann nicht gestorben. Wer auch immer es ist, er oder sie hat keinen Mentor. Solch ein Grünschnabel ist sehr gefährlich.«

»Das sehe ich genauso«, sagte Kally. »Ich hatte immer dich oder den Rest der Familie. Aber ich sehe seit Jahren, wie es für andere Menschen ist, die mit ihren übernatürlichen Talenten alleine gelassen werden. Cleo ist das typische Beispiel.«

»Erzähl mir mehr von ihr«, bat ihr Großvater und

Kally tat ihm den Gefallen.

»Sie ist sehr zäh«, beendete sie ihren kurzen Bericht. »Bei ihr habe ich keine Sorge, dass sie es schaffen wird, ihre Gabe vollständig zu kontrollieren. Sie ist jetzt schon sehr weit.« Bei den letzten Worten musste Kally grinsen. Sie wusste, dass Cleo im Moment nicht gut auf sie zu sprechen war. Aber sie würde sich schon wieder beruhigen.

»Natürlich, du bist schließlich eine gute Lehrerin«, sagte ihr Großvater und das Lob erzeugte ein warmes Gefühl in Kallys Brust. »Aber nochmal zu dem Grünschnabel: Hast du eine Ahnung, wer es sein könnte?«

»Nein, leider nicht. Ich hatte darauf gehofft, dass du eine Vermutung hast.«

»Tut mir leid, nein.«

Kally fluchte leise vor sich hin. Abermals kam ihr der Seelenspringer in den Sinn, aber an ihn zu denken machte sie im Moment nur wieder wütend. Das erneute Klimpern der Knochen war ein deutlicher Hinweis. Um sich abzulenken, nahm Kally den hölzernen Zeiger des Ouija-Bretts, das neben dem Sessel stand, und ließ ihn durch die Finger gleiten. Die Kanten der Planchette fühlten sich weich an.

Nachdenklich fragte sie, wie zu sich selbst: »Wie können wir ihn oder sie finden?«

»Hm«, murmelte ihr Großvater, dann war er einige Augenblicke still. »Tut mir leid, aber mir fällt auf die Schnelle kein Zauber oder Ritual ein, mit dem man die ganze Stadt abdecken könnte.«

»Kannst du dich umhören?«, fragte Kally.

»Sicher. Du solltest aber auch die Familie deines Vaters fragen.«

»Ich denke darüber nach. Das letzte Mal, als ich angerufen habe, wollte Grandma Roux mich mit einem Bann belegen, dass ich endlich zu ihnen in den Sumpf ziehe.«

Ihr Großvater lachte rau. »Sie war schon immer ein verrücktes Weib.«

»Was sie fleißig an ihre Nachkommen weitergegeben hat«, fügte Kally hinzu. »Aber Spaß beiseite, ich rufe sie an.«

»Tu das«, sagte ihr Großvater. »Und pass auf dich auf. Ob Grünschnabel oder nicht, dieser Jemand hat großes Potential. Junge Schlangen sind immer am gefährlichsten, weil sie ihr Gift nicht kontrollieren können.«

»Ich werde mich schon nicht beißen lassen«, versprach Kally, verabschiedete sich und legte auf. Das Handy in der Hand, die Planchette noch in der anderen, saß sie einige Zeit schweigend da und hing ihren Gedanken nach.

Schließlich seufzte sie, legte den Zeiger zurück auf das Brett und wählte die Nummer ihrer Großmutter. Wie nicht anders zu erwarten, meldete sich Josefine Roux nicht wie normale Menschen. Nein, stattdessen nahm sie ab und zischte sofort: »Kaliska Elaine Roux, wie kannst du es wagen, dich so lange nicht bei mir zu melden? Du bist fast so schlimm wie dein Cousin Leon!«

»Jetzt übertreibst du aber«, sagte Kally mit einem Lachen. »Was hat er schon wieder angestellt?«

»Pah«, schnaubte ihre Großmutter, erzählte dann aber doch von Leons neusten Eskapaden. Kally lehnte sich in ihrem Sessel zurück und schloss mit einem Lächeln die Augen. Ach, wie schön Familie doch sein konnte.

KAPITEL 20

Obwohl bereits mehrere Stunden vergangen waren und es schon Nacht war, hockte er nach wie vor von Schüttelfrost geplagt auf dem Boden seines winzigen Badezimmers und würgte. Noah wurde den Geschmack des Todes auf der Zunge nicht los. Er war noch nie … gestorben und jetzt, da er die Erfahrung stellvertretend durch Norman Cormak gemacht hatte, fürchtete er sich noch mehr vor dem Tod.

Es war keine schöne Erfahrung, ganz im Gegenteil. Noah hatte deutlich den Sog des Totenreichs gespürt, den kalten Hauch der Leere und all der Seelen, die sich dort aufhielten. Das, was er bisher bei seiner Arbeit davon gefühlt hatte, war nur ein fader Abklatsch gewesen.

Und dabei war ihm schon regelmäßig der kalte Schweiß ausgebrochen.

Da war auch die Erleichterung, dass er Mr. Jacksons Auftrag doch noch erledigt hatte, keinen Pfifferling wert. Zumal er es auf den letzten Metern versaut hatte. Jemand hatte ihn gefunden, eine junge Frau. Irgendwie hatte sie herausgefunden, dass der von ihm benutzte

Körper nicht seiner war. Ob sie auch wusste, wer ihn gesteuert hatte? Ob sie ihn finden würde?

Falls ja, dann wäre er geliefert. Mr. Jacksons Geduld war schon jetzt beinahe erschöpft und er würde Noah nicht mehr viele Chancen geben, um ihn davon zu überzeugen, ihn nicht doch wieder in die Gosse zu werfen. Zu dem Abfall, zu dem er gehörte.

Es grenzte an ein Wunder, dass Mr. Jackson ihm den groben Schnitzer, der ihm mit dem falschen Mr. Cormak unterlaufen war, verziehen hatte. Noah war nur so nervös gewesen, so erpicht darauf, sich als würdig zu erweisen, dass er nicht richtig recherchiert hatte. Sollte Mr. Jackson von seinem erneuten Versagen erfahren, würde er sicher …

»Nein«, wisperte Noah, schloss die Augen und ließ den Kopf gegen die Wand sinken. Nein, daran durfte er auf keinen Fall denken.

Obwohl es verlockend war, weiter hier zu hocken und sich zu bemitleiden, wusste Noah, dass das nicht ging. Er musste endlich etwas essen, denn die Steuerung von Mr. Cormak hatte ihn enorm viel Kraft gekostet.

Mit zitternden Knien stand er auf, spülte sich den Mund aus und war froh, dass der Weg vom Bad zur schmalen Kochnische seines Einzimmerappartements so kurz war. Dort machte er sich ein Sandwich und aß es mit kleinen Bissen – immer mit der Befürchtung, es sofort wieder von sich zu geben. Zu seinem Glück blieb es unten.

Er griff nach einer Wasserflasche und wollte trinken,

als sein Handy klingelte. Der personalisierte Ton des Anrufers sorgte dafür, dass er die Flasche um ein Haar fallen ließ. Eilig stellte er sie ab und nahm das Gespräch an.

»Noah«, sagte eine tiefe Stimme.

»M-Mr. Lanchester«, stammelte Noah. Er war vor der Ankunft seines Bosses Mr. Jacksons der mächtigste Mann in der Stadt gewesen. Noah war ihm nur einmal flüchtig begegnet, doch das hatte ausgereicht. Mr. Lanchester war ein Mann, vor dem Noah sich instinktiv fürchtete. Selbst wenn er nur am Telefon mit ihm sprach.

»Sei in dreißig Minuten an der Lagerhalle am Hafen.«

»Ja, Sir.«

Noah hatte kaum den Mund geschlossen, da tutete es auch schon in der Leitung. Er ließ das Handy sinken und fluchte vor sich hin. Nicht nur, dass er sich noch immer fühlte, als hätte ihn ein Bus überfahren – mehrmals – er wusste auch nicht, ob er es psychisch durchstehen würde, in dieser Nacht Mr. Lanchester gegenüber zu treten.

Doch wie so oft in seinem Leben hatte Noah keine andere Wahl. Mit zitternden Beinen erhob er sich, zog sich aus und stellte sich unter die heiße Dusche.

KAPITEL 21

Cleo schlug die Augen auf und starrte an eine dunkle Decke.

Noch halb verwirrt vom Schlaf und nicht sicher, wo sie war, setzte sie sich auf und sah sich um. Der Raum war dunkel und kam ihr nur vage bekannt vor. Sie ächzte leise, rieb sich über die Augen und ihr fiel ein, dass sie auf Logans Couch eingeschlafen war. Er hatte ihr die Schuhe ausgezogen und eine Decke über sie gelegt.

Ein echter Gentleman, dachte Cleo amüsiert. Jetzt da sie wach war, bemerkte sie, dass sie das Geräusch einer Dusche geweckt hatte. Sie zog ihr Handy heraus und sah auf die Uhr: Es war kurz nach sechs.

Wahrscheinlich musste Logan bald los zur Arbeit und sie wollte sich noch bei ihm bedanken. Also schlüpfte sie in ihre Schuhe, legte die Decke zusammen und ging zur Treppe. Auf dem Weg nach oben versuchte sie, ihre Haare zu ordnen und strich über ihr zerknittertes Shirt. Mittlerweile war das Wasser abgedreht worden und gerade, als sie die Hand hob und an die Tür des Badezimmers klopfen wollte, wurde diese aufgerissen und Logan kam heraus.

Leider hatte er so viel Schwung, dass er voll in sie hineinlief und sie dabei halb umwarf. Die Luft wurde mit einem leisen »Uff« aus Cleos Lungen gedrückt und sie griff reflexartig nach Logans Schultern, um nicht umzufallen.

Nach seinen sehr warmen und vor allem sehr nackten Schultern.

»Himmel, Cleo«, keuchte Logan. »Du hast mich beinahe zu Tode erschreckt.«

»Tut mir leid«, erwiderte sie. Langsam ließen sie voneinander ab und Cleo trat einen halben Schritt nach hinten, bis sie in dem engen Flur an die Wand stieß. Dabei glitt ihr Blick über Logan: Er hatte sich die Haare ordentlich zurückgekämmt und war rasiert, so dass er gar nichts mehr von dem struwweligen Mann mit Drei-Tage-Bart hatte, mit dem Cleo in den vergangenen Tagen so gut vertraut geworden war. Vielmehr sah er aus wie ein aalglatter Bankberater.

Einer mit nichts als einem Handtuch um die Hüften, das nicht viel ihrer Fantasie überließ. Das hinderte diese jedoch nicht daran, Cleo alle möglichen Unanständigkeiten zuzuflüstern. So viel also dazu, dass sie geglaubt hatte, ihre Libido wäre in der Zeit in der Klinik verloren gegangen.

»Cleo, hörst du mir überhaupt zu?«

»Hm?«, erwiderte sie und zwang sich, in Logans Gesicht zu sehen.

Er grinste sie an und verlagerte sein Gewicht auf das andere Bein, was einen interessanten Effekt auf ihren

Puls hatte. »Ich sollte mich geschmeichelt fühlen, oder nicht?«

»Irgendwie schon«, antwortete Cleo, dabei breitete sich auch auf ihrem Gesicht ein Lächeln aus. »Für einen pathologischen Angestellten gar nicht mal schlecht.«

Wie erwartet lachte Logan. »Hast du denn überhaupt Referenzwerte?«

»Nein. Sollte ich mir welche besorgen?«

»Ehrlich gesagt, wäre es mir lieber, wenn du das nicht tun würdest.«

Cleo grinste und verschränkte die Arme hinter ihrem Rücken. Dabei entging ihr nicht, wie Logans Blick sich auf ihr Dekolleté richtete. O ja, dieses Spiel hatte sie eindeutig vermisst. Sie wollte mehr davon. Sehen, wohin es führte und herausfinden, ob die Chemie zwischen ihnen wirklich so gut war, wie sie glaubte. Aber dazu kam es nicht.

»Ich hasse es, das sagen zu müssen, aber ich muss zur Arbeit«, murmelte Logan und sah dabei so aus, als müsste er eine Kröte schlucken. »Versprich mir, dass du bei unserem nächsten Treffen nicht vergisst, an was du jetzt gerade gedacht hast.«

»Sollte ich schaffen.«

»Sehr gut.« Logan seufzte, ließ den Blick über sie gleiten und obwohl sie vollständig angezogen war, fühlte es sich sehr intim an. »Ich wünschte wirklich, ich könnte hierbleiben. Aber heute sind wir ohnehin knapp besetzt und ich-«

»Logan, schon gut«, sagte Cleo und lachte leise. »Ich

wollte mich nur bei dir bedanken und mich verabschieden, bevor ich wieder rüber zu Kally gehe.«

»Ich wollte es nur gesagt haben«, beharrte er.

»Ist angekommen.« Nun war sie es, die ihn noch einmal von oben bis unten musterte. Dabei genoss sie das Gefühl der sanften Erregung, das ihren Körper erwärmte. Als sie wieder bei seinen Augen angelangt war, sagte sie: »Wir sehen uns später, ja?«

»Auf jeden Fall.«

Cleo stieß sich von der Wand ab, stellte sich dicht vor Logan und lehnte sich an ihn. Er legte eine Hand an ihren Hals, schob sie unter ihre Locken und hielt sie sanft, während sie sich reckte und einen Kuss auf seinen Hals hauchte. Es war nur eine flüchtige Berührung, dennoch ging sie Cleo durch und durch: Das Gefühl seiner warmen Haut, sein Duft nach Seife und Mann und vor allem das gedämpfte Stöhnen, das er von sich gab, machten den Moment absolut perfekt.

Langsam trat sie von ihm zurück, dann noch einen Schritt und noch einen, bis sie bei der Treppe angekommen war. Als sie sich zu Logan umdrehte, stand dieser noch immer mitten im Flur, mit nicht mehr als einem Handtuch um die Hüften.

»Viel Spaß bei der Arbeit«, sagte Cleo, drehte sich um und verließ das Haus. Sie glaubte, ihn leise fluchen zu hören, und grinste vor sich hin. Beschwingt und so gut gelaunt wie schon seit Jahren nicht mehr, ging sie die noch dunkle Straße hinunter,durch Kallys Gartentor und betrat kurz darauf das Tortenhaus.

Schon von der Eingangstür aus konnte sie sehen,

dass in der Küche Licht brannte. Cleo folgte dem Schein und atmete dabei den Duft von frischem Kaffee ein.

»Hey Kally, kriege ich auch …« Weiter kam Cleo nicht, denn statt der schwarzhaarigen Hexe stand an der Kaffeemaschine eine kleinere Frau mit dunkelrotem Haar, welches sie zu einem unordentlichen Dutt hochgesteckt hatte. Schwarze Leggins und ein dunkelgrünes Top schmiegten sich an eine sehr weibliche Sanduhrfigur.

Doch das Auffälligste an ihr waren die großen, hellbraunen Augen, die Cleo anstarrten, als wäre sie der Leibhaftige.

»Scheiße«, entwich es June und sie presste sich eine Hand auf die Brust.

Cleo hob beschwichtigend die Hände. »Tut mir leid, ich wollte dich nicht erschrecken. Wie kommt es, dass du dein Zimmer verlassen hast?«

June schluckte, ehe sie antwortete: »Das … das mach ich nur selten und eigentlich hätte ich auch nicht damit gerechnet, dass ich dir so früh über den Weg laufe.«

»Ich bin auch sonst keine Frühaufsteherin, aber scheinbar sollte ich das ändern.« Cleo ging zu der Kaffeemaschine, neben der eine Thermoskanne stand, und ließ sich selbst eine Tasse aus der Maschine. Dabei fühlte sie deutlich Junes Blick auf sich. Als sie sie wieder ansah, lag noch immer der erschrockene Ausdruck auf ihrem Gesicht.

»Ich sollte gehen«, murmelte June. Dabei trat sie einen Schritt vor Cleo zurück, als wäre sie gefährlich.

Cleo runzelte die Stirn. »Komm schon, was kann denn Schlimmes passieren, wenn wir einen Kaffee zusammen trinken?«

»Du würdest dich wundern«, antwortete June mit einem ironischen Tonfall in der Stimme. »Nimm es bitte nicht persönlich, aber ich werde jetzt wieder hoch in mein Zimmer gehen.«

»Okay«, sagte Cleo gedehnt.

June lächelte schief, ohne dass es ihre Augen erreichte, nahm sich die Thermoskanne von der Anrichte und verließ die Küche. Dabei war sie so schnell, dass es fast schon an eine Flucht erinnerte. Kurz darauf war das Knarzen der Treppe, gefolgt vom Öffnen und Schließen einer Tür zu hören, bevor es im Haus vollkommen still wurde.

War Cleo zuvor schon neugierig gewesen, was Junes Besonderheit war und warum sie sich in ihrem Zimmer verschanzte, hatte sich dieses Gefühl nun potenziert. Für einen Moment wollte Cleo ihr nach und nicht lockerlassen, bis sie ihr erzählt hatte, was der Grund für ihr Verhalten war. Doch sie blieb in der Küche, trank ihren Kaffee und als sie kurz darauf ins Obergeschoss ging, bog sie ins Badezimmer ab, statt bei Junes Tür stehenzubleiben.

Dort zog sie sich aus, stellte sich unter die Dusche und putzte sich anschließend die Zähne. Zurück in ihrem Zimmer ließ sie sich auf das Bett fallen. Die Arme hinter dem Kopf verschränkt, sah Cleo an die Decke und hing weiter ihren Gedanken nach. Wie verrückt und gleichzeitig so viel besser ihr Leben geworden war, seit sie sich von der vermeintlichen Stimme in ihrem Kopf hatte überreden lassen, hierher zu kommen.

»Musst du Schlaf nachholen oder bist du fit genug, mir beim Frühstück alle pikanten Details zu erzählen?« Cleo hob den Kopf und sah Kally am Türrahmen lehnen, die Arme vor der Brust verschränkt und ein durchtriebenes Grinsen im Gesicht.

»Ich weiß nicht, was du da andeuten willst«, antwortete Cleo nonchalant, woraufhin Kally lachte. Cleo schnaubte und sagte: »Außerdem bin ich immer noch beleidigt, weil du mich gestern einfach im Stich gelassen hast.«

»Es tut mir wirklich, wirklich leid.«

»Das glaube ich dir nicht«, grummelte Cleo.

Kally zwinkerte ihr zu. »Los, beweg deinen frechen Hintern. Wenn du schon nicht erzählen willst, warum du so zufrieden aussiehst, dann kannst du mir wenigstens zuhören.«

»Bei was denn?«

»Wie wir es schaffen, den stümperhaften Nekromanten zu finden«, antwortete Kally und klang dabei so voller Tatendrang, dass es Cleo mulmig zumute wurde. Dennoch stieg sie aus dem Bett und folgte Kally ins Erdgeschoss.

»Wie kommt es, dass du dir heute Morgen so sicher dabei bist, wer oder was für das Chaos verantwortlich war?«, fragte Cleo, als sie neben Kally vor dem Kühlschrank stand.

»Weil ich mich mit meinem Großvater und meiner Großmutter beraten habe«, sagte Kally und drückte ihr ein Glas Marmelade in die Hand. »Beide sind derselben Meinung wie ich, was meine Vermutung zu einer Tatsache macht.«

Sie nahm Brot aus dem Kasten auf der Anrichte und wies Cleo an, den Tisch zu decken. Dabei sprach sie in einem fort: »Wer auch immer dieser Nekromant ist, er oder sie ist gefährlich. Meine Grandma hatte eine Idee, wie wir ihn oder sie aufspüren können, ohne dafür ein Menschenopfer darbieten zu müssen.«

»Das ist ein Scherz, oder?«, fragte Cleo, schwankend zwischen Amüsement und Unbehagen. Letzteres nahm zu, als Kally ihren Blick nüchtern erwiderte und den Kopf schüttelte.

»Magie hat immer ihren Preis und je mehr man will, desto mehr muss man geben. Entweder eigene Energie oder ein Opfer.«

»Aber du hättest nicht wirklich einen Menschen geopfert, oder?«

»Nein, bist du irre?« Kally schüttelte den Kopf. »Ich habe noch immer ein schlechtes Gewissen wegen des Huhns, das ich mal vor ein paar Jahren geopfert habe.« Sie zog tatsächlich ein reumütiges Gesicht, als würde sie es noch immer bedauern.

Cleo wusste nicht so recht, ob sie das rührend oder besorgniserregend finden sollte. Die Vorstellung, irgendein Leben für ein wie auch immer geartetes Ritual zu opfern, ließ ihren Magen zu einem harten Knoten werden.

Sie leckte sich über die Lippen und fragte: »Und was war nun die Lösung deiner Großmutter für dieses Dilemma?«

»Du bist die Lösung«, verkündete Kally, setzte sich gegenüber von Cleo hin und grinste sie so breit an, dass es einem Haifisch zur Ehre gereicht hätte.

»Ich?«, fiepte Cleo. Dabei wich sie unwillkürlich ein Stück zurück.

»Ach, keine Sorge.« Kally winkte ab, nahm eine Scheibe Brot und bestrich sie mit Marmelade. »Dir wird nichts passieren, das schwöre ich. Ich werde nur deine Fähigkeiten ein wenig anzapfen, das ist beinahe harmlos.«

»Beinahe?!«

Kally zwinkerte ihr zu. »Vertrau mir.«

»Das ist glaube ich schon von Anfang an mein Problem«, murmelte Cleo.

»Jetzt wirst du aber unfair«, beklagte sich Kally. Sie biss von ihrem Brot ab, kaute und sagte anschließend: »Es ist wirklich nicht schlimm, aber ein wenig kompliziert. Wenn es funktioniert, finden wir damit den Nekromanten-Anfänger, sobald er oder sie wieder jemanden erwecken oder übernehmen will.«

»Nur aus Interesse«, begann Cleo und griff ebenfalls nach einer Brotscheibe, »wie würde dieses Abzapfen ablaufen?«

Kally grinste, was ein enthusiastisches Funkeln in dem dunklen Grün ihrer Augen entzündete. Es hatte etwas sehr Hexenhaftes an sich. Sie lehnte sich ein Stück nach vorn und sagte: »Wie schön, dass du fragst. Also …«

KAPITEL 22

»Hast du es heute irgendwie eilig?«

Logan drehte sich um und sah Hideo, wie er in sein Büro rollte. Mit einem schiefen Lächeln richtete er sich auf. Den ganzen Tag hatte er immer wieder verstohlen auf die Uhr geschaut und im Geiste drei Kreuze gemacht, als der Feierabend kam und nicht noch kurzfristig ein Außeneinsatz nötig geworden war.

»Merkt man mir das an?«

»Nur ein bisschen«, erwiderte Hideo amüsiert.

Logan lachte, strich sich durch die Haare und gestand: »Ich habe tatsächlich heute Abend noch etwas vor.«

»Na dann«, erwiderte sein Chef und grinste. »Viel Spaß.«

»Danke«, antwortete Logan. Er verabschiedete sich, schulterte seinen Rucksack und strebte in Richtung Ausgang. Obwohl auf den Straßen nicht mehr los war als sonst, kam es ihm dennoch so vor, als würde es ewig dauern, bis er endlich seine Haltestelle erreichte. Beschwingt und schneller als sonst lief er den Hügel hinauf. Als Kallys Haus in seinem Blickfeld erschien, beschleunigte er seine Schritte noch ein wenig mehr.

Er konnte es kaum erwarten, Cleo wiederzusehen.

An seinem Ziel angekommen, ging Logan am Haus vorbei nach hinten in den Garten, um direkt in die Küche zu gehen, doch als er um die Ecke bog, blieb er wie angewurzelt stehen. Mit solch einer Szene hatte er nicht gerechnet: Cleo saß auf dem Rasen, inmitten eines Pentagramms. An den Ecken der weißen Linien standen große Kerzen, die im Wind flackerten. Aus einer Schale vor Cleo stieg eine dünne Rauchsäule und es roch nach verbrannten Kräutern. Ihr gegenüber, außerhalb des Pentagramms, saß Kally im Schneidersitz und hielt ein kleines Öllicht in den Händen, dessen Flamme bläulich schimmerte.

Alles in allem war es nicht das Verrückteste, was er je in Kallys Garten oder ihrem Haus gesehen hatte, aber das hier war doch eine ganz neue Dimension.

Aus Sorge, sie irgendwie zu stören und ihnen damit zu schaden, blieb Logan stumm an seinem Platz stehen und beobachtete die beiden Frauen. Wie immer, wenn Kally zauberte, umgab sie eine Aura von … Intensität.

Ein Rascheln neben Logan ließ ihn zusammenzucken und als er hinuntersah, erkannte er Shiva, der aus dem Gebüsch kam und sich neben seine Beine setzte. Ganz so, als würde auch er warten, bis die beiden fertig waren.

Einige Minuten später war es soweit und mit einem Knistern in der Luft erlosch das Licht in Kallys Händen und die Rauchsäule aus der Schale verflog. Sofort erhob sich der Kater und stolzierte mit hochgerecktem Schwanz zu Kally, um sich an ihrer Seite zu reiben.

»Hallo mein Hübscher«, sagte Kally, nahm das Tier auf den Arm und stand auf. Dabei drehte sie sich zu Logan um und grinste ihn an. »Und auch dir hallo. Danke, dass du gewartet hast.«

»Ich wollte nicht schuld sein, wenn etwas schiefgeht«, antwortete er und ging zu den beiden. Dabei ruhte sein Blick auf Cleo, die ihm ein Lächeln zuwarf. Der Schein der Kerzen flackerte in ihren Augen und zeichnete Schatten auf ihr Gesicht.

»Hey Logan«, sagte sie.

»Hi.« Er räusperte sich und ließ den Blick über den Garten schweifen. »Was habt ihr denn gemacht?«

»Den Teufel angebetet, was sonst?«, antwortete Kally mit einem breiten Grinsen.

Logan erwiderte es und fragte: »Und um was habt ihr ihn gebeten? Einen Gewinn im Lotto oder die Weltherrschaft?«

»Ewige Jugend natürlich«, erwiderte Kally, schüttelte den Kopf und warf einen Blick zu Cleo. Diese lächelte ebenfalls, streckte die Hand aus und kraulte Shiva unter dem Kinn. Sofort wurde das Schnurren des Katers lauter.

Als Cleo zu ihm sah, sagte sie: »Kallys Grandma hat ihr ein Ritual verraten, um mich in einen wandelnden Radioempfänger für Nekromantie zu verwandeln. Zumindest vorübergehend.«

»Warum denn das?«, fragte Logan irritiert.

Cleos Mimik wurde düster und sie ließ den Arm sinken. »Damit wir den unerfahrenen Nekromanten finden, bevor er wieder so etwas macht wie mit Mr. Cormak.«

»Cleo wird in den nächsten vierundzwanzig Stunden spüren, wenn in der Stadt wieder ein Zauber dieser Art vollzogen wird«, erklärte Kally.

»Und was macht ihr, wenn das passiert?«, fragte Logan und Kally erwiderte: »Dann kann sie uns zu ihm oder ihr führen und ich kann dafür sorgen, dass diese Zwischenfälle nicht wieder vorkommen.«

Logan nickte, richtete seine Aufmerksamkeit wieder auf Cleo. »Wie geht es dir damit?«

»Ich will helfen«, sagte sie sofort. Einer ihrer Mundwinkel bog sich nach oben. »Obwohl ich gestehen muss, dass ich wegen dieses Hokuspokus schon ein wenig nervös war.«

»Also bitte«, brummte Kally. »Ich bin ein Profi. Und nenn es nicht Hokuspokus. Andernfalls verrate ich das meiner Grandma und die legt einen Fluch auf dich. Glaub mir, das ist nicht witzig. Da musst du nur meinen Cousin Leon fragen.«

Bei der Erwähnung des Namens musste Logan grinsen. An Cleo gewandt erklärte er: »Seit Jahren erzählt sie mir alle möglichen Schauergeschichten über diesen Cousin, aber gesehen habe ich ihn noch nie.«

»Hast du ihn dir nur ausgedacht?«, fragte Cleo Kally, die daraufhin leise lachte.

»Jemanden wie Leon kann man sich nicht ausdenken. Es verschlägt ihn nur selten hier an die Westküste.« Sie sah von Logan zu Cleo und fragte, noch immer amüsiert: »Ich nehme an, ich kann dich bei Logan erreichen, wenn etwas sein sollte?«

Cleo warf ihm einen Blick zu, ein warmes Glimmen in den blauen Augen. Ihre Stimme war leise und etwas tiefer, als sie antwortete: »Ja, kannst du.«

Hitze flirrte über Logans Haut und als er die Hand nach Cleo ausstreckte, ließ sie ihre ohne zu zögern hineingleiten. Es war wie ein stummes Versprechen.

»Na schön«, sagte Kally gutgelaunt. »Tut nichts, was ich nicht auch tun würde.«

»Zu viel Info!«, erwiderte Cleo und lachte, genauso wie Kally. Diese schnippte mit den Fingern, woraufhin die Kerzen erloschen, und machte sich daran, den Ritualplatz aufzuräumen. Die samtige Dunkelheit des Gartens wurde nur noch von dem gedämpften Licht erhellt, das durch die Buntglasfenster hinaus fiel.

Cleo und Logan strebten Hand in Hand zur Straße. Am Gartentor blieben sie stehen und Cleo fragte: »Sie ist immer so direkt, oder?«

Logan nickte, die Lippen zu einem Lächeln verzogen. »Ich glaube, sie kennt das Wort Diskretion gar nicht.«

»Ganz ehrlich – mich stört das nicht.« Cleo trat dichter vor ihn und fasste nach seiner anderen Hand. Der Geruch ihres Shampoos, vermischt mit Räucherwerk, stieg Logan in die Nase. »Ich mag Ehrlichkeit.«

»Ich auch«, antwortete Logan rau. »Ich habe den ganzen Tag an dich denken müssen und konnte es kaum erwarten, endlich Feierabend zu machen. Du hast Talent dafür, dass man dich in Erinnerung behält.«

»Wie denn das?«, fragte sie und tat dabei so unschuldig, dass Logan lachen musste.

Er beugte sich zu ihr hinunter, brachte seinen Mund dicht über ihren Hals – den sie ihm regelrecht präsentierte – und flüsterte gegen ihre Haut: »Ich glaube, das weißt du ganz genau.«

Logan fühlte eher, als dass er sah, wie ein Zittern durch Cleos Körper lief. Sie lehnte sich noch näher an ihn und er folgte ihrer stummen Bitte, glitt mit den Lippen über ihren Hals und schwelgte in ihrem leisen Seufzen.

Er ließ sich dazu hinreißen, den Mund zu öffnen und vorsichtig in den Übergang zwischen Schulter und Hals zu beißen. Cleos Reaktion kam sofort in Form eines Stöhnens. Das zusammen mit ihrem Geschmack stieg Logan zu Kopf, machte ihn regelrecht trunken.Auch die Tatsache, dass sie sich ganz weich gegen ihn sinken ließ, verstärkte das berauschende Gefühl. Nur widerstrebend zog er sich von ihr zurück, richtete sich auf und sagte leise: »Mir gefällt es, dass du jetzt so entspannt in meiner Nähe bist.«

»Mir auch«, murmelte Cleo. »Wollen wir los?«

»Unbedingt«, erwiderte Logan. Hand in Hand setzten sie sich in Bewegung. Auf dem kurzen Weg zu seinem Haus schweigen sie, doch in der Stille zwischen ihnen hingen unzählige unausgesprochene Dinge. Erst, als sie in seinem Hausflur standen und die Tür ins Schloss gefallen war, brachen sie das Schweigen.

Aber anders, als Logan erwartet hatte.

»Ich bin ein Wrack«, stieß Cleo hervor. Sie sah auf ihre Hände hinunter, die noch immer miteinander verschränkt waren. »Ich war so lange nicht mehr ich selbst, dass ich Angst habe, mich verloren zu haben. Obwohl ich jetzt weiß, dass ich nicht verrückt bin, habe ich Angst. Angst, nicht wieder die alte Cleo werden zu können.«

»Das ist mir egal«, erwiderte Logan sofort. »Ich kenne die Cleo von früher nicht, aber ich kenne *dich*. Und *du* bist es, die mich schon von der ersten Sekunde an in ihren Bann gezogen hat. Ich kann nicht aufhören an dich zu denken und je mehr ich dich kennenlerne, desto hoffnungsloser wird es, dich je wieder aus meinem Kopf zu bekommen.«

Logan umfasste sanft ihr Gesicht und fügte hinzu: »Ich habe keine Ahnung, wo das alles hinführt, aber ich würde es nur zu gerne herausfinden. Mit dir zusammen.«

»Bist du dir sicher?«

»Ganz sicher«, sagte Logan sofort.

Langsam, als würde die Sonne aufgehen, verzog sich Cleos Mund zu einem Lächeln. Es war klein, aber deswegen nicht weniger anbetungswürdig und sorgte dafür, dass Logans Puls in die Höhe schnellte.

»Okay«, sagte sie leise und mehr brauchte er nicht.

Er beugte sich zu ihr und küsste ihre noch immer lächelnden Lippen. Es war so viel besser, als er es sich den ganzen Tag über ausgemalt hatte. Logan sog ihre Unterlippe zwischen die Zähne und lauschte ihrem atemlosen Stöhnen. Cleo schob die Hände unter seine

Jacke und krallte sie in seinen Pullover.

Perfekt wurde es jedoch erst, als sie mit ihrer Zunge seiner entgegenkam. Einem sinnlichen Feuerwerk gleich explodierte Hitze in seiner Brust, sank tiefer und ließ ihn hart werden. Der Frau in seinen Armen blieb das nicht verborgen und sie rieb ihre Hüften gegen ihn.

Mit dem fiebrigen Gedanken im Kopf, dass das nicht lange gutgehen würde, löste sich Logan von ihr und sagte atemlos: »Mein Schlafzimmer ist oben.«

»Das ist zu weit«, keuchte Cleo. Sie streifte sich die Jacke ab, zog das Langarmshirt aus und griff nach hinten, um ihren BH aufzuhaken. Wie hypnotisiert beobachtete Logan, wie sie das Kleidungsstück fallen ließ und anschließend neben ihren Jeans nur noch die Kette mit dem milchig-schimmernden Anhänger trug. Beinahe wie ein heidnisches Opfer stand sie vor ihm.

Und oh … er war mehr als gewillt, es anzunehmen.

Logan schlüpfte aus seiner Jacke und streifte sich den Pullover über den Kopf. Er hatte kaum die Arme sinken lassen, da griff Cleo nach den Knöpfen seiner Jeans, öffnete sie und als er die Aufgabe übernahm, machte sie sich an ihrer eigenen Jeans zu schaffen. Es war wie ein Wettlauf, hektisch und mit schnellen Atemzügen. Dennoch dauerte es viel zu lange, bis er endlich auch das letzte Kleidungsstück losgeworden war.

Cleos Blick, der langsam über seinen Körper glitt, war wie eine heiße Liebkosung. »Du freust dich ja sehr, mich zu sehen.«

»Ja«, erwiderte Logan mit einem schiefen Grinsen. Er streckte die Hände nach Cleo aus und sie kam ihm auf halbem Weg entgegen. Dieses Mal war ihre Umarmung vorsichtiger, aber deswegen nicht weniger intensiv. Das Gefühl ihrer Haut auf seiner, sprichwörtlich von Kopf bis Fuß ohne Barriere, versengte ihn bis in den Kern seiner Seele.

Es war perfekt.

»Gott, du fühlst dich so gut an«, murmelte Cleo. Dabei drückte sie ihre Fingernägel vorsichtig in seinen Rücken und sorgte dafür, dass er zischend einatmete. Vor allem, weil sich ihr weicher Bauch gegen seine Erektion drückte und ihn Sterne sehen ließ.

Logan versuchte, eine passende Antwort auf ihre Worte zu finden, doch es gelang ihm nicht. Alles in ihm fiel dem Wunsch zum Opfer, der Frau in seinen Armen zu zeigen, wie begehrenswert sie war und wie sehr sie ihn an den Rand der Beherrschung brachte.

Die Hände um ihr Gesicht gelegt, neigte er ihren Kopf nach hinten und küsste sie. Sofort begegnete Cleo seiner Zunge mit ihrer und öffnete den Mund weit, um den Kuss zu vertiefen. Während sie sich gegenseitig verschlangen, drängte Logan sie in Richtung Wohnzimmer. Der Raum war nur spärlich vom Licht der Straßenlampen erhellt, aber das störte ihn nicht.

Er musste nichts sehen, wenn er alles, auf das es ankam, fühlen konnte.

Gefangen in einem Rausch aus nackter Haut, feuchten Küssen und heißen Berührungen war es Cleo egal, wohin Logan sie brachte. Die Hauptsache war, dass er nicht mit dem aufhörte, was er tat. Genau jetzt fühlte sie sich frei und voller Energie. Hier war kein Platz mehr für Zweifel, keiner für Schatten aus der Vergangenheit, sondern nur für den heißen Taumel der Lust, den dieser Mann ihr schenkte.

Als Logan sich umdrehte und auf das Sofa sank, zögerte Cleo nicht, ihm sofort zu folgen. Die Knie links und rechts von ihm abgestützt, setzte sie sich auf seinen Schoß. Dabei kam ihr ein Zischen über die Lippen, als kühle Luft ihre feuchte Mitte berührte und sie seine Oberschenkel unter ihrem Hintern spürte.

Die Hände auf seine Schultern gelegt, beugte sie sich zu ihm hinunter und küsste ihn abermals. Logan umfasste ihre Taille, fuhr mit den Händen nach oben und streichelte mit den Daumen die Unterseite ihrer Brüste. Unwillkürlich lehnte sich Cleo in die Berührung und rutschte mit dem Becken etwas näher zu ihm.

Der Moment, als seine Erektion ihre Schamlippen berührte, ließ sie in seinen Mund stöhnen. In einer sinnlichen Welle rieb sie sich an ihm. Logans Hände packten sie fester und auch sein Atem beschleunigte sich.

Keuchend löste sich Cleo von seinem Mund und sagte, ehe ihr benebelter Verstand es verhindern konnte: »Ich habe das eine gefühlte Ewigkeit nicht mehr gemacht.«

»Ich fühle mich geschmeichelt«, antwortete Logan, seine Worte rau und mit einem deutlichen Lächeln darin. Sein Tonfall wurde ernster, als er fragte: »Bist du dir sicher?«

Cleo lehnte sich zurück, die Hände noch immer auf seinen festen Schultern, und sah ihm ins Gesicht. Ihre Augen hatten sich mittlerweile an das Dämmerlicht gewöhnt und sie erkannte sowohl das Verlangen als auch die Sorge in seinem Blick.

»Ja«, sagte sie langsam. »Ich bin mir sicher.« Mit diesen Worten hob sie ihren Körper ein Stück an und rieb sich abermals an seinem harten Schaft. Das Stöhnen, das daraufhin das Zimmer erfüllte, stammte sowohl von ihm als auch von ihr.

Aber das war nicht genug, noch lange nicht.

Fest entschlossen, ihrer Durststrecke ein Ende zu setzen, stemmte sich Cleo hoch, griff zwischen ihre Körper und umfasste Logans Erektion. Er zischte, als hätte sie ihn verbrannt, tat aber nichts weiter, als die Hände an ihre Taille zu legen.

So lag es ganz an ihr, sich selbst auf seinen Körper zu pfählen. Bereits feucht von ihren vorigen Bemühungen, glitt sein Schaft langsam, aber stetig tiefer in sie. Der Druck war ungewohnt, aber dennoch hielt Cleo nicht inne, ehe sie ihn vollständig in sich aufgenommen hatte.

Logan fluchte leise und sie fühlte deutlich, wie er in ihr pulsierte. Grinsend beugte sich Cleo zu ihm hinunter, traf seine Lippen zu einem verzehrenden Kuss und begann langsam, sich zu bewegen. Sie stöhnten gleichzeitig und vertieften den Kuss.

Cleo hob und senkte ihre Hüften schneller und reizte die sensiblen Nervenenden in ihrem Schoß. Sorgte damit dafür, dass ihr Herz immer hektischer pochte. Die Hände in seine Schultern gekrallt, löste sie sich von Logans Mund und sah ihm in die Augen.

Logan legte die Hände an ihren Po und half ihr, auf ihm hoch und runter zu gleiten. Je schneller sie wurde, desto mehr steigerte sich der Druck in ihrem Inneren, doch der Höhepunkt blieb ihr versagt. Er schwebte knapp außerhalb ihrer Reichweite und quälte sie. Es war wie Folter.

»Logan«, keuchte Cleo und kniff die Augen zusammen. »Ich … ich brauche …«

»Was?«

Unfähig, es in Worte zu fassen, wimmerte Cleo und hörte auf, sich zu bewegen. Frustration machte sich in ihrer Brust breit und sie ließ den Kopf hängen. Mit zusammengepressten Lippen kämpfte sie gegen das Schluchzen in ihrer Kehle.

War sie doch zu verkorkst, um sich völlig fallen zu lassen?

»Cleo«, murmelte Logan. Er hob sie von sich herunter und bugsierte sie neben sich auf die Sitzfläche. Cleo zischte leise, als der kühle Stoff ihren Hintern berührte. Zudem löschte es das Inferno in ihrem Leib, aber nur so lange, bis Logan sich auf den Boden vor sie kniete und sich zwischen ihre Schenkel schob. Mit den Händen an ihren Hüften zog er sie zur Sitzkante, spreizte mit seinen breiten Schultern ihre Beine weiter und senkte den Kopf.

Die erste Berührung seines Munds und seiner Zunge auf ihrem Fleisch entlockte Cleo ein heiseres Stöhnen.

Sofort flammte das Feuer von zuvor wieder auf, loderte viel höher und heißer in ihr. Sie krallte eine Hand in Logans Haar, mit der anderen hielt sie sich an der Lehne fest. Gleichzeitig rutschte sie ihm mit ihren Hüften mehr entgegen.

Logan schien das nicht zu stören, ganz im Gegenteil. Er stöhnte leise, während er sie weiter leckte. Cleos Atemzüge wurden immer flacher und als er hart an ihrer Klit sog, stieß er sie damit über die Kante. Ihr Unterleib zog sich in Wellen zusammen und Ekstase rauschte durch ihren Körper. Logan ließ nicht nach, rieb weiter mit der Zunge über ihren Lustknoten und zog damit den Höhepunkt in die Länge.

Erst, als sie sanft an seinen Haaren zog, ließ er von ihr ab. Zärtlich küsste er die Innenseite ihrer Oberschenkel. Nur langsam beruhigte sich Cleos Atmung und sie sah zu ihm hinunter.

»Besser?«, fragte Logan und sah dabei so zufrieden aus, dass Cleo grinste.

»Ja«, antwortete sie leise. Als Logan aufstand, runzelte sie die Stirn. »Aber du …?«

Er beugte sich zu ihr, legte ihr einen Finger auf den Mund und sagte: »Ich bringe dich hoch ins Bett und dort kannst du dich revanchieren. Was hältst du davon?«

Cleo lachte, atemlos und abgehackt. Ihr Körper fühlte sich noch immer an wie Gelee, völlig gesättigt und entspannt. Dennoch war die Antwort auf Logans Frage einfach zu finden.

»Worauf warten wir noch?«

KAPITEL 23

Die großen Flügeltüren der Bibliothek öffneten sich und ein Mann kam herein, dessen grimmiger Gesichtsausdruck nichts Gutes verhieß.

»Seth«, sagte Heath und stellte sein Glas mit Bourbon auf dem niedrigen Tisch neben sich ab. »Was verschafft mir das Vergnügen deines späten Besuchs?«

Seth blieb vor ihm stehen, schob die Hände in die Taschen seiner schwarzen Anzughosen. Seine Augen verengten sich zu Schlitzen. »Ich muss mit dir reden.«

»Um was geht es?«

»Um den Nekromanten, den du hinter meinem Rücken zu etablieren versuchst.«

»Ah«, sagte Heath und lächelte. »Du bist dahinter gekommen.«

Obwohl es keine Frage war, sagte Seth: »Ja, bin ich. Es war keine deiner besten Ideen. Vor allem nicht, weil er noch nicht so weit ist.«

»Wird er aber irgendwann sein.«

»Und bis dahin willst du riskieren, dass du und deine Geschäfte auffliegen? Denn das wird passieren.«

»Wie kommst du darauf?«, fragte Heath lauernd.

Ihm schwante Übles.

»Ich habe mich mit ihm unterhalten, über den Cormak-Job. Er wurde gesehen, von einem Medium.«

»Eines, das du kennst?«

Seth schüttelte den Kopf. Heath fluchte vor sich hin, krallte seine Hände in die Lehnen des Sessels, so dass das Leder knarzte. Es gab nur wenige paranormale Talente im Staat, die mit ihren Fähigkeiten so umgehen konnten, wie Heath es benötigte. Die meisten anderen waren unbedeutend, wussten nicht einmal von ihrer Gabe oder konnten sie sinnvoll einsetzen. Der Kleine hätte dieses Problem lösen sollen, doch er entwickelte sich selbst zu einem.

Die Brauchbaren standen entweder bei Heath unter Vertrag oder er machte einen weiten Bogen um sie. Wenn es also ein neues Talent gab, das in der Lage war, die Arbeit des Kleinen zu bemerken, war das ein Problem für Heath.

Er löste den Griff um die Lehne und sagte hart: »Du musst ihn verschwinden lassen, genauso wie dieses neue Medium.«

»Ich?«, fragte Seth und hob eine dunkle Augenbraue. »Erst kommst du ohne Vorwarnung zurück in die Stadt und degradierst mich damit. Dann versuchst du auch noch, hinter meinem Rücken einen Nachfolger heranzuziehen, damit du mich loswerden kannst, und jetzt, wo es schiefgegangen ist, soll ich deinen Dreck wegräumen?«

Heath setzte ein charmantes Lächeln auf. »Du tust ja gerade so, als würden dich solche Aktionen von mir überraschen. Außerdem sollte der Kleine dich nicht ersetzen, ich wollte dich nur ein wenig entlasten. Du wirkst müde in letzter Zeit, weswegen ich auch wieder hier bin.«

Seth schnaubte und Heath wusste, dass er ihm nicht glaubte. Dafür arbeiteten sie schon viel zu lange zusammen.

Sei's drum, dachte Heath und sagte laut: »Du weißt selbst, dass nicht alle meine Pläne funktionieren. Aber in dieser Angelegenheit kann ich mich auf dich verlassen. Nicht wahr?«

Sie starrten sich gegenseitig an, ein mentales Kräftemessen. Schließlich neigte Seth leicht den Kopf, aber Heath wusste, dass Seth sich ihm jetzt nur aus Kalkül unterordnete. Die Erkenntnis verwandelte den süßen Geschmack des Sieges in eine bittere Frucht.

»Aber natürlich kannst du dich auf mich verlassen«, antwortete Seth emotionslos.

»Sehr gut. Dann werde den Kleinen los, sobald er seinen aktuellen Auftrag erledigt hat, und kümmere dich um das Medium.«

Seth nickte, drehte sich um und verließ den Raum.

Sobald er die Tür geschlossen hatte, entwich ein tiefes Knurren aus Heaths Kehle. Es klang kaum menschlich, aber es war ja niemand mehr da, der das hätte beurteilen können.

Er griff nach dem Glas Bourbon und kippte es in einem Zug hinunter. Das Brennen des Alkohols seine Kehle hinunter linderte nichts von der Wut, die in seinen Adern kochte. Sein Plan, Seth zu ersetzen, war grandios gescheitert. Jetzt musste er sich einen neuen ausdenken, ehe sein zunehmend widerwilliger Adjutant das Messer zückte und ihm in den Rücken rammte.

Er konnte nur hoffen, dass der Kleine seinen derzeitigen Auftrag erfolgreich erledigte, bevor Seth ihn ausschaltete. Es war entscheidend, dass dieser Job noch über die Bühne ging – einer, den Seth sich geweigert hätte auszuführen.

KAPITEL 24

Cleo wachte mitten in der Nacht davon auf, dass sie jemand anstupste.

Erst dachte sie, es wäre der Mann an ihrer Seite, der sie zu einer weiteren Runde überreden wollte, und drehte sich grinsend zu ihm um … nur um zu entdecken, dass Logan ihr den Rücken zugedreht hatte und schlief. Sie runzelte die Stirn und wollte es schon als Hirngespinst abtun, als sie erneut angestupst wurde. Dieses Mal drängender als zuvor.

Es dauerte ein paar Sekunden, ehe Cleo eine Vermutung hatte. Auch wenn Kally ihr nicht genau gesagt hatte, wie sich ihr Zauber auswirken würde, war sich Cleo sicher, dass es das sein musste. Vor allem, weil das Gefühl immer intensiver wurde und mehr und mehr von ihrer Aufmerksamkeit forderte.

»Logan«, murmelte Cleo und küsste seine Schulter. Er brummte verschlafen, reagierte ansonsten jedoch nicht. Cleo grinste, krabbelte auf ihn und setzte sich auf seine Hüfte. »Logan, wach auf.«

»Warum?« Obwohl er abweisend klang, drehte er sich unter ihr auf den Rücken und legte die Hände auf

Cleos Hüften. Die Berührung sorgte dafür, dass sich eine Gänsehaut auf ihrem Körper ausbreitete. Eine, die es schwer machte an das zu denken, was ihr bevorstand.

Die Augen halb geschlossen und in dem wohligen Gefühl schwelgend, leckte sich Cleo über die Lippen und sagte: »Ich glaube, Kallys Zauber hat angeschlagen.«

Logan atmete tief ein, so dass er Cleo auf sich ein Stück anhob, ehe er fragte: »Ich kann euch nicht helfen, oder?«

»Ich fürchte nicht.«

Er seufzte und bewegte sich dann so schnell, dass Cleo ein überraschtes Japsen entwich. Innerhalb weniger Herzschläge hatte Logan sich mit ihr umgedreht, so dass sie unter ihm lag und er mit seinem Körper auch noch das spärliche Licht der Straßenlampen aussperrte.

Es war die schönste Form von dunklem »Gefängnis«, die sie sich vorstellen konnte. Warm und vertraut und mit dem Duft von Logans Aftershave. In ihrem Magen kribbelte es, als Logan sich tiefer beugte und sein Gesicht an ihre Schulter und ihren Hals schmiegte. Cleo legte die Arme um seinen Oberkörper und schloss die Augen.

»Ich vertraue dir und auch Kally«, raunte Logan gegen ihre Haut, »aber ich bitte dich trotzdem, vorsichtig zu sein. Mit dieser Art von Magie ist nicht zu spaßen.«

»Du machst dir Sorgen um mich?«

»Ja.«

Cleo lächelte und schmiegte sich noch ein wenig näher an ihn, strich ihm durch die kühlen Haare. Es war lange her, dass sich jemand um *sie* Sorgen gemacht hatte. Echte Sorgen und nicht welche von der Sorte, die sie »zu ihrem eigenen Wohl« in eine Gummizelle einsperrten.

»Ich verspreche, vorsichtig zu sein«, sagte Cleo an dem Kloß in ihrem Hals vorbei. Während sie sprach, legte sie ein Bein über Logans Hüfte und zog ihn noch ein wenig näher. Sie wusste zwar, dass sie los musste, aber es war schwer, sich aus diesem warmen Kokon zu lösen.

Letztendlich schaffte es Cleo, schob Logan von sich hinunter und stieg aus dem Bett. Er schaltete die Lampe auf dem Nachttisch an und beobachtete sie, während sie sich anzog. Dieses Wissen ließ Cleos Puls in die Höhe schnellen. Als sie fertig war, ging sie zu ihm und gab ihm einen schnellen Kuss.

»Sehen wir uns später?«

»Auf jeden Fall.«

Cleo warf ihm einen Luftkuss zu, dann drehte sie sich um und verließ sein Haus. Kalte, feuchte Nachtluft schlug ihr entgegen, als sie die Straße hinunter zum Tortenhaus ging. Zu ihrer Überraschung brannte Licht im zweiten Stock.

Sie hatte kaum die Haustür geöffnet, da rief Kally dumpf von oben: »Komm hoch!Ich hab schon geahnt, dass du gleich auftauchst.«

Cleo hängte ihre Jacke auf und stieg die Treppe hinauf.

»Viel Spaß euch beiden.«

»Danke June«, sagte Cleo und blieb vor der Tür der anderen stehen. »Tut mir leid, wenn wir dich geweckt haben.«

»Ach, das ist nicht schlimm. Ist ja nicht so, dass ich morgens früh raus müsste.«

»Willst du uns nicht Gesellschaft leisten? Ich wette, es wird spannend.«

»Lieb von dir«, antwortete June stockend und Cleo ahnte schon, was sie gleich sagen würde. Tatsächlich kam, nach einem tiefen Einatmen, der Satz: »Aber ich bleibe lieber in meinem Zimmer.«

Cleo seufzte leise. »Die Einladung bleibt bestehen, falls du es dir doch noch einmal anders überlegst.«

»Eher nicht«, kam es dumpf von der anderen Seite der Tür, ehe Cleo es rascheln hörte. Sie schüttelte den Kopf und ging weiter zur Treppe hoch ins Dachgeschoss. Die Tür zu Kallys Labor war offen und Licht flutete auf den Gang hinaus.

Neben unzähligen Kerzen brannten auch einige Räucherstäbchen, deren herb-süßer Duft die Luft schwängerte. Kally hatte einen niedrigen Tisch in die Mitte des Raumes geschoben, zusammen mit den beiden Sesseln.

»Komm, setz dich«, forderte Kally, während sie einen Stadtplan auf dem Tisch ausbreitete.

Cleo kam ihrer Aufforderung nach. »June wollte sich nicht zu uns gesellen.«

»War zu erwarten.« Kally band sich ihr langes Haar zu einem Knoten und sagte: »Ich finde es wunderbar von dir, dass du sie eingeladen hast. Ich habe die Hoffnung, dass sie endlich mal länger als zehn Minuten am Tag ihr Zimmer verlässt, wenn wir sie beide weiter nerven.«

»Ich tue mein Bestes«,beteuerte Cleo.

»Aber natürlich.« Kally musterte sie von oben bis unten und fragte dann ungeniert: »Du siehst viel zu ausgeruht aus und wo sind die Knutschflecken?«

»Wie alt bist du, zwölf?«, fragte Cleo und lachte vor sich hin.

»Glaub mir, für Knutschflecken ist man nie zu alt. Oder weiß Logan vielleicht nicht, wie das geht?« Bei den letzten Worten wackelte Kally mit den Augenbrauen.

»Weißt du, eine Lady genießt und schweigt«, sagte sie mit einem breiten Grinsen.

»Aber natürlich«, sagte Kally und lachte so ausgelassen, dass es sicher noch auf der Straße zu hören war. Cleo war es egal, dass der Scherz auf ihre Kosten ging. Dafür war sie gerade einfach zu zufrieden, zu glücklich. Es war beinahe so, als könnte sie zum ersten Mal seit diesem verhängnisvollen Tauchgang einfach nur den Moment genießen. Sich daran erfreuen, dass sie damals nicht gestorben, sondern noch immer am Leben war.

Mit diesem Gefühl im Herzen räusperte sich Cleo und sagte: »Ich habe mich noch gar nicht bei dir bedankt.«

»Wofür?«, fragte Kally und hob dabei eine Augenbraue.

»Dass du mir geholfen hast, in so vielerlei Hinsicht.«

»Gern geschehen, wirklich«, erwiderte Kally. »Weißt du, ich mache das nicht nur, weil ich ein unkontrolliertes Helfersyndrom habe.«

»Nicht?«, fragte Cleo ironisch, woraufhin Kally den Kopf schüttelte. Sie wandte den Blick ab und sah auf den Stadtplan zwischen ihnen. Dabei wurde ihre Miene immer melancholischer.

»Meine Eltern sind gestorben, weil ein junger Schamane sich selbst und seine Fähigkeiten nicht im Griff hatte. Er war sehr stark, hatte aber niemanden, der ihn angeleitet hat. Sein übersteigerter Ehrgeiz hatte ihn dazu veranlasst, einen Dämon herauf zu beschwören.«

Cleo lehnte sich ein Stück zurück und blinzelte mehrmals. »Dämonen gibt es also auch?!«

»Ja, aber sie zu rufen ist keine schlaue Idee. Dämonen sind zwar mächtige Werkzeuge, aber auch sehr schwer zu kontrollieren.«

»Lass mich raten«, sagte Cleo mit düsterer Vorahnung, »dieser junge Schamane konnte es nicht.«

»Natürlich nicht. Der Dämon entriss sich seiner Kontrolle und tötete mehr als zwei Dutzend Menschen, ehe meine Eltern ihn aufhalten konnten. Das hatte jedoch seinen Preis.« Kally atmete tief ein und fügte rau hinzu: »Ich war erst sieben.«

Stille senkte sich zwischen sie, nur ihrer beider Atemzüge waren noch zu hören. Kälte kroch über Cleos Haut. Sie streckte die Hand aus und legte sie auf Kallys Unterarm.

»Das tut mir leid«, murmelte Cleo. Diese Seite von

Kally war ihr bisher völlig unbekannt gewesen und warf ein ganz neues Licht auf sie.

»Danke«, erwiderte Kally. »Jedem passieren mal schlimme Dinge. Immerhin hatte ich noch meinen Großvater und nicht zu vergessen meine Familie in New Orleans.«

Aber sie haben deine Eltern nicht ersetzen können, dachte Cleo.

»Wie auch immer«, sagte Kally und atmete einmal tief durch, »deswegen versuche ich, so vielen paranormalen Talenten zu helfen wie möglich. Damit so etwas nie wieder passiert.«

»Kann ich verstehen.«

Kally nickte. »Wir sollten anfangen, schließlich werden wir beide auch nicht jünger.« Sie lehnte sich zur Seite, öffnete eine der unzähligen kleinen Schubladen einer Kommode und zog ein dunkles Knäul heraus. Sie wickelte es aus und zum Vorschein kam ein blutroter Kristall, auf dessen Flächen das Kerzenlicht flackerte.

»Spürst du noch den Zug der Magie?«, fragte Kally.

»Ja.«

»Sehr gut, dann leg jetzt bitte deine Hand über meine und bleib ganz locker.«

Cleo tat wie ihr geheißen. Kally ließ indes das Pendel aus ihrer Hand gleiten, so dass es über dem Stadtplan kreiste.

»Muss nur ich gerade an *Charmed* denken?«, fragte Cleo und presste anschließend die Lippen zusammen, um nicht zu lachen.

Kally hingegen schien das nicht so lustig zu finden.

Sie schnaubte und sagte: »Das ist alles ausgemachter Mumpitz und jetzt konzentrier dich bitte.«

»Tut mir leid«, murmelte Cleo. Sie lockerte die Schultern, atmete tief ein und aus und konzentrierte sich auf dieses Ziehen in ihrem Inneren. Je länger sie das tat, desto deutlicher glaubte sie, ein Wispern zu hören. Wie in einem Raum voller Menschen, die alle gleichzeitig flüsterten, ohne dass man ein einzelnes Gespräch verstehen konnte.

Während sie darauf lauschte, bewegte Kally ihre Hände mit dem schwingenden Pendel über den Stadtplan. Immer wieder und wieder … bis ein Knistern die Luft erfüllte und der Kristall über einem Punkt kleine, schnelle Kreise drehte.

»Er ist am Hafen«, sagte Kally, nahm das Pendel fort und deutete mit dem Finger auf die Karte. Cleo beugte sich vor und nickte langsam. Das Murmeln in ihrem Kopf wurde schwächer, verschwand aber nicht ganz.

»Komm«, forderte Kally und stand auf. »Wir rufen uns ein Taxi und fahren dorthin und dann finden wir den Nekromanten und sorgen dafür, dass er oder sie mit diesen Zaubern aufhört.« Während sie das sagte, legte sie das Pendel zurück in den Schrank und faltete die Karte zusammen.

Cleo rührte sich nicht vom Fleck. »Und wie willst du das bewerkstelligen?«

»Weiß ich noch nicht.«

»Ich dachte, du hast das schon öfter gemacht!«, platzte es aus ihr heraus.

»Das habe ich nie behauptet. Wie kommst du auf so

eine Idee?«

»Ich … keine Ahnung! Du bist hier schließlich die Expertin für paranormalen Wahnsinn, ich bin da eher zufällig reingerutscht.«

»Irgendwie schon«, antwortete Kally lachend. Was sie damit genau meinte, wusste Cleo nicht, es war ihr aber auch egal.

Sie rieb sich über die Stirn und fragte nochmal: »Wirst du mit dem Nekromanten fertig, ja oder nein?«

»Ja«, sagte Kally. Dieses Mal war kein Amüsement in ihrer Stimme und auch ihre Miene war Ernst.

»Ich muss verrückt sein, dass ich dir glaube«, murmelte Cleo. Sie strich sich durch die Haare und fragte: »Okay, brauchen wir noch etwas oder stürmen wir so wie wir sind in die Nacht hinaus?«

»Wir, oder besser ich, brauche nur das.« Mit diesen Worten nahm Kally ein geflochtenes Armband von der Werkbank. Es war aus mehrfarbigen Schnüren und Perlen gefertigt und sah aus wie etwas, was man in einem Hippie-Laden kaufen konnte.

»Was ist das?«

»Ein Amulettband, in das ich Schutzzauber eingewebt habe. Sie blockieren jedem, dem ich es anlege, für einige Zeit die magischen Fähigkeiten. Außerdem kann der Träger es einige Zeit nicht mehr abnehmen.«

»Wie ein paranormaler Maulkorb?«, fragte Cleo, gefangen zwischen Fassungslosigkeit und Galgenhumor.

»So in der Art«, antwortete Kally völlig ernst. »Los, beweg deinen Hintern. Wir dürfen nicht so viel Zeit verlieren, sonst haut der Nekromant ab. Du willst doch nicht, dass nochmal so etwas wie mit Mr. Cormak passiert?«

Cleo schüttelte den Kopf und stand auf. Kally nickte zufrieden, zog ihr Handy aus der Hosentasche und rief das besagte Taxi.

KAPITEL 25

Kally nannte dem älteren Herrn am Steuer ihren Zielort, schnallte sich an und griff nach ihrem Handy. Mit schnellen Fingern tippte sie eine Nachricht, dann schaltete sie das Gerät stumm und steckte es zurück in ihre Jackentasche.

Als Kally den Blick hob, sah ihre neuste Streunerin sie neugierig an. »Wem hast du geschrieben?«

»Darla.«

»Um sie um Hilfe zu bitten?«

»Eher, um sie vorzuwarnen. Das ist so eine Abmachung zwischen uns, seit sie mich einmal zu oft auf einem Privatgrundstück erwischt hat.« Kally lächelte schief, lehnte den Kopf an die Nackenstütze und erklärte: »Darla meint, sie weiß lieber im Voraus, dass ich irgendetwas anstelle, um dann nachher nicht auf die Schnelle lügen zu müssen.«

»Es scheint Vorteile zu haben, jemanden bei der Polizei zu kennen.«

»Hat es durchaus«, antwortete Kally. »Außerdem hilft es, dass ich diesen offiziellen Beraterposten bei der Polizei habe. Die meisten dort mögen mich, nicht nur

Darla.«

»Wie könnte man dich auch nicht lieben.«

»Sehe ich auch so«, sagte Kally selbstgefällig, was Cleo zum Lachen brachte. Kally wusste einfach, dass die Spurensuche Cleo Spaß machte und dass auch sie das Rätsel um diesen Nekromanten lösen wollte. Ganz zu schweigen davon, dass sie Talent für das Handwerk hatte. Vielleicht würde Kally ihr das später sagen, wenn nicht gerade ein Taxifahrer zuhörte.

Kally wandte den Kopf zum Fenster und sah hinaus in die dunkle Stadt. Aufgrund des wenigen Verkehrs kam das Auto gut voran, aber ihr Ziel war nicht gerade um die Ecke. Genug Zeit also, sich mental auf die vor ihnen liegende Aufgabe zu konzentrieren. Dumm nur, dass Kallys Gedanken in eine ganz andere Richtung wanderten.

Sie dachte an den Seelenspringer, an *John* – oder wie auch immer er in Wahrheit hieß. Diesen miesen, verlogenen Mistkerl, dem sie doch wieder und wieder verfiel. Ganz egal, wie er aussah. Ein kleiner Teil von ihr hoffte noch immer, dass er hinter all dem steckte und sie nun endlich eine Spur zu ihm hatte.

Aber gleichzeitig wusste Kally, dass sie sich selbst belog. John war zu gut in dem, was er tat. Ein Meister seines Handwerks und er würde niemals solche groben Fehler begehen, wie sie bei Mr. Cormak aufgetreten waren. Dennoch wollte dieser winzige Rest Hoffnung in Kallys Brust nicht sterben.

Verdammt nochmal.

Kurz darauf erreichten sie ihr Ziel, Kally bezahlte

das Taxi und sie stiegen aus. Die Lagerhalle vor ihnen sah aus wie tausende andere: Zweckmäßig, düster und in der Dunkelheit irgendwie unheimlich. Licht fiel nur von den Laternen zu ihnen, die einige Meter entfernt an der Hauptstraße standen.

»Das sieht aus wie die Kulisse eines schlechten Splatter-Films«, murmelte Cleo an ihrer Seite.

Kally sah mit einem Grinsen zu ihr. »Du meinst solche, bei denen man die Darsteller anschreit, bloß nicht in den dunklen Keller zu gehen?«

»So in etwa.«

»Keine Sorge«, sagte Kally und legte einen Arm um sie. »Wir sind weder blond noch auf einer College-Ausfahrt. Uns wird schon kein verrückter Axtmörder umbringen.«

»Das ist nicht das, was ich hören wollte«, schnaubte Cleo. Doch ihrer Stimme war das Lächeln anzuhören.

»Ich weiß, aber mehr habe ich nicht im Angebot.« Kally löste sich von ihr, atmete tief ein und aus und öffnete ihren sechsten Sinn. Sofort fühlte sie das Summen von Magie in der Luft.

»Er ist noch immer hier.«

»Ja«, murmelte Cleo. »Ich spüre ihn auch noch. Es ist ein Mann, nicht wahr? Irgendwie … es fühlt sich so an.«

»Ich weiß, was du meinst und stimme dir zu«, antwortete Kally. Sie sah sich um und entdeckte eine Tür am Ende der langen Seite der Lagerhalle. »Komm, da scheint es rein zu gehen.«

Sie setzten sich in Bewegung und hatten kurz darauf

die Tür erreicht. Den Ärmel ihrer Jacke über die Hand gezogen, um keine Fingerabdrücke zu hinterlassen, drückte Kally die Klinke nach unten. Fahles Licht und der Geruch nach Staub drangen ihnen aus dem Inneren des Gebäudes entgegen.

Einige Augenblicke blieben sie reglos stehen, lauschten auf Geräusche, doch es blieb vollkommen still. Nicht einmal Stimmen waren zu hören. Trotzdem wusste Kally, dass der Nekromant hier war. Die Wellen seiner Magie schwappten über ihre Sinne, als handle es sich um echtes Wasser.

Kally trat über die Schwelle und fand sich in einem langen Korridor wieder. Lediglich die Notbeleuchtung verhinderte, dass vollkommene Dunkelheit herrschte. Anders als es von außen den Eindruck erweckte, war dieser Teil keine offene Halle, sondern ein kahler Flur mit mehreren Abzweigungen.

Sie beugte sich zu Cleo und wisperte ihr ins Ohr: »Wir teilen uns auf.«

»Was? Warum?!«, zischte sie. »Eben noch haben wir uns über dämliche Horrorfilm-Klischees unterhalten!«

»Jetzt beruhig dich«, forderte Kally. »Wenn wir uns aufteilen, können wir das Gebäude schneller absuchen. Außerdem ist dann die Wahrscheinlichkeit geringer, dass wir beide entdeckt werden.«

Cleo drehte den Kopf und sah sie an. »Das ist so verrückt, dass es schon wieder logisch ist.«

»Na dann los – du rechts, ich links«, flüsterte Kally und ging los. Am Ende des langen Flurs wandte sie sich nach links.

Innerlich fluchend sah Cleo Kally hinterher, wie sie in dem dämmrigen Licht hinter der nächsten Gangbiegung verschwand. Am liebsten würde sie ihr hinterher rufen, dass sie sich ihren tollen Plan sonst wohin schieben konnte, doch sie blieb stumm.

Stattdessen zog sie ihr Handy heraus, schaltete es lautlos und setzte sich anschließend in Bewegung. An der Gabelung des Flurs sah sie sich um – von Kally fehlte bereits jede Spur. Wieder in Gedanken fluchend, wandte sich Cleo nach rechts.

Auch dieser Gang und der nächste, in den sie abbog, waren kahl und nur notdürftig ausgeleuchtet. Die Luft roch abgestanden, als wäre hier schon lange niemand mehr gewesen. Dass das nicht stimmte und das Gebäude nicht verlassen war, spürte Cleo deutlich. An einer weiteren Gabelung blieb sie stehen, unschlüssig wohin sie gehen sollte.

Unvermittelt breitete sich Wärme auf ihrer Brust aus und sie griff nach dem Amulett, das sie noch um den Hals trug. Tatsächlich war der Anhänger sehr warm, was Cleos Nervosität weiter ansteigen ließ. Irgendwo in ihrer unmittelbaren Umgebung befand sich ein Geist.

Sie sah sich suchend um, räusperte und fragte im Flüsterton: »Hallo? Ist hier jemand?«

»Ja, ich«, kam es sofort von rechts und das so laut, dass Cleo einen Satz zur Seite machte. Es war eine Frauenstimme, die dazu noch äußerst ungehalten klang.

»Hi«, sagte Cleo leise und schluckte einmal. »Ich heiße Cleo Edwards und ich kann Sie leider nur hören.«

»Warum denn das?«, fragte die Frau und klang dabei sowohl verwirrt als auch brüskiert. Bevor Cleo antworten konnte, seufzte die Frau und sagte: »Ist ja auch egal. Ich heiße Andreja Markow und irgendein Mistkerl hat mir meinen Körper gestohlen!«

Bingo, dachte Cleo und wäre sicher erleichtert gewesen, wenn sie sich nicht in diesem unheimlichen Gebäude befunden hätte. Zusammen mit einem zu Recht angepissten Geist.

»Das tut mir leid,Ms. Markow. Ich bin hier, um Ihnen zu helfen.«

»Wie wollen Sie das denn machen, wenn Sie mich nicht sehen können?«

Ohne auf die Gegenfrage einzugehen, wollte Cleo wissen: »Ist der Mann hier, der Ihren Körper gestohlen hat?«

»Ja, da hinten.« Cleo konnte nur vermuten, dass Ms. Markow irgendwohin zeigte. Als sie wiederholte, dass sie das nicht sehen konnte, seufzte die Frau tief und sagte: »Den Gang runter und dann nach rechts. Sie sollten sich aber beeilen. Ich glaube, er will mit meinem Körper abhauen.«

Cleo zog ihr Handy heraus und wählte Kallys Nummer, während sie in die genannte Richtung ging. Es läutete eine gefühlte Ewigkeit, doch Kally ging nicht ran. Cleo legte auf und tippte eine Nachricht, aber auch diese blieb unbeantwortet. Missmutig schob Cleo ihr Smartphone zurück in die Hosentasche.

Schön, dann mach ich das eben alleine, dachte sie

grimmig.

Mittlerweile war sie bei einer Tür angelangt, die nur angelehnt war. Ein dünner Lichtstreifen fiel in den Flur und zerteilte das Zwielicht. Kalter Schweiß sammelte sich auf Cleos Haut und ihr Herzschlag wummerte in ihren Ohren. Vor allem, weil sie gedämpftes Gemurmel auf der anderen Seite der Tür vernahm.

»Da drin ist er«, sagte Ms. Markow dicht hinter Cleo.

»Kennen Sie ihn?«

»Nein. Ich wurde auf dem Weg nach Hause k.o. geschlagen und als ich wieder zu mir kam, war ich schon hier mit diesem kleinen Mistkerl und habe von außen auf meinen Körper gestarrt. Sie müssen unbedingt etwas unternehmen, bevor der Dieb von hier abhaut.«

Cleo nickte langsam. Wieder warf sie einen Blick auf ihr Handy, doch Kally hatte ihre Nachricht nicht beantwortet. Dafür wurde das Summen in der Luft und auch in ihrem Kopf immer lauter. Als würde das magische Potential weiter ansteigen. Das konnte nichts Gutes bedeuten.

Langsam näherte sich Cleo dem Türspalt, schob sich in das Licht und kniff die Augen zusammen. Nach einigen Sekunden konnte sie sehen, was in dem Raum auf der anderen Seite passierte: Zwei Personen saßen auf Stühlen in einem alten Büro. Eine war eine Frau in einem weinroten Kostüm, ihr Kopf hing herunter und ihr blondes Haar verbarg ihr Gesicht. Das musste Andreja Markow sein.

Der Mann ihr gegenüber trug abgewetzte Jeans und einen schmuddeligen Pullover. Sein Körper darunter war schlaksig, er hatte braune Locken und seine Mimik wirkte angespannt. Er hatte die Augen geschlossen und seine Lippen bewegten sich unablässig. Plötzlich ging ein Ruck durch Ms. Markows Körper und sie hob langsam den Kopf.

»Jetzt tun Sie doch endlich was!«, verlangte der Geist der Frau neben Cleo.

»Scheiße«, fluchte sie, ballte die Hände zu Fäusten und stieß die Tür auf. Diese knallte laut gegen die Wand, während Cleo mit festen Schritten in den Raum ging und verlangte: »Sofort aufhören!«

Der Nekromant riss den Kopf nach oben und starrte sie mit schreckgeweiteten Augen an. Hinter ihm sprang Kally aus den Schatten hervor, packte seine Hand und streifte ihm das Armband über, woraufhin der Mann einen Schrei ausstieß. Zeitgleich verpuffte das gesamte magische Potential, was eine Art Vakuum erzeugte. Der Unterschied war so gewaltig, dass Cleos Beine unter ihr nachgaben und sie hart mit den Knien auf dem Boden aufschlug. Auch Kally sackte durch die Veränderung in der Atmosphäre in sich zusammen, ganz im Gegensatz zu dem Nekromanten. Dieser schwankte, fing sich jedoch schnell wieder und strebte zu einer schmalen Seitentür.

Cleo wollte sich aufrappeln und ihm nach, aber ihre Beine gaben sofort wieder unter ihr nach.

»Scheiße«, fluchte sie und verzog das Gesicht.

»Das kannst du laut sagen«, murmelte Kally. Sie presste sich eine Hand auf den Magen … und grinste.

»Was gibt es da zu grinsen?«, fragte Cleo ungehalten.

»Der Typ ist uns entwischt!«

»Aber er trägt das Armband, dadurch ist er für die nächsten zwölf oder vierzehn Stunden unschädlich. Zumindest, was paranormale Verbrechen angeht. In dieser Zeit wird Darla ihn sicher finden.«

Cleo sah sie an, als wäre sie nun völlig übergeschnappt. »Und wie soll sie das bitte anstellen?«

»Indem wir ihr eine Zeugin präsentieren«, sagte Kally und deutete auf Ms. Markow. Wie auf ein Stichwort hin regte diese sich, hob den Kopf und rieb sich über die Stirn.

»Fuck«, zischte sie und sah sich um. Ihr Blick richtete sich sofort auf Cleo. »Da sind Sie ja. Sie haben ihn tatsächlich aufgehalten.«

»Das ist wohl eher Kally zu verdanken«, erwiderte Cleo und deutete auf die Nekromantin. Diese zuckte mit den Schultern, während Ms. Markow sich durch die blonden Haare strich und die Brauen zusammenzog.

»Wie ist das hier überhaupt alles möglich? Jemand muss mich unter Drogen gesetzt haben, anders kann ich mir das alles nicht erklären.«

Kally trat zu ihnen und schüttelte den Kopf. »Tut mir leid, Ms. Markow, aber das war kein schlechter Trip. Dieser Mann hat tatsächlich versucht, mittels verbotener Nekromantie Ihren Körper zu übernehmen.«

»Das … verfluchte Scheiße.«

»Dem kann ich nur zustimmen«, erwiderte Kally und seufzte.

Cleo nickte, dann ließ sie den Kopf in den Nacken

fallen und atmete tief ein und aus. Langsam verschwand das drückende Gefühl, das sie in die Knie gezwungen hatte. Als sie sich endlich sicher genug fühlte, wieder aufzustehen, fragte sie an Kally gewandt: »Konntest du ihn erkennen?«

»Nein«, sagte Kally und strich sich das Haar aus dem Gesicht. Auch sie war wieder auf den Beinen. »Ich habe nur gesehen, dass er ein weißer, schlaksiger Kerl ist.«

»Braune, lockige Haare«, fügte Cleo hinzu und Ms. Markow ergänzte: »Er war jung, Mitte oder Ende zwanzig.«

»Würde ich auch schätzen«, sagte Kally. »Ich habe ihn noch nie zuvor gesehen. Er ist definitiv neu in der Stadt.« Während sie das sagte, holte sie ihr Smartphone heraus … und gluckste vor sich hin. »Du hast mich ja angerufen und mir eine Nachricht geschickt.«

»Ja«, brummte Cleo. »Ich wäre froh gewesen, du wärst rangegangen.«

»Tut mir leid, ich hatte es absichtlich auf stumm geschaltet.«

Cleo winkte ab, ging zu Ms. Markow und half ihr auf. »Wie fühlen Sie sich?«

»Als hätte ich einen mörderischen Kater und die schlimmste Migräne meines Lebens.«

»Das ist normal«, murmelte Kally, den Blick noch immer auf ihr Smartphone gerichtet. »Die Symptome verschwinden in den nächsten Stunden.«

»Wer sind Sie eigentlich?«, fragte Ms. Markow und sah zwischen ihnen hin und her.

Cleo setzte zu einer Erklärung an, doch dazu kam sie nicht. Kally hatte mittlerweile angefangen zu telefonieren und selbst von Cleos Position mehrere Meter entfernt, hörte sie Darla fluchen.

»La puta madre! Tienes mierda en la cabeza o que?!« Cleos Spanisch war etwas eingerostet, aber sie verstand genug, um zu wissen, wie fuchsteufelswild der Detective war.

»Darla …«, setzte Kally an, doch diese schrie dazwischen: »Kaliska, ich schwöre bei Gott, dass ich dich eigenhändig erwürge! Wo seid ihr?!«

Kally seufzte tief und erklärte die Situation. Als Darla dieses Mal antwortete, konnte Cleo sie nicht mehr hören. Sie glaubte jedoch nicht, dass sie sich beruhigt hatte.

Wie sich herausstellte, behielt Cleo damit recht, als der Detective fünfzehn Minuten später zusammen mit zwei weiteren Beamten und einem Rettungssanitäter vor der Lagerhalle ankam. Darlas Miene im Morgengrauen war finster und sie warf Kally einen bitterbösen Blick zu, ehe sie sich an Ms. Markow wandte. Diese lehnte sich noch immer an Cleo.

»Ich bin Detective Gonzales. Ich würde gerne Ihre Aussage aufnehmen, nachdem sich die Sanitäter um Sie gekümmert haben. Ist das in Ordnung für Sie?«

»Natürlich«, antwortete Ms. Markow. Sie warf Cleo ein kurzes Lächeln zu, dann ließ sie sich von dem Rettungsteam zu deren Fahrzeug bringen. Ihre Schritte waren noch immer unsicher, wenn auch nicht mehr so wackelig wie zuvor. Cleo konnte sie gut verstehen, selbst sie fühlte sich immer noch zittrig.

»*Anda a la mierda!* Was habt ihr euch dabei gedacht?!«, zischte Darla und lenkte Cleos Aufmerksamkeit damit zurück auf sie. Ihre dunkelbraunen Augen schossen regelrecht Funken.

»Reg dich nicht so auf«, sagte Kally und winkte ab. »Ich hatte dir doch Bescheid gegeben und außerdem war ich schon öfter bei solchen Einsätzen dabei.«

»Ja, aber nicht auf eigene Faust, sondern immer mit meinem Team und dann auch nicht an vorderster Front!« Darla atmete tief ein und aus und fügte hinzu: »Und deine Nachricht war vollkommen lächerlich! ›Sperr uns nicht ein, wir begehen Hausfriedensbruch‹.«

Bevor Cleo sich beherrschen konnte, entschlüpfte ihr ein Lachen. Eigentlich hätte sie ahnen müssen, dass Kally so etwas in der Art schrieb. Als Darla sie anstarrte, presste sie sofort die Lippen aufeinander. Ganz offensichtlich war Darla im Moment weder für Ironie noch für Galgenhumor zu haben.

»Komm schon, Darla, es tut mir leid«, sagte Kally und griff nach der Hand der anderen, die sie ihr sofort wieder entzog.

»Deine Entschuldigung kannst du dir sparen. Ich weiß ganz genau, dass du bei der nächsten Gelegenheit wieder so einen Mist abziehst.«

Statt es wenigstens zu leugnen, grinste Kally und zuckte mit den Schultern. Darlas Reaktion war ein gequältes Ächzen, während sie sich die Nasenwurzel massierte.

»Na schön«, seufzte Darla und ließ die Hand sinken. »Ich will ganz genau wissen, was hier abgelaufen ist. Jedes Detail, auch wenn es noch so winzig ist.«

Cleo warf Kally einen Blick zu, diese atmete tief ein und begann zu erzählen.

KAPITEL 26

Es war kurz nach acht Uhr, als Cleo und Kally nach Hause kamen. Es kam Cleo wie eine halbe Ewigkeit vor, seit sie mitten in der Nacht losgezogen waren. Und vor allem erschien es ihr jetzt unverantwortlich. Darlas Standpauke zum Schluss hatte es nochmals in sich gehabt, so dass Cleo sich nun nicht nur wie ein unartiger Teenager fühlte, sondern auch wie einer, der die Nacht durchgemacht hatte.

»Ich schlafe gleich im Stehen ein«, murmelte sie, während Kally die Haustür aufschloss.

»Dann würde ich sagen, ab ins Bett mit dir.« Kally drehte sich zu ihr um und fügte mit einem breiten Grinsen hinzu: »Heute Nacht wirst du ja schon allein wegen anderer Aktivitäten nicht so viel Schlaf abbekommen haben, nicht wahr?«

Statt zu antworten, zeigte Cleo ihr den Mittelfinger. Kallys Reaktion war ein ausgelassenes Lachen und sie hätte sicher noch weiter gestichelt, wenn nicht June von oben gerufen hätte.

»Gott sei Dank, ich dachte schon, ihr zwei kommt nicht mehr nach Hause!«

»Hey June!«, riefen Cleo und Kally synchron.

Kally ergänzte: »Du weißt doch, was man über Unkraut sagt?«

»Ja ja, trotzdem darf ich mir ja wohl noch Sorgen machen«, beklagte sich June. Sie sagte noch mehr, aber Cleo war darauf konzentriert, sich Jacke und Schuhe auszuziehen und sich ins Obergeschoss zu schleppen. In ihrem Zimmer angekommen ließ sie sich mit dem Gesicht voran auf das Bett fallen.

Ein leises Ächzen entglitt ihr, als ihr Handy sie unangenehm in die Hüfte pikste. Sie nahm es heraus und sah erst dann, dass sie mehrere Nachrichten erhalten hatte: Alle von Logan. Wärme breitete sich in ihr aus, sie drehte sich auf den Rücken und wählte seine Nummer. Nach nur wenigen Freizeichen nahm er ab.

»Cleo«, sagte er und klang dabei, als hätte er eine Ewigkeit die Luft angehalten und könnte nun wieder frei atmen. »Ich bin so froh, von dir zu hören. Geht es dir gut? Was ist mit Kally?«

»Alles in Ordnung«, versicherte Cleo. Sie schloss die Augen und erzählte von dem Pendeln, der Fahrt zum Lagerhaus, der Geisel und dem Nekromanten. »Darla ist nun auf der Suche nach ihm. Sie ist Feuer und Flamme darauf, ihn zu schnappen.«

»Das kann ich mir vorstellen. Sie ist wie ein Pitbull, wenn sie sich einmal in einen Fall verbissen hat.« Logans Stimme klang amüsiert, doch als er weitersprach, waren seine Worte düster. »Das hätte verdammt schiefgehen können.«

»Ist es aber nicht«, wiegelte Cleo ab, aber Logan beharrte: »Ich weiß, aber trotzdem. Du … du bist mir wichtig und der Gedanke, dass du dich so in Gefahr bringst, macht mich fertig.«

Gereiztheit stieg in Cleo auf und sie fragte: »Traust du mir das etwa nicht zu? Denkst du, ich bin nicht in der Lage, auf mich selbst aufzupassen?«

»Nein! Nein, natürlich nicht, aber …« Er ließ den Satz unbeendet, stattdessen gab er ein frustriertes Schnaufen von sich. Cleo setzte bereits an, ihm ihre Meinung zu seinem bevormundenden Verhalten zu geigen, blieb jedoch stumm.

Er ist nicht wie meine Eltern, erinnerte sie sich selbst und presste für einen Moment die Lippen aufeinander.

»Logan«, sagte sie schließlich und rieb sich seufzend über das Gesicht. »Ich denke, wir sollten dieses Gespräch nicht am Telefon führen und vor allem nicht, wenn mir jeden Moment die Augen zufallen.«

»Du hast recht«, erwiderte er und klang dabei geknickt. Druck baute sich auf Cleos Brust auf, als würde dort ein schweres Gewicht liegen.

»Wie wäre es, wenn ich dich nach der Arbeit abhole? Du könntest mir noch ein Restaurant mit fantastischem Essen zeigen, in dem wir uns dann unterhalten können?«

Ein leises Lachen drang durch die Leitung und Cleo entspannte sich. »Abgemacht. Meine Schicht endet um vier.«

»Ich werde pünktlich sein«, versprach Cleo.

»Ich freue mich schon auf dich«, sagte Logan. »Ich habe nämlich noch eine kleine Überraschung.«

»Was denn für eine?«

»Das ist etwas, dass ich dir persönlich sagen muss«, antwortete er und klang dabei sehr selbstzufrieden. »Jetzt schlaf gut und erhol dich.«

»Mache ich, danke.« Sie verabschiedeten sich, Cleo drehte sich auf die Seite und legte ihr Handy auf den Nachttisch. Sie konnte kaum mehr tun, als sich auszuziehen und unter die Decke zu schlüpfen, ehe sie in die samtige Umarmung des Schlafs glitt.

Es war früher Mittag und Kally saß mit ihrer vierten Tasse Kaffee am Küchentisch. Vor ihr lag der Stadtplan und sie ließ schon zum hundertsten Mal das Pendel darüber kreisen. Bisher ohne Erfolg.

Leise fluchend stand sie auf, ging zur Anrichte und schenkte sich Kaffee nach. Wenn sie so weitermachte, würde sie sich damit noch ein Loch in den Magen brennen. Dieser Gedanke erheiterte sie auf gewisse Weise. Sie drehte sich um und wollte zurück an den Tisch, doch sie blieb wie erstarrt stehen.

Hinter der Scheibe der Verandatür stand ein großgewachsener Mann mit blondem Kurzhaarschnitt und lächelte sie an. Kally hatte ihn noch nie zuvor gesehen, aber das war auch nicht nötig, um zu erkennen, um wen es sich handelte.

Den Kaffee auf der Anrichte zurücklassend, ging Kally und öffnete die Tür. Das Lächeln des Mannes vertiefte sich. Aber alles, worauf Kally achtete, waren seine Augen. Diese Augen … noch bei keinem anderen hatte sie eine hellblaue Iris mit dunklem Rand um die Pupillen gesehen.

»Hallo, *John*«, sagte Kally kühl. »Was führt dich an diesem schönen Tag hierher?«

»Ich hatte Sehnsucht nach dir.« Die Stimme des Mannes war tief, beinahe wie fernes Donnergrollen.

Kally lachte und winkte ab. »Ja, natürlich hattest du das. Verarschen kann ich mich auch alleine, danke.«

»Ich habe dich noch nie angelogen.«

»Aber du sagst mir auch nicht die ganze Wahrheit. Zum Beispiel, warum du immer wieder mit anderen Körpern hierher kommst.«

»Ich bin eben schüchtern.«

»Nein, bist du nicht.«

John zuckte mit den breiten Schultern, dann warf er einen kurzen Blick hinter Kally. »Willst du mich nicht hereinbitten?«

»Nur unter einer Bedingung«, sagte Kally, woraufhin John sofort anzüglich grinste. Dabei bildete sich ein Grübchen in seiner rechten Wange. Gegen ihren Willen musste Kally zugeben, dass dieser Körper durchaus seine Vorzüge hatte.

»Alles, was du willst«, murmelte John.

Kally ballte eine Hand hinter ihrem Rücken zur Faust, ehe sie möglichst kühl verlangte: »Du beantwortest mir ein paar Fragen.«

»So viele du möchtest.«

Werden wir ja sehen, dachte Kally und trat einen Schritt zurück. Sie beobachtete genau, wie John über die Schwelle trat … doch keine ihrer Schutzrunen im Türrahmen reagierte auf ihn. Sie wusste nicht, ob sie deswegen erleichtert oder verärgert sein sollte.

Statt sich diesem widersprüchlichen Gefühl zu widmen, schloss Kally die Tür hinter John, ging zur Anrichte und lehnte sich mit verschränkten Armen dagegen. Sie ließ nicht eine Sekunde ihre Augen von Johns geliehenem Gesicht, als sie fragte: »Weißt du etwas über einen neuen Nekromanten in der Stadt? Groß, dunkle Locken, etwa Mitte bis Ende zwanzig?«

»Neu?«, hakte John nach und runzelte die Stirn.

»Ja, im Sinne von unerfahren. Ich muss ihn finden, bevor er sich selbst noch etwas antut mit seiner dilettantischen Arbeit.«

»Hm«, murmelte John und rieb sich über das unrasierte Kinn. »Nein, so jemand ist mir nicht bekannt.«

Kally seufzte. »Wäre ja auch zu einfach gewesen.«

»Du würdest ihm helfen, wenn du ihn findest?«

»Natürlich«, antwortete Kally sofort. »Aber das gestaltet sich im Moment noch etwas schwierig.«

Erneut machte sich Frustration in Kally breit. Sie haderte noch immer mit sich, dass der junge Nekromant ihr in der vergangenen Nacht entwischt war. Mit dem Bannarmband würde er zwar in den nächsten Stunden keinen Unsinn mehr anstellen, aber das war keine Dauerlösung. Unterdrückte Magie war noch nie gut gewesen.

»Du scheinst dir wegen des Jungen echte Sorgen zu machen«, bemerkte John und trat auf sie zu. Misstrauisch beäugte Kally ihn und tat doch nichts dagegen, als er die Hände an ihr Gesicht legte. Rau waren seine Fingerkuppen, ganz im Gegensatz zu seinem ansonsten gestriegelten Äußeren.

»Ja, mache ich mir«, gab sie offen zu. Es war so verlockend, sich von ihm einlullen zu lassen und für einen Moment alles zu vergessen.

»Komm«, schnurrte er und ließ die Hände über ihre Schultern zu ihren Handgelenken gleiten. »Ich sorge dafür, dass du ein wenig von deiner Anspannung loswirst.«

»Nein, heute nicht.«

»Wetten, dass ich dich umstimmen kann?«, fragte John und grinste selbstsicher.

Kally lachte kalt, dann legte sie eine Hand auf Johns Brust und sah ihm fest in die blauen Augen. Sie lockerte die Fesseln um das Dunkle in ihrem Inneren und ließ es zum Spielen heraus.

»Ich sagte«, flüsterte sie langsam, »heute nicht.«

Verwunderung und ein Hauch von Vorfreude – der kranke Bastard – mischten sich in Johns Miene. Bevor er noch etwas erwidern konnte, gab Kally ihm mit der Hand auf seiner Brust einen leichten Schubs. Der geborgte Körper bewegte sich dadurch kaum, aber das war auch nicht ihr Ziel gewesen. Stattdessen hatte sie die fremde Seele aus dem jungen Mann geschubst.

Sie sah noch, wie sich Johns Augen überrascht weiteten, da verschwand bereits die einzigartige Färbung aus ihnen und wurde zu einem hellen, nicht minder auffälligen Grau. Eines, das Kally noch nie zuvor gesehen hatte. Langsam ließ sie die Hand sinken und zog ihre Macht zurück hinter ihre rein menschliche Fassade.

»O verdammt«, brummte der Mann und rieb sich die

Stirn. Dann sah er sich um und Verwirrung malte sich auf seinem Gesicht ab. »Wo … wo bin ich?«

»Ganz ehrlich, lass die Finger das nächste Mal von den Drogen«, sagte Kally, griff nach ihrem Handy und rief ein Taxi. Höflich, aber bestimmt, bugsierte sie den Mann auf die Straße und setzte ihn in das gelbe Fahrzeug. Einige Augenblicke sah sie dem Taxi hinterher, ehe sie zurück ins Haus ging. Die Tür hinter ihr fiel mit einem lauten Knallen ins Schloss, ohne dass sie sie berührt hatte.

Mit dem wohlgemeinten Spott seiner Kollegen noch im Ohr, warum er es so eilig hatte, verließ Logan um kurz vor sechzehn Uhr die Leichenhalle. Entgegen seiner Stimmung zeigte sich das Wetter von seiner trüben Seite: Nieselregen schlug ihm entgegen und der Himmel war bereits so dunkel, als wäre es später am Abend.

Egal, dachte sich Logan. Er spannte seinen Schirm auf und sah sich erwartungsvoll um. Auf dem Parkplatz war viel los, da sich die Früh- und Spätschicht ablösten. Logan sah einige bekannte Gesichter, grüßte und wechselte hier und da ein paar Worte, doch niemand blieb lange bei ihm stehen.

Vor allem aber kam keine Frau mit kurzen Locken und süßem Lächeln auf ihn zu. Logan kontrollierte sein Handy, doch da war keine Nachricht von Cleo. Auch zehn Minuten später nicht. Langsam, aber sicher machte er sich Sorgen. Er tippte eine Nachricht, steckte sein Smartphone wieder ein und wartete erneut.

Fünf Minuten vergingen.

Dann zehn.

Fünfzehn.

»Cleo, wo steckst du?«, murmelte Logan. Wieder holte er sein Handy hervor, dieses Mal wählte er ihre Nummer. Er ließ es so lange klingeln, bis sein Anruf auf die Mailbox umgeleitet wurde.

»Hey Cleo«, sagte er und atmete tief ein. »Es ist fast halb fünf und ich stehe noch vor der Pathologie. Ich mache mir ehrlich gesagt Sorgen um dich. Ich gehe jetzt nach Hause und komme bei dir vorbei.«

Logan legte auf, schrieb in etwa dasselbe nochmal als Nachricht an Cleo und setzte sich anschließend in Bewegung. Der Regen hatte zugenommen und die Luft in der Bahn war feuchtwarm. Den Schirm zu seinen Füßen hingelegt, versuchte Logan Kally anzurufen, aber auch sie nahm nicht ab. Frustriert, weil sie wahrscheinlich wieder ihr Telefon irgendwo verlegt hatte – so typisch für sie – beendete er den Anruf.

Den ganzen Weg nach Hause tat sein Handy keinen Mucks und so sehr er sich umsah, er konnte Cleo nirgends entdecken. Schneller als sonst ging er den Hügel hinauf – auch weil es mittlerweile stärker regnete – steuerte Kallys Haus an,stand kurz darauf mit heftig pochendem Herzen auf der Veranda und klingelte.

Wenige Augenblicke später kam Kally an die Tür, lächelte und öffnete den Mund, um etwas zu sagen, aber Logan kam ihr zuvor und fragte: »Wo steckt Cleo?«

»Sie wollte dich abholen«, antwortete Kally. Ihre heitere Miene verblasste. Sie ließ ihn rein, schloss die

Haustür und schaltete das Licht an. »Habt ihr euch verpasst?«

»Nein, sie ist nicht aufgetaucht und geht auch nicht an ihr Handy.« Er musterte Kally unzufrieden und fügte hinzu: »Genauso wenig wie du.«

»Ah, verdammt«, murmelte Kally, die Brauen zusammengezogen. »Ich hatte es vergangene Nacht stumm geschaltet und vergessen, das wieder zu ändern. Tut mir leid.«

Logan fluchte leise, strich sich durch die feuchten Haare und sprach aus, was ihm schon die ganze Zeit wie ein Sack Steine auf der Brust lag: »Nenn mich ruhig paranoid, aber ich kenne genug Fallberichte wie diese.«

»Jetzt mal den Teufel nicht gleich an die Wand«, sagte Kally. Dabei legte sie eine Hand auf seinen Arm. »Cleo ist noch neu in der Stadt. Vielleicht ist sie in die falsche Linie eingestiegen oder hat sich sonst wie verlaufen.«

»Und warum geht sie dann nicht an ihr Handy? Und sag jetzt nicht, sie hat es auch noch auf stumm. Ich glaube nicht an solche Zufälle.«

»Es könnte auch ihr Akku sein, ein Funkloch oder sonst etwas Banales.«

Logan wollte ihr zustimmen, mehr als alles andere auf der Welt. Aber er war Realist.

»Da stimmt etwas nicht«, beharrte er. »Bitte versuch, sie auszupendeln oder sonst etwas in der Art. Du weißt, ich würde dich niemals darum bitten, wenn es mir nicht ernst wäre.«

Einige Sekunden sah Kally ihn einfach nur an, das

Grün ihrer Augen im indirekten Licht der Lampen über ihnen beinahe schwarz. Logan fürchtete schon, dass sie sich weigern würde, doch schließlich seufzte sie leise und nickte. Sofort fiel ein Teil der Anspannung von ihm ab, was jedoch nichts an dem nagenden Gefühl in seiner Magengrube änderte.

»Na gut, aber nur dieses eine Mal und weil es wirklich seltsam ist.« Ein kleines Lächeln erschien auf Kallys Gesicht, als sie hinzufügte: »Weißt du, sie hat sich den ganzen Tag darauf gefreut, dich später zu sehen.«

»Ich mich auch«, gestand Logan rau, ehe er sich räusperte. »Kannst du sie jetzt bitte auspendeln?«

»Komm mit nach oben«, sagte Kally und wandte sich zur Treppe. Logan folgte ihr in den zweiten Stock und in ihren Arbeitsraum. Obwohl sie sich schon viele Jahre kannten und befreundet waren, bekam er diesen Teil des Hauses nur selten zu Gesicht.

»Ich hätte nicht gedacht, dass ich den so schnell wieder brauche«, sagte Kally, zog einen Stadtplan hervor und aus einer anderen Schublade eine Kette mit rotem Anhänger. Logan lehnte sich mit verschränkten Armen gegen die Werkbank und sah ihr bei ihren Vorbereitungen zu.

Es dauerte nicht lange, da saß sie auf einem der Sessel und ließ die Kette über den Plan kreisen. Wie immer, wenn er Kally bei ihrer Arbeit zusah, spürte er diese besondere Aura um sie. So wie auch jetzt, wo sie konzentriert auf das Pendel starrte. Immer schneller und kleiner wurden die Kreise, die es zog.

Dann, mit einem Knistern in der Luft, wurde der

Anhänger aus Kallys Hand gerissen, flog durch den Raum und landete mit einem dumpfen Knall auf dem Fenstersims, wo er sich wild im Kreis drehte. Draußen war leises Donnergrollen zu hören und der Regen prasselte stärker gegen die Scheiben.

»Okay … das war seltsam«, kam es langsam von Kally.

»*Du* findest das seltsam?«, fragte Logan und sah zwischen Kally und dem noch kreiselnden Anhänger hin und her. »Das beunruhigt mich, wenn sogar du das sagst.«

»Ich habe so eine Reaktion noch nie gesehen und…« Unvermittelt verstummte Kally, drehte den Kopf und sah in den Flur. Diese Art Blick kannte Logan.

»Wer ist da? Rupert? Kann er uns helfen, Cleo zu finden?«

»Das wird nicht nötig sein«, murmelte Kally. Sie schluckte und ihre Augen huschten zu Logan.

Er runzelte Stirn und fragte: »Was? Warum denn nicht?«

»Nun«, setzte Kally an und sah wieder zur offenen Zimmertüre, »weil der Geist im Flur nicht Rupert ist, sondern Cleo.«

KAPITEL 27

Sechs Stunden zuvor

Wie ein gefangenes Tier lief Noah in seinem Appartement auf und ab. Es war ein kurzer Weg von Wand zu Wand, was sein Gefühl, in der Falle zu sitzen, nur steigerte.

Er hatte versagt. So richtig, richtig, richtig versagt.

Aber nicht die Tatsache, dass ihn zwei Frauen überrumpelt und seinen Auftrag vereitelt hatten, war das Schlimmste. Nein, es war dieses Armband, das ihm eine der Frauen um das Handgelenk gelegt hatte und das er jetzt nicht mehr abbekam. So sehr er es auch versuchte, er konnte es nicht abstreifen. Auch die Schere oder das einzig scharfe Messer in seiner Küche hatten nichts ausrichten können. Als wäre es aus Stahl.

Aber es war Magie, die da gegen seine Haut prickelte. Magie, die seine eigenen Fähigkeiten versiegelte. Gegen seinen Willen war Noah fasziniert davon. Er fragte sich, wer diese Frauen waren und woher sie solche Dinge wussten. Vor allem, wie sie ihn gefunden hatten.

Schon wieder.

»Das ist doch egal«, sagte er sich selbst. Mit beiden Händen fuhr er sich durch die Haare. Zum wiederholten Mal warf er einen Blick auf sein Handy, das auf der Küchenanrichte lag. Noch immer war das Display dunkel, was ein schlechtes Omen war.

Halb wünschte sich Noah, dass er Heath Jackson keine Nachricht geschrieben hätte. Dass er einfach abgehauen wäre, in der Hoffnung, dass Mr. Jackson ihn nicht aufspüren würde. Wären da nicht die Worte gewesen, die Heath ihm eingebläut hatte, nachdem er Noah bei sich aufgenommen hatte.

»Solltest du es wagen, dich einfach aus dem Staub zu machen, tue ich dir weit schlimmere Dinge an als den Tod. Hast du mich verstanden?«

Dabei war ein Glanz in Heath Jacksons Augen getreten, der unmissverständlich klar gemacht hatte, dass er seine Drohung nicht nur wahr machen, sondern es auch noch genießen würde.

»Scheiße«, wisperte Noah, rannte zum Spülbecken und erbrach sich darin. Keuchend wischte er sich über den Mund, goss sich ein Glas Wasser ein und trank es in kleinen Schlucken. Wieder rebellierte sein Magen heftig, aber immerhin blieb das Wasser drin.

Noah stützte sich am Becken ab, ließ den Kopf hängen und schloss die Augen … so lange, bis er Schritte auf dem Flur hörte. Er hatte gerade genug Zeit, sich umzudrehen, als die Tür seines Appartements aufgebrochen wurde und laut gegen die Wand krachte.

Zwei Männer in dunklen Anzügen kamen herein. Wären es die apokalyptischen Reiter gewesen, Noah hätte nicht mehr Furcht empfunden.

»Hallo Noah«, sagte Mr. Lanchester, während Ray die Tür schloss. Er baute sich davor auf und es bestand kein Zweifel, dass er niemanden vorbeilassen würde.

»Mr. Jackson schickt uns, um uns mit dir zu unterhalten«, sprach Mr. Lanchester weiter. Noah brachte kein Wort heraus, konnte nur den schwarzhaarigen Mann ihm gegenüber anstarren. Mr. Lanchester seufzte und fuhr fort: »Er ist nicht zufrieden, was deine Arbeit bei Ms. Markow anbelangt und jetzt sucht auch noch die Polizei nach dir.«

»Ich … bitte! Ich habe nichts falsch gemacht!«, platzte es aus Noah heraus. »Alles … alles lief nach Plan und es hätte auch geklappt, wenn da nicht … Also, sie kamen wie aus dem Nichts! Ich … es …«

»Erst denken, dann sprechen«, forderte Ray hart. »Die letzte Person, die sich nicht daran gehalten hat, hat mehr als ihre Zunge verloren.«

Noah nickte hektisch, während er versuchte, seine Gedanken zu sortieren. Das wäre sicher einfacher gewesen, wenn er seinem eigenen Tod nicht so nah gewesen wäre.

Er atmete tief ein, ballte die Hände zu Fäusten und sagte: »Es waren zwei Frauen, aber nur eine konnte ich erkennen. Es … es war dieselbe wie bei Mr. Cormak.«

»Bist du dir sicher?«, hakte Mr. Lanchester nach.

Hektisch nickte Noah.

»Wie sah sie aus? Beschreib mir so viele Details, wie du kannst.«

Noah leckte sich über die Lippen und sagte: »Sie war weiß, Ende zwanzig oder Anfang dreißig, durchschnittlich groß für eine Frau … ähm, kurze braune Locken.«

»Gab es etwas Auffälliges an ihr?«, fragte Ray. »Eine Narbe oder ein besonderes Kleidungsstück?«

»Ich … nein, glaube ich nicht«, stammelte Noah, dann drückte er den Rücken durch. »Sie hatte an einer Seite die Haare kurz. E-Einen Sidecut.«

Mr. Lanchester und Ray warfen sich einen Blick zu und Ray sagte: »Damit ließe sich arbeiten.«

»Sehe ich auch so«, antwortete Mr. Lanchester. »Geh die Frau suchen.«

»Was wird aus dem Kleinen?«

»Das, was wir besprochen haben«, sagte Mr. Lanchester, woraufhin Ray nickte und die Wohnung verließ. Das Geräusch der sich schließenden Tür war in Noahs Ohren laut wie eine Explosion. Doch statt Hitze zu fühlen, wurde es Noah eiskalt.

»Du bist ein Problem, Noah«, sagte Mr. Lanchester und griff in die Innentasche seines Jacketts. »Und ich muss mich nun damit befassen, dieses Problem aus der Welt zu schaffen.«

KAPITEL 28

Es passierte wie in diesen klischeebeladenen Action-Filmen, in denen Angehörige des Helden von zwielichtigen Typen entführt wurden, um als Druckmittel benutzt zu werden. Nur leider war Cleo nicht die Tochter von Liam Neeson und ihr Leben kein Film.

Dennoch wurde Cleo auf dem Weg zur Bahnhaltestelle in einen schwarzen SUV gezerrt. Jemand stopfte einen Knebel in ihren Mund, zog einen Sack über ihren Kopf und verschnürte ihre Hände vor ihrem Körper mit Klebeband. Das alles geschah so schnell und effizient, dass sie nicht mal Gelegenheit hatte zu schreien.

Diese Männer machten das nicht zum ersten Mal.

Doch das war nur einer der Gedanken, der in Cleos Gehirn umher geworfen wurde, während sie im Fußraum des Autos lag und kalter Schweiß auf ihrer Haut brannte. Eine Mischung aus Panik, Unglauben und ein Hauch Hysterie spukte in ihrem Kopf umher.

Der Knebel in ihrem Mund hinderte sie nicht nur am Sprechen, er machte zusammen mit dem Sack auch das Atmen schwer. Gleichzeitig schmeckte er widerwärtig und Cleo musste sich stark darauf konzentrieren, sich nicht zu übergeben. Andernfalls würde sie sicher daran ersticken müssen.

Immer wieder wurde sie leicht hin und her geschüttelt, das Fahrzeug beschleunigte und bremste ab und bewegte sich offenbar durch den Stadtverkehr. Aus dem Radio drang leise Countrymusik, was die Situation noch befremdlicher machte.

Was zur Hölle wollten sie von ihr?

Ihre Organe verkaufen? Sie zur Prostitution zwingen? Der Gedanke, dass die Klinik sie gefunden hatte und auf diesem Weg zurück schleifte, war zwar verstörend beruhigend im Gegensatz zu den Alternativen, aber auch unrealistisch.

War es der Nekromant von gestern? Aber nein, er war eher schmächtig gewesen, wohingegen Cleos Entführer eindeutig sehr kräftig waren.

Die Fahrt in völligem Schweigen zog sich länger hin und Cleo war in einem fragilen Dämmerzustand, als sie anhielten und der Motor erstarb. Gleich darauf wurden die vorderen Türen geöffnet und geschlossen, dann die direkt bei Cleo. Zwei Hände packten sie unter den Achseln, zerrten sie aus dem Auto und schleiften sie mit sich. Cleo konnte kaum ihre Beine benutzen, strauchelte immer wieder, aber das schien den Mann nicht zu interessieren. Er zog sie mit sich wie einen ungezogenen Hund.

»Hier rein«, sagte eine tiefe Stimme hinter ihr. Der Mann hatte einen leichten Südstaatenakzent, mit den typisch weichen Konsonanten. Eine Tür öffnete sich vor Cleo, dann zog man sie wieder vorwärts. Nur wenige Meter weiter wurde sie grob nach unten gedrückt und landete auf einer weichen Fläche. Einem Sofa oder einem breiten Sessel vielleicht.

Was es auch war, selbst mit Knebel und Sack über dem Kopf erhaschte Cleo den muffig-süßlichen Geruch von Urin und Erbrochenem. Wieder rebellierte ihr Magen und sie musste die Augen zusammenkneifen, um nicht zu würgen.

Die Männer um sie herum rückten Stühle und hantierten herum, aber sie konnte nicht erkennen, was genau sie taten. Mittlerweile hatte sie die Augen wieder geöffnet und durch den groben Stoff des Sacks drang künstliches Licht.

Cleo versuchte, mit den Händen nach dem Sack zu greifen, doch noch ehe sie ihn erreicht hatte, verpasste ihr jemand eine Ohrfeige. Selbst durch den groben Stoff brannte ihre Wange, in ihren Ohren pfiff es und der Schmerz benebelte ihre Sinne.

»Mach das nie wieder«, knurrte einer der Männer. Wieder das Schaben von Stuhlbeinen, dann er: »Ich hole unseren Experten, damit er sich um sie kümmert. Sorg in der Zwischenzeit dafür, dass sie nichts Dummes anstellt.«

Am liebsten hätte Cleo dem Wichser mit dem Südstaatenakzent besonders deutlich erklärt, wohin er sich seine Befehle schieben konnte. Sein Partner hingegen bestätigte die Anweisung und kurz darauf hörte Cleo, wie sich Schritte entfernten.

Offenbar war sie nun mit ihrem Wächter allein. Leider brachte ihr das keinerlei Vorteil, denn sie war noch immer mit Sack, Knebel und Klebeband zur Untätigkeit verurteilt. Es gab nichts, was sie tun konnte – erst recht nichts »Dummes«, wie der Südstaatler gesagt hatte.

O warte, schoss es Cleo durch den Kopf. Schlagartig klärten sich ihre Gedanken, als ihr ein Einfall kam. Sie wurde sogar ein wenig heiter, denn es gab eine Sache, die sie tun konnte: Sterben.

Zumindest so weit, dass sich ihr Geist aus ihrem Körper löste. Das sollte sie hinbekommen, immerhin hatte sie schon einmal eine Nahtoderfahrung gehabt. So schwer konnte ein zweites Mal nicht sein.

Ganz egal, ob sie damit Erfolg hatte oder nicht, Cleo bezweifelte, dass ihr Leben in den Händen dieser Männer noch sonderlich lange andauern würde. Sie steckten sicher mit dem Nekromanten unter einer Decke, der sie nun loswerden wollte. Aber wenn Cleo schon die letzte Reise antrat, dann würde sie das zu ihren Bedienungen tun.

Fieberhaft dachte sie darüber nach, wie sie das anstellen konnte. Wie sollte sie ihren Geist loslösen? Ihre Möglichkeiten waren begrenzt, sie hatte weder eine Waffe noch sonst etwas zur Hand. Das Einzige, wohin sie mit ihren gefesselten Händen greifen konnte, war ihr Hals.

Frustration machte sich in Cleo breit. Sie würde sich nie wieder einsperren lassen! Aber wie sollte sie es schaffen, ihrem Leben ein Ende zu bereiten und so zu entkommen? Sie konnte sich ja wohl kaum selbst erwürgen, so ganz ohne Hilfsmittel …

Oh!, schoss es ihr durch den Kopf. Sie trug noch immer Kallys Amulett. Vielleicht konnte sie ihr Vorhaben mithilfe der darin enthaltenen Magie umsetzen? Auf einen Versuch konnte sie es ankommen lassen.

Da sie nicht wusste, wo ihr Wächter war und was er tat, bewegte sie ganz langsam ihre Hände zu ihrem Hals und an den Ausschnitt ihres Pullovers. Auf jedes Geräusch lauschend, zog sie die Kette heraus und fühlte kurz darauf den kühlen Stein in ihre Hände gleiten. Schnell verbarg sie ihn darin und hoffte, dass es möglichst unverdächtig aussehen würde.

Als auch nach mehreren Sekunden nichts von dem Mann im Raum zu hören war, atmete Cleo langsam durch die Nase aus. Sie versuchte, sich möglichst zu entspannen, schloss die Augen und konzentrierte sich auf den Stein.

Kally hatte gesagt, dass jemand, der wahre Magie beherrschte, keinen Firlefanz brauchte. Cleo selbst war vielleicht keine Nekromantin oder Hexe wie ihre Freundin, doch sie hatte ihre eigene Gabe. Sie konnte nur hoffen, dass das ausreichte um auf die Magie zuzugreifen, die Kally in das Amulett hineingegeben hatte.

Immer stärker konzentrierte sich Cleo auf den Anhänger und wünschte mit aller Macht, sich von ihrem Körper zu lösen. Sie beschwor das Bild in ihrem Kopf,wie ihr Geist als feiner Dunst davon schwebte. Wie er ihre fleischliche Hülle verließ und sie somit Hilfe holen konnte.

Weiter und weiter driftete sie gedanklich ab, visualisierte dieses Bild und betete darum, dass es funktionieren möge. Die Sekunden verstrichen, zogen sich endlos in die Länge und Cleo glaubte schon, dass es nicht funktionieren würde.

Doch dann begann ihr Körper immer stärker zu kribbeln. Es setzte in den Zehenspitzen ein, breitete sich über ihre Beine zu ihrem Rumpf aus und stieg von dort immer höher.

Als das Kribbeln auf Höhe ihres Herzens war, ergriff plötzlich Panik Besitz von Cleo. Sie konnte nicht mehr atmen, glaubte Wasser in ihren Ohren rauschen zu hören – genau wie beim letzten Mal!

NEIN!

Cleo wollte das Amulett loslassen, doch ihre Finger hatten sich so stark um das Schmuckstück gekrampft, dass sie sie nicht mehr lockern konnte. Doch das musste sie! Sie hatte einen Fehler gemacht, einen schrecklichen Fehler!

Ein Wimmern entwich ihr, gedämpft durch den Knebel …

Und dann sackte ihr Körper mit einem Mal in sich zusammen. Gleichzeitig verschwand die Angst und ein Gefühl von Leichtigkeit machte sich in ihr breit. Sie verlor das Gefühl für ihre Beine, ihre Arme, sogar ihre Brust und ihr Kopf fühlten sich schwerelos an. All ihre Muskeln entspannten sich und dann war da nur noch Leere …

»Sie hat was getan?!« Entsetzt und mit großen Augen

drehte Logan den Kopf in Richtung Cleo, ohne sie wirklich zu sehen. Neben dem Schock stand Angst in seiner Miene. Sie ging zu ihm und wollte ihn berühren, aber natürlich funktionierte das nicht. Ihre Hand glitt einfach durch ihn hindurch.

»Sag ihm, dass ich nicht tot bin«, forderte Cleo sofort, während ihr Herz schmerzhaft pochte. Es war eigenartig, dass es sich noch so echt anfühlte, obwohl sie im Moment keinen stofflichen Körper hatte.

Kally sah sie an und Cleo wusste – sie *wusste* einfach – dass ihre Freundin ahnte, dass das nicht die ganze Wahrheit war. Dennoch nickte sie und sagte an Logan gerichtet: »Keine Sorge, sie lebt noch.«

»Und wie kann sie dann hier sein?«

»Sie hat ihren Geist vom Körper getrennt«, antwortete Kally eher zu Cleo als zu Logan. »Ich hätte nicht gedacht, dass du alleine darauf kommst, wie das geht.«

»Es war auch eher ein Zufall als Absicht und ich hatte die nötige Motivation«, sagte Cleo trocken. »Und vor allem habe ich nicht viel Zeit. Ich … ich glaube, mein Körper macht das nicht lange mit. Ihr müsst euch beeilen und mich finden.«

»Was sagt sie?«, wollte Logan wissen, aber Kally machte nur eine wegscheuchende Handbewegung in seine Richtung und fragte sie stattdessen: »Wo bist du? Weißt du, wer dich entführt hat?«

Cleo schüttelte den Kopf. »Als ich aus meinem Körper raus bin, habe ich nur an Logan und dich gedacht …«

»Und warst sofort hier«, beendete Kally den Satz.

Dabei nickte sie langsam. »Ja, das ist typisch. Geister und alle anderen astralen Formen sind nicht mehr an dieselben physischen Gesetze gebunden wie die Lebenden. An was erinnerst du dich von der Entführung?«

»Sie haben mich wie ein Brathähnchen verschnürt und mir einen Sack über den Kopf gezogen. Ich schätze, dass von der Bahnstation, an dem sie mich aufgegriffen haben, bis zu meinem jetzigen Aufenthaltsort circa dreißig Minuten Fahrzeit vergangen sind. Es waren zwei Männer, einer wahrscheinlich hier aus der Gegend und einer mit Südstaatenakzent. Der ist weggegangen, um irgendeinen Experten zu holen.«

Während Cleo das alles herunter ratterte, nahm sich Kally ein Blatt Papier und einen Stift, um sich Notizen zu machen. Logan stand indessen stocksteif an der Werkbank, die Kiefer fest zusammengepresst und den Blick starr auf Kallys Mitschrift gerichtet.

»Das ist nicht viel«, sagte er und klang dabei so frustriert, wie Cleo sich fühlte.

»Nein, ist es nicht, aber wir müssen nehmen, was wir kriegen.« Während Kally sprach, griff sie nach ihrem Handy und wählte eine Nummer. Cleo ahnte bereits, wen sie anrief, und behielt recht. »Hey Darla, Cleo wurde entführt und ihr Geist ist jetzt bei mir. Hör genau zu …«

In den nächsten Minuten wiederholte Kally alle Fakten, die Cleo ihr gegeben hatte, ehe sie sich von dem Detective verabschiedete.Die Stille danach dröhnte in Cleos Ohren und sie zitterte.

»Was jetzt?«, fragte Logan. Er stand noch immer stocksteif da, hatte sich keinen Zentimeter bewegt.

»Darla hat ein paar Ideen, wo sie dich hingebracht haben könnten«, antwortete Kally mit Blick auf Cleo. »Sie schickt an jede Adresse eine Einheit.«

»Und was machen wir?«, wollte Logan wissen. »Sitzen hier herum und warten einfach ab?«

»Natürlich nicht. Ich habe da eine Idee, wie wir die Suche beschleunigen können. Aber dazu brauche ich ein wenig Hilfe.« Dabei richtete sie ihren Blick auf Cleo.

Diese wollte nicken und Kally zusichern, dass sie sprichwörtlich zu allem bereit war, doch die Worte kamen ihr nicht über die Lippen. Ihr ganzer … Körper fühlte sich eigenartig an. Ihre Sicht verschwamm und noch ehe sie etwas tun, etwas sagen konnte, ergriff wieder diese Leichtigkeit von zuvor Besitz von ihr.

Doch dieses Mal wurde ihr Geist nicht an einen anderen Ort gezogen, sondern zerfaserte in ein weiches, warmes Nichts.

Angespannt, wie Logan war, zuckte er heftig zusammen, als Kally ohne Vorwarnung heftig zu fluchen begann. Das Knochenmobile in der Ecke klapperte und auch die Gläser in den Regalen klirrten aneinander, als wäre das Haus von einem Beben erschüttert worden.

»Was ist?«

»Cleo ist wieder verschwunden«, zischte Kally, sprang auf und ging in dem kleinen Raum auf und ab. »Das ist nicht gut, gar nicht gut.«

»Das ist ja wohl noch eine Untertreibung! Wo ist sie hin?«

»Ich weiß es nicht genau. Astralprojektionen sind heikel und vor allem instabil. Ich kann nur hoffen, dass sie zurück in ihrem Körper ist.«

Kälte sammelte sich in Logans Blut und in seinen Ohren rauschte es. »Aber du bist dir nicht sicher.«

Kally blieb stehen, ihre Miene ernst und obwohl es keine Frage gewesen war, antwortete sie: »Nein, bin ich nicht.«

Was genau das zu bedeuten hatte, das konnte Logan nur erahnen. Er wollte die Antwort darauf nicht hören und war froh, dass Kally nicht weiter ausholte.

»Was machen wir nun?«, fragte er stattdessen rau.

»Es gibt einige Möglichkeiten, aber für alle fehlt uns die nötige Zeit. Mit dieser Art von Magie darf man nicht hetzen.« Kally fluchte, blieb neben ihm stehen und schlug sich die Hände vors Gesicht. Noch bevor Logan etwas zu ihr sagen konnte, ließ sie die Arme fallen und drehte sich halb zu ihm um.

»Eine Idee habe ich da noch«, sagte sie wie zu sich selbst. Ohne sich weiter zu erklären, eilte sie aus dem Raum und in Richtung Treppe. Logan folgte ihr sofort und holte sie ein, als sie gerade Junes Zimmertür aufriss und hineinstürmte.

»June!«, rief sie und als Logan ihr nachging, entdeckte er die scheue Frau an ihrem Schreibtisch. Mit großen Augen starrte sie Kally an und nahm sich die Kopfhörer von den Ohren.

»Brennt das Haus?«, fragte June verwirrt.

»Nein, aber so ähnlich.« Kally baute sich vor ihr auf, die Hände in die Hüften gestützt, und verlangte: »Wünsch dir, dass Cleo wieder da ist.«

June zuckte vor Kally zurück, als hätte diese sie geschlagen. Mit blassem Gesicht schüttelte sie den Kopf, über ihre Lippen kam nur ein Hauchen: »Nein.«

»Doch June, das wirst du tun«, konterte Kally hart. »Los!«

»Nein, ich kann nicht.«

»Du kannst, aber du willst nicht! Hör auf, dich zu benehmen wie ein verängstigtes Kleinkind und rette deine Freundin!«

»Ich kann es nicht!«, platzte es aus June heraus, ihre Stimme hoch und gepresst. »Ich könnte ihr schaden, nur weil ich es nicht richtig formuliere und diese Schuld kann ich mir nicht auch noch aufladen!«

»Schluss jetzt!«, forderte Logan, als Kally zu einem Konter ansetzte. »Das bringt uns nicht weiter!«

»Das würde es, wenn June nicht so ein Schisser wäre«, zischte Kally und warf ihrer Mitbewohnerin einen giftigen Blick zu. Diese war noch immer blass, ihre Unterlippe zitterte.

»Du weißt genau, dass es nicht daran liegt«, wisperte sie. »Ich kann es nicht gut genug kontrollieren.«

Logan ging zu June und legte sacht eine Hand auf ihre Schulter. Sie hatten sich erst wenige Male persönlich getroffen, aber schon oft unterhalten, seit sie hier war. Egal wie dringend er Cleo retten wollte, er wollte es nicht auf Junes Kosten tun.

»Es ist okay«, murmelte Logan daher, bevor er seine

Aufmerksamkeit zurück auf Kally richtete. »Wir finden einen anderen Weg. Vielleicht weiß Darla schon mehr.«

»Vielleicht«, antwortete Kally, doch ihr Tonfall ließ erkennen, dass sie nicht daran glaubte. Ein Umstand, der Logans Stresspegel nicht sinken ließ.

»Was ist überhaupt passiert?«, fragte June.

»Cleo wurde auf offener Straße entführt«, antwortete Logan. »Eben war ihr Geist hier bei uns, aber sie ist mittlerweile wieder verschwunden. Sie konnte uns leider nicht sagen, wo genau sie ist.«

Junes hellbraune Augen weiteten sich und sie sah zu Kally. »War das der Nekromant, den ihr vergangene Nacht überrumpelt habt?«

»Nein, das …«, setzte Kally an, doch dann entglitten ihr die Gesichtszüge. »Verdammte Scheiße, natürlich!«

»Es könnten seine Komplizen sein«, sagte Logan, sobald er Kallys Gedankengänge nachvollzogen hatte. Diese zog ihr Handy aus der Gesäßtasche und rief jemanden an. Logan tippte auf Darla und tatsächlich schilderte seine Freundin dem Detective nach wenigen Augenblicken ihre Vermutungen.

»Natürlich denke ich nicht, dass sie wieder in diesem Lagerhaus sind. Ja, ja das weiß ich auch. Was soll das denn heißen? Das ist eine verdammt gute Spur! Zur Hölle, warum nicht?!«

Logan musste Darlas Seite gar nicht hören, um zu wissen, dass irgendetwas nicht stimmte. Vor allem, als Kally kurz darauf fluchte wie ein alter Seemann und auflegte. Das Windspiel am Fenster klirrte erneut, obwohl kein Lufthauch im Raum zu spüren war. Dafür bemerkte Logan deutlich die Wellen aus Energie, die von seiner Freundin ausgingen.

»Was hat sie gesagt?«, fragte er.

»Dass sie keine Einsatzkräfte mehr zur Verfügung hat, die die Lagerhallen am Hafen abklappern können. Darla hat mir ausdrücklich gesagt, dass ich mich nicht einmischen soll.«

»Und seit wann hörst du auf sie?«, wollte Logan ungläubig wissen. »Es geht hier um Cleo! Deine Freundin und meine … wir müssen etwas unternehmen, jetzt sofort!«

»Das machen wir natürlich auch.« Kally grinste so breit, dass eigentlich ihre Mundwinkel einreißen müssten. Es ließ etwas nach, als sie zu June sah und kühl fragte: »Du bleibst hier? Und tust nichts?«

Sie nickte langsam. »Das ist sicherer für alle.«

»Na schön.« Kally wandte sich an ihn »Gehen wir los.«

Logan nickte und setzte sich bereits in Bewegung. Gemeinsam gingen sie nach unten ins Erdgeschoss, wo Kally ihre Jacke von der Garderobe nahm.

»Hast du eine Idee, wie wir Cleo am Hafen finden?«, hakte Logan nach. »Das Gelände ist immer noch riesig.«

»Ich kann das Amulett orten, das Cleo von mir bekommen hat.«

Entgeistert starrte Logan Kally an. »Warum hast du das nicht schon früher gesagt?!«

»Weil das nur in einem kleinen Radius funktioniert«, sagte sie und schlüpfte dabei in ihre Stiefel. »Jetzt haben wir einen ungefähren Anhaltspunkt. Vorher hätten wir durch die ganze Stadt fahren müssen, das hätte uns viel zu viel Zeit gekostet.«

»Brauchst du etwas dafür? Kräuter oder sonst was?«

»Nein«, antwortete Kally. »Wir leihen uns den Wagen von Ms. Fowler und dann finden wir Cleo.«

»In Ordnung«, sagte Logan und folgte Kally hinaus in den Regen.

»Es ist einfach unglaublich, dass eine Siebzigjährige einen Mustang fährt.«

Kally lächelte und sah zu Logan, der sich neben sie auf den Beifahrersitz hatte fallen lassen. »Ms. Fowler ist mein großes Vorbild. Wenn ich so alt bin wie sie, will ich auch auf diese ganzen Alten-Frauen-Klischees pfeifen.«

Mit den letzten Worten drehte sie den Zündschlüssel und ließ den Motor röhrend zum Leben erwachen. Die ganze Karosserie begann zu zittern, obwohl sie noch nicht einmal das Gaspedal berührt hatte.

»Ich dachte immer, dein Vorbild wäre dein Grandpa«, erwiderte Logan.

»Wer sagt, dass man nur ein Vorbild haben kann?«

Logan lachte leise und Kally ließ den Wagen aus der Einfahrt rollen. Die Scheibenwischer bewegten sich in schnellem Tempo hin und her. Sie scherzten weiter, unterhielten sich über Nichtigkeiten und ein Außenstehender hätte leicht den Eindruck erhalten können, dass sie fröhlich waren. Dass sie nicht beide von der Angst um Cleo aufgefressen wurden.

Doch Kally wusste es besser. Sie mochte keine Empathin sein wie ihre Cousine Yvella, aber sie spürte dennoch deutlich, wie nah Logan daran war, die Nerven zu verlieren. Wenn es ihm half, mit ihr herumzualbern, dann würde sie das tun. Nicht nur, weil es ihr auch das Gefühl von Kontrolle über die Situation gab.

Selbst, wenn es nur eine Illusion war und diese sich mehr und mehr auflöste, je näher sie dem Hafen kamen. Als sie an einer Ampel nur wenige Minuten von ihrem Ziel entfernt anhielten, legte Kally Logan eine Hand auf den Arm, damit er sie ansah.

»Alles wird gut«, versprach sie ihm. »Du wirst sie wiedersehen.«

Er zog einen Mundwinkel nach oben, doch seine Stimme war düster, als er antwortete: »Ich hoffe sehr, dass du recht hast.« Logan sah wieder hinaus in den regnerischen Abend. »Es ist nicht fair, was ihr alles zugestoßen ist. Sie sollte … glücklich sein dürfen.«

»Das wird sie auch sein, dafür sorgen wir beide.«

Logan schnaubte leise, was sowohl eine Zustimmung als auch eine Ablehnung sein konnte. Kally war es einerlei, denn sie würde schlicht nicht zulassen, dass einem ihrer Streuner etwas Schlimmes widerfuhr. Bisher hatte sie noch allen von ihnen zu einem neuen Leben verholfen und damit würde sie jetzt garantiert nicht aufhören.

Niemals, schwor sie sich und fuhr weiter, sobald die Ampel auf Grün geschaltet hatte.

KAPITEL 29

Das Geräusch von Haut, die auf Haut klatschte, und ein scharfes Brennen auf ihrer Wange rissen Cleo aus der Bewusstlosigkeit. Ihr ganzer Körper kribbelte schmerzhaft, wie ein Bein, das eingeschlafen war und nun wieder berührt wurde. Nur tausend Mal schlimmer.

Selbst die weitere Ohrfeige, die sie kassierte, war nichts im Vergleich zu diesem Stechen.

»Wach endlich auf!«, forderte der Südstaatler. Seine Stimme klang verwaschen in ihren Ohren, dennoch erkannte Cleo sie wieder. *Überall* würde sie diesen Akzent, diesen Tonfall erkennen. Er sorgte dafür, dass sich ihre Brust vor Zorn zusammenzog.

Langsam hörte das Kribbeln in ihrem Körper auf, dennoch fühlte sich alles weiterhin wattig an. Als hätte sie eine massive Unterzuckerung. Durst plagte sie und der Knebel in ihrem Mund war endgültig zu einem feucht-pelzigen Pfropf geworden.

Jemand machte sich an dem Sack über ihrem Kopf zu schaffen, zerrte ihn ein Stück nach oben, aber nahm ihn nicht ab. Stattdessen lag er nur noch über ihren

Augen. Dafür wurde der Knebel entfernt. Cleo hustete und versuchte, den Krampf in ihrem Kiefer zu lockern.

»Hier, trink das«, sagte der Südstaatler. Ein Strohhalm wurde an Cleos Lippen geführt. Vielleicht hätte sie misstrauischer sein sollen, aber sie zögerte keine Sekunde, an dem Halm zu saugen. Kühles Wasser strömte in ihren Mund und ihre wunde Kehle hinunter. Sie hörte erst auf zu trinken, als nichts außer Luft durch den Strohhalm kam. Das wattige Gefühl in ihrem Körper blieb jedoch bestehen.

»Wir werden dir jetzt einige Fragen stellen und du wirst sie beantworten.« Dieses Mal war die Stimme tief, die Worte wohlartikuliert und kalt. Cleo war sie fremd, sie musste wohl zu diesem Experten gehören.

Sie räusperte sich und fragte: »Sonst was?«

»Ich denke, das kannst du dir selbst zusammenreimen.« Keine Emotionen schwangen in seiner Stimme, weder Drohung noch Amüsement. Es war, als würde er mit ihr über das Wetter plaudern. »Wenn du uns allerdings antwortest, erhöht das deine Chancen, diesen Ort unbeschadet zu verlassen.«

Langsam nickte Cleo, auch wenn sie ihm den zweiten Teil seiner Worte nicht glaubte. Sie war zu sehr Realistin, um darauf hereinzufallen. Egal, was sie sagte, wenn Logan und Kally sie nicht bald fanden, würde das alles nicht gut für sie ausgehen.

»Sehr schön«, sagte dieser Experte. Cleo hörte, wie ein Stuhl über den Boden schabte. Kurz darauf fragte er: »Du hast paranormale Fähigkeiten, ist das korrekt?«

»Ja.«

»Welcher Art?«

»Ich …«, setzte Cleo an und musste schlucken. Schwindel erfasste sie und sie leckte sich über die Lippen.

»Ich frage dich nochmal«, sagte ihr Gegenüber, dieses Mal drohend-sanft, »welche Fähigkeiten hast du?«

»Ich bin ein Medium.«

»Du siehst Geister?«

Cleo schüttelte den Kopf und presste die Zähne zusammen, als ihr davon übel wurde. Das schwammige, kribbelnde Gefühl von zuvor kehrte in ihren Körper zurück. Sie verstand ihre eigenen Worte kaum, als sie sagte: »Ich kann sie nur hören.«

»Bist du so auf Mr. Cormak und Ms. Markow aufmerksam geworden?«

Langsam nickte Cleo. Ihr Kopf fühlte sich immer leichter an, während ihr Herz schneller und schneller schlug.

»Wem hast du davon erzählt?«, fragte der Mann mit der tiefen Stimme. »Wer war die zweite Person mit dir im Lagerhaus?«

Cleo biss sie sich auf die Unterlippe. Nein, sie durfte ihnen nichts verraten, durfte ihre Freunde nicht ans Messer liefern. Aber warum fiel es ihr so schwer, die Worte zurückzuhalten?

»Was habt ihr mir zu trinken gegeben?«, fragte sie leise, statt zu antworten. Hatten sie ihr doch Drogen verabreicht? Halluzinogene oder sonst etwas, um sie gefügiger zu machen?

»Es war nur Wasser«, versicherte der Experte. Mittlerweile hörte Cleo ihn nur noch undeutlich. Ihr Magen revoltierte und sie beugte sich ein Stück nach vorn. Ihr Herz flatterte mittlerweile wie ein gefangener Vogel in ihrer Brust, während sich Taubheit in ihren Muskeln ausbreitete.

»Was ist mit ihr, warum keucht sie so?«, fragte der Südstaatler.

Kühle Finger berührten ihren Hals und obwohl Cleo vor der Berührung zurückweichen wollte, gehorchte ihr Körper ihr nicht mehr. Es war beinahe so wie zuvor, als sie sich von ihrer sterblichen Hülle getrennt hatte. Doch jetzt fühlte es sich unkontrollierter an. Cleo wusste, dass sie Angst haben sollte, doch dieses Gefühl wollte sich nicht einstellen.

Weit entfernt, obwohl er direkt vor ihr stand, hörte sie den anderen Mann sagen: »Sie hat sich übernommen.«

»Womit?«

»Spielt jetzt keine Rolle mehr.« Die Finger an ihrem Hals lösten sich und es war, als wäre damit der letzte Faden durchtrennt worden, der Cleo noch bei Bewusstsein gehalten hatte. Sie driftete bereits ins Nichts, als sie den Mann mit der sanften Stimme noch sagen hörte: »Leb wohl, kleines Medium.«

Es fiel Logan schwer, seine Freundin nicht an den Schultern zu packen und so lange zu schütteln, bis sie ihm endlich verriet, wo Cleo steckte.

Stattdessen hatte er die Hände an den Seiten fest zu

Fäusten geballt und ging Kally hinterher, die in einem nervenaufreibend langsamen Tempo zwischen den Lagerhallen umherwanderte. Sie hatte die Hände vor sich ausgestreckt, als würde sie sich in einem dunklen Raum zurechtfinden wollen. Noch immer regnete es, das kalte Wasser drang in Logans Kleidung ein, aber das war ihm egal.

Alles war ihm gleichgültig, wenn Kally nur endlich eine Spur zu Cleo fand. Darla war nicht ans Telefon gegangen und auch auf die hinterlassene Nachricht hatte sie sich bisher noch nicht gemeldet. Mit jeder Minute, die verging, wurde das Gedankenkarussell in Logans Kopf düsterer.

»Und du bist dir sicher, dass sie hier in der Nähe ist?«, fragte Logan, als sie an der dritten Halle vorbeigingen.

»Ja, bin ich.«

»Warum dauert es dann so lange, das richtige Gebäude zu finden?«

Kally warf ihm einen Blick über die Schulter zu, ihr schwarzes Haar klebte nass an ihrem Gesicht. »Weil man mit Magie nicht hetzen kann.«

Logan atmete schon ein, um nochmal etwas zu sagen, verkniff es sich jedoch. Stattdessen ging er weitere Minuten hinter Kally her. Dabei versuchte er nicht daran zu denken, was in der Zwischenzeit alles mit Cleo passiert sein könnte.

Es fiel ihm nicht leicht.

»Hier«, sagte Kally und deutete auf ein kleines Verwaltungsgebäude. Die Fenster waren dunkel und es sah verlassen aus, aber das war nicht wichtig. Entscheidend war, dass Kallys Schritte nun schneller wurden und sie zielstrebig auf das Gebäude zusteuerte.

Sofort schloss sich Logan ihr an und gemeinsam gingen sie hinein, liefen durch die düsteren Flure und sahen schon bald einen schwachen Lichtschein. Auf ihrem Weg dorthin begegneten sie niemanden, auch nicht, als sie in eine Art Aufenthaltsraum gelangten.

Dort saß, auf einem zerschlissenen Sofa, eine zusammengesunkene Gestalt und rührte sich nicht. Sie hatte die Hände mit Panzerband umwickelt und einen Sack über den Kopf, aber Logan erkannte sie dennoch sofort.

»Cleo!«, entfuhr es ihm. Er eilte zu ihr, fasste sie an den Schultern und schüttelte sie. Statt sich zu regen, rollte ihr Kopf schlaff von einer Seite auf die andere. Logan riss ihr den Sack herunter, legte die Hände an ihre Wangen und hob ihr Gesicht an.

Trübe Augen sahen Logan entgegen, der Blick unfokussiert. Cleos Haut war blass und fühlte sich kühl an, ihre Lippen waren bläulich verfärbt.

»Scheiße«, entwich es Kally hinter ihm und er hätte es nicht besser sagen können.

»Ruf einen Krankenwagen«, ordnete er an. Noch während er sprach, prüfte er Cleos Vitalzeichen und stellte fest, dass sie weder eine Atmung noch einen Puls hatte. Sofort zerrte er sie vom Sofa herunter, legte sie auf den Boden und riss das Klebeband von ihren Händen. Anschließend begann er mit der Herzdruckmassage.

In schnellem Rhythmus drückte er mit überkreuzten Händen auf ihr Brustbein und hörte mit halbem Ohr zu, wie Kally telefonierte. Nach dreißig Wiederholungen ließ Logan von Cleos Brust ab, beugte sich hinunter, hielt ihre Nase zu und führte zweimal die Mund-zu-Mund-Beatmung durch.

Anschließend begann er wieder von vorne: Dreißig Mal drücken, dann zweimal beatmen.

Dreißig Mal drücken, zweimal beatmen.

Dreißig Mal drücken, zweimal beatmen.

»Komm schon, bitte!«, forderte Logan, seine Stimme dünn vor Angst.

Obwohl er genau wusste, dass Cleo nicht wie in den Filmen von alleine wieder anfangen würde zu atmen, konnte er doch nicht aufhören darauf zu hoffen. Zu hoffen, dass ihre Augen nicht mehr blicklos und trüb an die Decke starrten, während ihr Körper sich nur aufgrund seiner Bemühungen bewegte.

»Sie brauchen noch zehn Minuten«, sagte Kally, als sie sich auf Cleos andere Seite kniete.

»In Ordnung«, keuchte Logan. Schweiß lief ihm die Stirn hinunter. Welch Ironie, dass sein Herz so hektisch schlug, während das der Frau vor ihm seinen Dienst aufgegeben hatte.

»Kannst du … sie sehen?«, fragte Logan atemlos.

Es dauerte einen Moment, bis Kally antwortete: »Nein, kann ich nicht. Das könnte bedeuten, dass …«

»Nein«, unterbrach er sie. »Sprich es einfach nicht aus.«

Er wollte nicht von ihr hören, dass Cleos Geist diese

Welt bereits verlassen hatte. Sie würden sie retten und dann würde alles wieder gut werden. An diesem Gedanken klammerte er sich. Doch die Minuten vergingen, Erschöpfung und Angst drohten Logan zu lähmen, aber er ließ nicht eine Sekunde in seinen Bemühungen nach. Mittlerweile führte Kally die Beatmung durch, dennoch wurde es für ihn immer anstrengender. Seine Schultern und Arme brannten wie Feuer.

»Lass mich übernehmen«, forderte Kally.

»Nein. Geh du nach … draußen und sorg dafür … dass die Sanitäter uns finden.«

»Bist du sicher?«

»Ich lasse sie nicht sterben!«, knurrte Logan, statt ihre Frage zu beantworten. »Jetzt geh.«

Zu seiner Erleichterung diskutierte Kally nicht weiter mit ihm, sondern stand auf und verließ den Raum. Schnell waren ihre Schritte verklungen und nur noch Logans eigene, harsche Atemzüge waren zu hören.

»Bitte Cleo«, keuchte er, beugte sich zu ihr hinunter und beatmete sie. »Bitte komm zu mir zurück … bitte.«

Logan war nicht sonderlich gläubig, dennoch flehte er innerlich jeden Gott und jeden Heiligen an, der ihm einfiel. Um ein Haar hätte er vor Erleichterung geschluchzt, als er endlich die Sirenen des Krankenwagens hörte. Ein letztes Mal mobilisierte er all seine Kräfte und machte so lange mit der Herzdruckmassage weiter, bis sich Stimmen und schnelle Schritte näherten.

Dennoch sah er erst von Cleo auf, als sich jemand neben ihn kniete und sanft, aber bestimmt sagte: »Sie können aufhören Sir, wir übernehmen ab hier.«

Zwei Hände legten sich auf seine Schultern, halfen Logan aufzustehen. Schwer atmend stützte er sich auf Kally und kämpfte gegen den Schwindel an. Mit weichen Knien ließ er sich einige Meter von Cleo wegführen, doch seine Augen hingen noch immer wie festgeklebt an ihr.

Einer der Sanitäter drückte ihr einen Beatmungsbeutel auf Mund und Nase, während der andere ihren Pullover aufschnitt und die Elektroden eines mobilen Defibrillators auf ihre Brust klebte. Obwohl er selbst meist nur mit Toten zu tun hatte, kannte er die genauen Abläufe. Die beiden Männer arbeiteten effizient und mit einer geübten Ruhe.

»Weg«, forderte der ältere von ihnen und betätigte den Auslöser des Defibrillators. Sogleich ging ein Ruck durch Cleos Körper, doch das Pfeifen des EKGs blieb bestehen.

Eiseskälte erfasste Logan. Hatte er sich nicht genug Mühe gegeben? War sie doch zu spät gekommen?

Ein weiteres Mal löste der Sanitäter den Elektroschock aus, dann endlich erklang das leise Pfeifen der Herztöne.

»Den Ahnen sei Dank«, murmelte Kally und lehnte sich an ihn. Logan legte einen Arm um ihre Schultern, presste die Lippen fest aufeinander und sagte nichts. Er beobachtete ganz genau, wie Cleo versorgt wurde und lauschte dabei auf das Piepen des EKGs. Er hatte

Angst, dass das Schicksal sich noch einmal gegen sie wenden und Cleos Leben beenden könnte.

Die Sanitäter legten gerade einen Zugang und hefteten eine Sauerstoffmaske auf Cleos Gesicht, als Darla den Raum betrat. Sie ließ den Blick über die Szene schweifen und kam dann direkt auf sie zu.

»Was genau ist passiert?«

Logan atmete tief ein und antwortete: »Als wir hier ankamen, war Cleo bereits … bewusstlos.« Das Wort ›tot‹ wollte ihm nicht über die Lippen kommen. Zumal es nicht mehr zutraf, denn noch immer hörte er den gleichmäßigen Signalton ihrer Herzschläge.

»Ihr habt niemanden gesehen oder gehört?«

»Nein, sie war alleine hier«, sagte Kally. »Ich schätze, dass ihre Entführer abgehauen sind, nachdem sie kollabiert ist.«

»Hm«, murmelte Darla, verschränkte die Arme vor der Brust und trommelte mit den Fingern auf ihren Bizeps. »Das alles gefällt mir nicht.«

»Ach, wirklich?«, fragte Kally mit einer gehörigen Portion Sarkasmus. Logan hielt sie nicht auf oder tadelte sie. Ausnahmsweise hatte er keine Lust, als Puffer zwischen den beiden Frauen zu dienen.

Wie erwartet zog Darla ein finsteres Gesicht. »Ganz offensichtlich haben wir es hier mit organisierter, paranormaler Kriminalität zu tun: Die Sache mit Cormak und Markow und jetzt Cleos Entführung.«

»Hast du einen Anhaltspunkt, wer dahinter stecken könnte?«, hakte Logan nach.

»Nein, leider nicht. Die beiden vorigen Opfer hatten

keinerlei Gemeinsamkeiten, außer dass sie erfolgreiche Geschäftsleute waren oder sind. Die Verträge, die Mr. Cormak noch unterzeichnet hat, geben auch keine Hinweise auf denjenigen, der den Nekromanten bezahlt hat.«

»Vielleicht hat er auch auf eigene Rechnung gearbeitet«, sagte Kally leise. Als Logan und auch Darla sie ansahen, zuckte sie mit den Schultern. »Es muss nicht immer ein ganzes Verbrechersyndikat hinter solchen Aktionen stehen. Es gibt genug paranormale Talente, die ihre Gaben zu ihren eigenen Vorteilen einsetzen. Mein Cousin Leon ist das beste Beispiel dafür.«

»Dios mío, nicht er«, murmelte Darla.

Kally lächelte kurz, dann wurde ihre Miene wieder ernst. »Er hat Cleo sicher erkannt, als wir ihn in der Lagerhalle überrascht haben und hat dann seine Kumpels geschickt, um sich mit ihr zu unterhalten.«

»Das würde Sinn ergeben.« Darla seufzte tief, dann griff sie nach ihrem Smartphone und begann, mit ihrem Team zu telefonieren. Logan hörte ihr nicht weiter zu, denn einer der Sanitäter kam auf sie zu.

Seine Mimik wirkte zuversichtlich, als er sagte: »Ihre Freundin ist soweit stabil und wir können sie zur weiteren Behandlung ins Krankenhaus bringen. Möchte einer von Ihnen uns begleiten?«

»Ich fahre mit«, sagte Logan sofort. Weder Kally noch Darla widersprachen, aber das hätte er auch nicht zugelassen. Er würde Cleo auf keinen Fall aus den Augen lassen, bis sie wieder bei Bewusstsein war. Den Rücken steif und mit geballten Händen, folgte er den beiden Rettungskräften.

KAPITEL 30

»Mr. Doyle, Sie sind ja immer noch hier.«

Logan drehte sich um und entdeckte den Pfleger, der bereits am vergangenen Abend auf Station gewesen war. Er kam herein und sah nach Cleos Vitalwerten.

»Ich konnte einfach nicht gehen«, sagte Logan, seine Stimme rau. Er räusperte sich und trat vom Fenster zurück, hinter dem die Morgendämmerung den Himmel langsam erhellte, und setzte sich neben Cleos Bett. Als Logan wieder zu dem Pfleger sah, schenkte dieser ihm ein Lächeln. Logan kannte das: Es war dieses universelle ›Es tut mir leid‹-Lächeln, das auch er beherrschte. Nur benutzte er es, wenn jemand in die Leichenhalle kam, um einen Angehörigen zu identifizieren.

Sie ist nicht tot, sagte er sich entschieden.

Um sich abzulenken, fragte Logan: »Sind für heute weitere Untersuchungen angesetzt?«

»Das kann ich Ihnen nicht beantworten. Mein letzter Kenntnisstand war, dass man abwarten muss, ob Ms. Edwards von alleine aufwacht und ob sie neurologische Schäden davongetragen hat.«

Langsam nickte Logan, sah wieder zu Cleo. Nach wie vor lag sie blass und viel zu still in dem schmalen Krankenhausbett. Sollte ihr Gehirn durch den Kreislaufstillstand beschädigt worden sein, würde er diese faszinierende Frau, die er kennengelernt hatte, für immer verlieren.

»Da wäre aber noch etwas«, sagte der Pfleger und Logan richtete widerwillig seine Aufmerksamkeit auf ihn. Dieses Mal lag eine gewisse Anspannung in der Mimik des anderen.

»Was?«

»Sie sind der Lebensgefährte von Ms. Edwards, nicht wahr?«

»Ja«, antwortete Logan, ohne zu zögern.

»Dann wissen Sie auch von der besonderen Einrichtung, in der Ihre Partnerin war?«

»Die Psychiatrie«, sagte Logan, woraufhin der Pfleger nickte.

Er schien sich sogar etwas zu entspannen, ehe er fortfuhr: »Genau. Als wir gestern die Formalitäten geklärt haben, ist uns bei der Eingabe von Ms. Edwards Daten aufgefallen, dass sie von der Sherryl-Wood-Klinik in Sacramento als vermisst gemeldet wurde.«

»Dabei handelt es sich um ein Missverständnis«, antwortete Logan so ruhig wie möglich. »Sicher ging bei der Entlassung etwas schief.«

Der Pfleger nickte. »Das dachten wir uns auch. Dennoch müssen wir der Klinik melden, dass sich Ms. Edwards hier in Behandlung befindet.«

»Könnten Sie damit bitte noch warten? Ich würde

gerne selbst mit ihnen telefonieren, um dieses Missverständnis aufzuklären.«

Die Sekunden, die bis zu der Antwort des anderen Mannes verstrichen, erschienen Logan endlos lang. Als würden sie sich wie Kaugummi in die Länge ziehen. Sollte er ablehnen, würde die Psychiatrie Cleo garantiert wieder einweisen. Das musste er unter allen Umständen verhindern.

»Natürlich«, antwortete der Pfleger schließlich. »Geben Sie bitte auf der Schwesternstation Bescheid, wenn sich die Angelegenheit erledigt hat.«

»Selbstverständlich.«

Der Pfleger lächelte und verließ wieder das Zimmer. Sobald die Tür ins Schloss gefallen war, zog Logan sein Handy hervor und begann, zu telefonieren. Jedoch nicht mit der Sherryl-Wood-Klinik, sondern mit seinem Vorgesetzten.

»Logan«, brummte es aus der Leitung. »Weißt du, wie spät es ist?«

»Guten Morgen Hideo. Ja, ich weiß, es ist noch ziemlich früh. Ich muss dich um zwei Gefallen bitten.«

»Gleich zwei?«

»Vielleicht auch ein paar mehr.«

»Na schön … welche?«

»Danke«, erwiderte Logan und entspannte sich ein wenig. »Erstmal muss ich für heute frei nehmen und als zweites brauche ich deine Verbindungen. Du kennst nicht zufällig einen Psychiater oder Psychologen?«

Am anderen Ende der Leitung raschelte es, dann hörte Logan ein tiefes Seufzen, ehe Hideo antwortete:

»Ja, mir fallen da ein oder zwei Namen ein. Was genau brauchst du?«

»Ein Gutachten«, sagte Logan und begann, seinem Boss die ganze Geschichte zu erzählen.

Zehn Minuten später beendeten sie das Gespräch und Logan ließ sich auf den Stuhl neben Cleos Bett sinken. Das Ding war noch genauso unbequem wie die vergangenen Stunden, aber im Moment kümmerte es ihn wenig. Wenn alles so verlief, wie er das geplant hatte, würde Cleos Leben um einiges einfacher werden.

Sie musste nur noch aufwachen.

Logan ließ das Handy zurück in seine Tasche gleiten, beugte sich nach vorn und griff nach Cleos Hand. Ihre Finger waren kühl, doch der Puls, den er an ihrem Handgelenk ertastete, war stetig.

»Komm schon, Cleo«, sagte er leise und streichelte mit dem Daumen über ihren Handrücken. »Du bist doch viel zu willensstark, um jetzt aufzugeben. Du willst doch sicher Darla helfen, die Kerle zu schnappen, die dir das angetan haben.«

Cleo reagierte nicht. Logan ließ den Kopf sinken und fasste ihre Hand fester. »Bitte, wach wieder auf. Ich … ich habe dich doch gerade erst kennengelernt. Aber das, was ich von dir weiß, hat schon ausgereicht, um zu wissen, dass ich dich gerne für den Rest meines Lebens bei mir haben will. Ich weiß, du selbst hältst dich nicht für perfekt, aber in meinen Augen bist du das: Perfekt für mich.«

Das Herz pochte schmerzhaft in seiner Brust und er presste die Kiefer aufeinander. Das alles war nicht fair.

Nicht gegenüber Cleo und auch nicht gegenüber ihm. Egal, was das Schicksal sich dabei gedacht hatte, das war ein grausames Spiel.

Logan hätte sich weiter in dieser Abwärtsspirale gedreht, wenn nicht eine winzige Bewegung von Cleos Hand ihn aufgeschreckt hätte. Aus Angst, es sich nur eingebildet zu haben, hob er den Kopf und musterte sie eingehend. Einige Sekunden geschah nichts, doch dann zog Cleo die Augenbrauen zusammen und ächzte leise, ehe sie langsam die Augen aufschlug.

»Wo … bin ich?«, fragte sie rau und hustete kurz.

»O Gott sei Dank«, entwich es Logan. Er richtete sich auf, legte beide Hände an Cleos Gesicht und küsste ihre Stirn. »Du bist im Krankenhaus. Wie fühlst du dich? Was macht dein Kopf? Hast du Erinnerungslücken?«

»Ich glaube nicht«, sagte Cleo, räusperte sich und sah ihn mit einem schiefen Lächeln an. »Aber wer sind Sie nochmal?«

»Das ist nicht witzig«, entwich es Logan schwach. Er schluckte an dem Kloß in seinem Hals vorbei und führte Cleos Hand an seine Lippen. Er konnte ihr nicht böse sein für diesen Scherz, denn dafür war er viel zu erleichtert über das amüsierte Funkeln in ihren blauen Augen.

Das ließ nach, als sie versuchte, sich zu bewegen und dabei ein zischendes Geräusch ausstieß. »Scheiße, ich fühle mich, als hätte mich ein Laster überrollt.«

»Einige deiner Rippen sind geprellt«, erklärte Logan. Er reichte ihr die Steuerung für das Bett, damit sie sich in eine sitzende Position bringen konnte. »Als Kally und ich dich gefunden haben, hattest du einen Kreislaufstillstand und wir mussten eine Herzdruckmassage machen.«

»Das erklärt einiges«, murmelte Cleo. Mittlerweile war das Kopfteil des Bettes hochgefahren. Cleo ließ das Steuerungsteil neben sich fallen und betastete ihren Brustkorb. Dabei verzog sie schmerzerfüllt das Gesicht.

»Tut mir leid«, sagte Logan, griff nach dem Wasserglas auf dem Nachttisch und reichte sie ihr.

»Es ist besser als die Alternative«, antwortete Cleo und trank in kleinen Schlucken. Dabei wurde ihr Blick immer wacher.

»Soll ich einen Arzt rufen?«, fragte Logan und warf einen Blick auf die Anzeige mit ihren Vitalwerten. Alles war im grünen Bereich.

»Noch nicht.« Cleo drehte das leere Glas in den Händen und fügte leiser hinzu: »Gib mir noch ein paar Minuten, bevor sie mich mit Nadeln traktieren.«

»Natürlich.« Logan nahm ihr das Glas ab und fragte sanft: »An was erinnerst du dich noch?«

»An drei Arschlöcher, die mich verschleppt und dann zum Sterben zurückgelassen haben.« Bei diesen Worten war Cleos Stimme so kalt, dass die Worte eigentlich als Eiswolken aus ihrem Mund hätten kommen müssen. Logan verstand ihre Wut, empfand sie zum Teil auch selbst.

»Erzähl mir bitte davon«, sagte er und setzte sich zu Cleo auf das Bett. Wie auch zuvor griff er nach ihrer

Hand, doch dieses Mal verschränkte sie die Finger von selbst mit seinen und schenkte ihm damit einen Frieden, den er schon nicht mehr für möglich gehalten hatte.

Keine Sekunde ließ er sie los oder wandte den Blick von ihrem schönen Gesicht ab, während Cleo ihm von der Entführung erzählte, und auch nicht, als er ihr von seiner und Kallys Suche nach ihr berichtete. Als sie sich beide auf den neusten Stand gebracht hatten, herrschte drückende Stille im Raum.

»Ich möchte mit Darla telefonieren«, sagte Cleo schließlich. »Und ich will raus aus diesem Bett.«

»Das kann ich verstehen, aber erst, wenn die Ärzte dich noch einmal untersucht haben.« Weil Logan genau erkannte, dass sie ihm widersprechen wollte, sagte er: »Keine Diskussion, bitte. Du machst zwar einen fitten Eindruck auf mich, aber dein Herz hat lange Zeit nicht geschlagen.«

Er rechnete beinahe mit jeder Reaktion, doch dass sie ihn anlächelte und leicht seine Hand drückte, das hatte er nicht erwartet.

»In Ordnung«, sagte sie und ließ den Kopf zurück gegen das Kopfteil sinken. »Ich gebe aber zu bedenken, dass ich mich mit Nahtoderfahrungen mittlerweile gut auskenne.«

»Mir wäre lieber, es wäre nicht so«, antwortete Logan rau. Er strich mit dem Daumen über ihren Handrücken und betätigte den Rufknopf für das Pflegepersonal.

Am späten Nachmittag unterzeichnete Cleo das Formular, um sich selbst zu entlassen. Die Ärztin hätte sie gerne noch für eine weitere Nacht zur Beobachtung dagelassen, doch Cleo wollte keine Minute länger in der Klinik verbringen. Die vielen schlechten Erinnerungen – an die Zeit nach ihrem Tauchunfall und auch in der Psychiatrie – verhinderten, dass sie sich hier erholen konnte. Oder überhaupt eine ruhige Minute hatte.

»Gute Besserung«, wünschte die Pflegerin, milde Strenge in ihrer Mimik. »Und lassen Sie es langsam angehen.«

»Dafür werde ich sorgen«, sagte Logan neben Cleo, legte einen Arm um ihre Taille und setzte sich langsam mit ihr in Bewegung.

Cleo sah zu ihm, eine Augenbraue erhoben. »Müssen wir uns darüber unterhalten, wie bevormundend du schon seit heute Morgen bist?«

»Das können wir gerne tun, aber ich schätze, dass ich die besseren Argumente habe.«

»Ach ja?«

»Ja«, antwortete er. Das Lächeln auf seinen Lippen erreichte seine Augen nicht. »Du wärst unwiderruflich gestorben, wenn Kally und ich dich nicht gefunden und dir geholfen hätten. Lass mich also bitte einfach zu Ende führen, was wir angefangen haben und mich um dich kümmern.«

»Okay«, murmelte Cleo und schmiegte sich etwas näher an Logans Körper. Wenn sie ehrlich mit sich war, genoss sie es viel zu sehr, mit ehrlicher Zuneigung umsorgt zu werden. Den ganzen Tag über war Logan bei ihr gewesen, auch als Darla zur Aufnahme ihrer Aussage ins Krankenhaus gekommen war.

Zu Cleos Missfallen hatte der Detective noch nichts zu den Männern herausgefunden, die Cleo gekidnappt und zum Sterben zurückgelassen hatten. Auch zu dem Nekromanten fehlte jede Spur. Über beide Misserfolge war Darla nicht froh, doch sie hatte fest versprochen, nicht aufzugeben. Cleo glaubte ihr aufs Wort.

Mittlerweile hatten sie das Krankenhaus verlassen und Logan dirigierte sie in Richtung Parkplatz. Irritiert runzelte sie die Stirn und fragte: »Nehmen wir uns kein Taxi?«

»Nein, ich darf selbst Chauffeur für dich spielen.« Mit diesen Worten zog er einen Schlüssel aus der Tasche und drückte auf den Knopf. Wenige Meter von ihnen entfernt blinkten die Lichter eines Mustangs auf. Cleo lachte leise, löste sich von Logan und ging zu dem Wagen.

»Wow«, sagte sie und stieß einen leisen Pfiff aus. »Ich wusste nicht, dass du ein Auto hast. Schon gar nicht so eines.«

»Das gehört auch nicht mir, sondern Ms. Fowler. Sie wohnt gegenüber von Kally und leiht uns gelegentlich ihren Wagen.«

»Meinst du, ich dürfte ihn mir auch mal ausborgen?« Sanft strich sie mit den Fingerspitzen über den dunkelblauen Lack, der selbst im schwindenden Tageslicht noch schimmerte. Als sie wieder aufsah, erkannte sie über das Wagendach hinweg Logans Lächeln.

»Ich lege ein gutes Wort bei ihr für dich ein.«

»Danke«, antwortete sie, öffnete die Beifahrertür und ließ sich in den weichen Ledersitz sinken. Logan startete den Motor und Cleo seufzte zufrieden, als sie das tiefe Röhren hörte und die Vibration in der Karosse spürte. Langsam rollten sie vom Parkplatz und fädelten sich in den Straßenverkehr ein.

An einer Ampel hielten sie und Logan sah zu ihr herüber. »Du hast morgen einen Termin.«

»Bei wem?«

»Einem Psychiater, für ein Gutachten.«

Cleo zuckte vor Logan zurück, als wäre er giftig. Dabei war es ihr egal, dass sie mit der Schulter gegen die Wagentür krachte. Schock, Wut und etwas, das sich nach bitterem Verrat anfühlte, machten sich in ihrer Brust breit.

»Wie konntest du nur?«, fragte sie rau.

Logan warf ihr einen Blick zu, erst war Verwirrung in seiner Miene zu sehen. Dann weiteten sich seine Augen, er fasste nach ihrer Hand und sagte schnell: »Nein! Nein, so hatte ich das nicht gemeint!«

»Wie dann?«, fragte Cleo und löste sich aus seinem Griff. Sie beobachtete genau, wie er wieder nach vorne sah und sich durch die Haare strich.

»Einer der Pfleger sagte, dass es einen Vermerk in deiner Krankenakte von der Sherryl-Wood-Klinik gibt. Dass du ausgebrochen bist und eine Gefahr für dich selbst und eventuell andere darstellst.«

Die Kälte, die sich zuvor in Cleos Brust gebildet hatte, breitete sich auf ihren ganzen Körper aus. Hinzu kam der bittere Geschmack von Galle auf ihrer Zunge.

»Sie wollen mich zurückholen«, unkte Cleo leise.

Logan nickte, fuhr wieder an und sagte: »Wahrscheinlich. Ich habe ihm gesagt, dass das ein Missverständnis ist und wir die Sache selbst regeln. Genau aus diesem Grund habe ich Hideo gebeten, seine Beziehungen spielen zu lassen. Du hast also keinen Termin, um dich wieder einweisen zu lassen, sondern um deine geistige Gesundheit zu bestätigen.«

»Warum hast du das gemacht?«, fragte Cleo. Ihre Wut war verraucht, dennoch blieb der Druck auf ihre Brust bestehen.

»Weil es nicht richtig ist, dass du dort warst«, sagte Logan entschieden. Als er dieses Mal nach ihrer Hand griff, ließ Cleo es zu. »Du hast es verdient, dass du von diesem Stigma befreit wirst. Deswegen bitte ich dich, diesen Termin auch wahrzunehmen.Du müsstest dich nicht mehr vor der Klinik verstecken.«

»Ja, aber … Ich bin ein gebranntes Kind, wenn es um psychiatrische Gutachten geht.«

»Das glaube sofort, aber jetzt wird es anders laufen. Das verspreche ich dir.«

Langsam sank Cleo in den Sitz zurück und versuchte,sich wieder zu entspannen. Es war ungewohnt für sie geworden, dass sich jemand so um sie sorgte. Dass jemand sich Mühe gab, ihr zu geben, was sie wirklich brauchte und nicht etwas tat, um es im Endeffekt selbst leichter zu haben.

»Danke«, sagte Cleo.

Logan erwiderte ihren Blick kurz, lächelte und sah dann wieder auf die Straße. Die restliche Fahrt verbrachten sie schweigend. Es war eine angenehme Stille, aber je näher sie Kallys Haus kamen, desto nervöser wurde Cleo gleichzeitig. Denn da gab es noch diese eine Frage, die sie Logan unbedingt stellen musste, so lange sie alleine waren.

Als sie am Tortenhaus ankamen, stellte Logan den Motor ab und löste seinen Sicherheitsgurt. Als sie seinem Beispiel nicht folgte und einfach sitzenblieb, runzelte er die Stirn. »Was ist? Fühlst du dich nicht gut? Hast du Schmerzen?«

Langsam schüttelte Cleo den Kopf. Sie war kurz davor, den Mut zu verlieren, kämpfte aber dagegen an. Lieber wollte sie es jetzt hinter sich bringen. Wie bei einem Pflaster, das man mit einem Ruck abzog. Mittlerweile war die Beleuchtung über ihnen ausgegangen und das Wageninnere war in samtiges Zwielicht gehüllt. Das machte es Cleo jedoch nicht leichter.

Kurzerhand atmete sie tief ein, schluckte und fragte: »Das, was du heute Morgen gesagt hast … hast du das ernst gemeint?«

»Von was genau sprichst du?«, hakte Logan nach.

»Dass du den Rest deines Lebens mit mir verbringen willst.«

Einige schreckliche Sekunden war es totenstill um sie herum, dann hörte sie Logans leises Lachen. Beinahe wäre sie ihm deswegen böse gewesen, doch zeitgleich griff er nach ihrer Hand und führte sie an seine Lippen. Warm, fest und verführerisch strichen sie über ihre Fingerknöchel.

»Ich hatte nicht erwartet, dass du mich gehört hast«, sagte er, noch immer ein Lächeln in der Stimme.

»Das heißt, du hast es nicht ernst gemeint?«, fragte sie nach.

»Das habe ich damit nicht sagen wollen.« Er rieb mit dem Daumen über ihren Handrücken und fügte leiser hinzu: »Natürlich habe ich das ernst gemeint. Es klingt vielleicht nach einem schrecklichen Klischee, aber seit ich dich zum ersten Mal gesehen habe, gehst du mir nicht mehr aus dem Kopf. Je mehr wir uns kennengelernt haben, desto intensiver ist das Gefühl geworden. Ich meine es also sehr ernst, wenn ich sage, dass ich mir wünsche, mit dir zusammen zu sein.«

Langsam, ganz langsam, ließ Cleo die Luft aus ihren Lungen entweichen, die sie angehalten hatte. Zusammen mit ihrem Atem floss der letzte Rest Anspannung aus ihr heraus, hinterließ nur ein warmes Gefühl der Leichtigkeit. Selbst die Schmerzen in ihrem Brustkorb verblassten. Sie beugte sich zu Logan – langsam und vorsichtig wegen der Schmerzen in ihrem Brustkorb – und küsste ihn, als er ihr auf halbem Weg entgegenkam. Es war ein zarter Kuss, wie ein Versprechen.

»Willst du das denn auch?«, fragte er leise, nur Millimeter von ihrem Mund entfernt.

»Ja«, sagte sie ohne zu zögern. »Aber ich will es langsam angehen lassen. Ich … ich will erst ein besseres Gefühl für mich und meine Fähigkeiten haben. Verstehst du, was ich meine?«

»Tue ich«, antwortete Logan.

Glücklich lehnte sich Cleo zu ihm, gab ihm einen weiteren Kuss und schwelgte in der warmen Gewissheit, dass sie das richtige getan hatte. Vielleicht zum ersten Mal seit dem Tag in Mexiko, als sie von dem Tauchboot ins Wasser gesprungen war.

Nur langsam lösten sie sich voneinander und Cleo warf einen Blick zum Haus, dann zurück zu Logan. »Komm, wir gehen lieber rein, bevor Kally uns reinzerrt.«

Logan lachte über ihre Worte und machte sich daran, auszusteigen und umrundete das Auto. Cleo ließ sich von ihm helfen und ignorierte dabei ihre nach wie vor pochenden Rippen. Hand in Hand gingen sie zum Haus, stiegen die Stufen zur Veranda hinauf und traten in den hellerleuchteten Flur. Cleo war gerade mit vorsichtigen Bewegungen aus ihrer Jacke geschlüpft, da hörte sie schnelle Schritte aus der Küche.

»Cleo!«

Mehr Vorwarnung bekam sie nicht, ehe June sich regelrecht gegen sie warf. Sie legte die Arme so fest um Cleo, dass ihr das Atmen aufgrund ihrer geprellten Rippen schwerfiel. Dennoch schob sie sie nicht fort, sondern erwiderte ihre Umarmung.

Der Schmerz bedeutete, dass sie lebte.

»Hallo June.«

»Es tut mir so leid«, murmelte June. Cleo musste sich anstrengen, um die Worte zu verstehen.»Das ist alles meine Schuld. Hätte ich auf Kally gehört, hättest du das alles nicht durchmachen müssen.«

Verwirrt von den Worten, die in ihrem Kopf keinen Sinn ergaben, sah Cleo zu Kally, die aus der Küche auf

Schultern gelegt, während Shiva sich auf ihrer anderen Seite auf einem Kissen eingerollt hatte.

Sanft strich Cleo über sein graues Fell, sah wieder hoch und wollte gerade auf eine von Junes Fragen antworten, als ihr die Worte im Hals stecken blieben.

Ein Fremder stand in der Küchentür: Ende fünfzig, mittelgroß, untersetzt, mit Glatze und einem grauen Schnauzbart. Er trug Jeans und einen langen Mantel und stand da, als hätte er jedes verdammte Recht dazu.

»Wer zur Hölle sind Sie und wie sind Sie ins Haus gekommen?!«, blaffte Cleo.

Sofort spannte sich Logan neben ihr an und die beiden Frauen sahen sich alarmiert um. Auch der Mann riss die Augen auf, als wäre er ehrlich überrascht, dass sie ihn so anfuhr.

»Cleo, beruhige dich«, sagte Kally. »Das ist Rupert.«

Irritiert blinzelte sie. »Rupert?«

»Hallo Cleo«, sagte der Mann und tatsächlich – er hatte die Stimme von Rupert. Sie musterte ihn ein weiteres Mal von Kopf bis Fuß.

»Warum kann ich dich sehen?«, fragte sie schwach, drehte den Kopf zu Kally und wiederholte: »Warum kann ich ihn sehen?«

»Weißt du noch, was ich dir gesagt habe, als du mich gebeten hast dir dabei zu helfen, die Toten auch sehen zu können?«

»Ja. Du hast gesagt, dass es gefährlich ist und eine Einbahnstraße.«

»Ganz genau. Durch dein zweites Nahtoderlebnis hast du die Verbindung zum Totenreich gestärkt.« Kally strich sich durch die langen Haare und fügte hinzu: »Dadurch kannst du Geister wie Rupert jetzt nicht nur hören, sondern auch sehen.«

»Wow«, murmelte June und Cleo gab ihr stumm recht. Abermals musterte sie Rupert und der Gedanke, dass sie ihn sich ganz anders vorgestellt hatte, ließ sie unwillkürlich lächeln.

»Immerhin erschrecke ich mich jetzt nicht mehr zu Tode, wenn mich ein Geist anspricht.«

»Ja«, bestätigte Kally, »aber sie werden dich auch leichter finden können.«

Cleo zuckte mit den Schultern. »Das nehme ich in Kauf.«

»Was ist dir denn zugestoßen?«, fragte Rupert und erst da erkannte Cleo, dass der ehemalige Detektiv den Trubel um ihre Person nicht mitbekommen hatte. Sie winkte ihn zu sich an den Tisch und verbrachte die nächste halbe Stunde damit, ihm alles zu erzählen und dabei Dolmetscherin zwischen ihm, June und Logan zu spielen. Kally hielt sich vollkommen raus, aber jedes Mal, wenn Cleo zu ihr sah, bemerkte sie den zufriedenen Ausdruck auf dem Gesicht ihrer Freundin.

Eine Zufriedenheit, die auch Cleo erfüllte, denn zum ersten Mal fühlten sich ihre paranormale Fähigkeiten auch wirklich wie eine Gabe an. Nicht wie etwas, das ihr Leben zerstörte, sondern vielmehr etwas, das ihr ein neues Leben schenkte.

Genau hier.

KAPITEL 31

Zwei Wochen später

Cleo strich sich die Locken aus dem Gesicht und betrat das Büro von Ava Harfield.

»Du wolltest mich sprechen?«

Sofort hob Ava den Kopf. »Cleo, komm rein und setz dich.«

Cleo kam ihrer Aufforderung nach. Währenddessen schob Ava einen dicken Aktenordner beiseite und lehnte sich in ihrem Stuhl zurück. Der Ausdruck in ihren Augen war nicht zu deuten und obwohl Cleo vom logischen Standpunkt aus keinen Grund sah, war sie doch nervös.

»Ich habe mich vorhin mit Abraham unterhalten«, setzte Ava schließlich an. »Er ist sehr angetan von dir und deiner Arbeit und das will etwas heißen bei dem alten Kauz.«

Es war, als würde eine schwere Decke von Cleos Schultern rutschen. »Ich mag ihn und er hat wirklich viel Erfahrung.«

»Wäre auch schlimm, wenn nicht. Schließlich geht er nächsten Monat in Rente.« Ava zwinkerte ihr zu, ehe sie fortfuhr: »Ich weiß, deine Probezeit ist noch nicht vorbei, aber ich sehe schon jetzt keinen Grund, warum du die Stelle nicht behalten solltest.«

Ehe sie es verhindern konnte, fragte Cleo: »Du bist also auch zufrieden mit mir?«

»Warum sollte ich es nicht sein?«

»Nun ja«, sagte Cleo und zuckte mit den Schultern. »Es liegt also nicht daran, dass Logan mich empfohlen hat?«

»Nein, ganz sicher nicht«, antwortete Ava amüsiert. »Vitamin B hat mich noch nie dazu gebracht, eine Personalentscheidung zu fällen. Oder sonst eine andere. Nein, du bist bestens geeignet dazu, Abrahams Job zu übernehmen und wirst ihn deswegen auch bekommen.«

»Vielen Dank«, sagte Cleo und lehnte sich leicht zurück. »Es macht mir großen Spaß, hier zu arbeiten.«

»Noch ein Grund, dich einzustellen: Du bezeichnest dieses Chaos und all die Verrückten in diesem Laden als Spaß.«

Dieses Mal stimmte Cleo in Avas Lachen mit ein, völlig ohne dieses dämpfende Gefühl, dass Ava sie nur lobte, weil sie Logan einen Gefallen tun wollte. Er war es gewesen, der sie dazu ermutigt hatte, sich wieder eine Anstellung als Buchhalterin zu suchen – nur um dann wie zufällig darauf hinzuweisen, dass in der Verwaltung der Pathologie eine solche Stelle ausgeschrieben war.

Was für Cleo lediglich mit einer Art Pflichterfüllung begonnen hatte – um Logans Mühe zu würdigen – hatte sich schon nach dem ersten Tag zu einem eigenen Wunsch entwickelt. Das Team, ihre Aufgaben und die flexiblen Arbeitszeiten waren genau das, was Cleo gesucht hatte.

»Glaub mir«, sagte sie nun und grinste, »ich kenne mich mit Verrückten aus und hier sitzt keiner von denen in den Büros.«

»Das ist deine Meinung«, erwiderte Ava. Sie schob eine schmale Mappe über den Tisch und fügte hinzu: »Hier ist der Vertrag. Lies ihn dir gut durch und wenn du Fragen hast, komm einfach zu mir.«

»Mach ich, danke.« Cleo nahm sich die Unterlagen, verabschiedete sich und ging zurück in ihr Büro.

Ihr Büro.

Bei diesem Gedanken lächelte Cleo. Sie steckte ihren Arbeitsvertrag in ihren Rucksack, fuhr ihren PC herunter und machte sich auf den Weg ins Erdgeschoss. Logans Schicht war gleich zu Ende und sie konnte es nicht erwarten, ihm von dem Gespräch mit Ava zu erzählen.

Er würde sich mit ihr freuen, genauso wie Kally und June, wenn sie später nach Hause käme. Dieses Wissen, ihr Glück mit Menschen zu teilen, die ihr wichtig waren und die sich ernsthaft um ihr Wohlergehen sorgten, erzeugte eine wohlige Wärme in ihrer Brust.

Im Erdgeschoss angekommen ging sie zum Empfangsbereich, wo sie sich mit Logan verabredet hatte.

Als Marc sie entdeckte, winkte er sie zu sich herüber.

»Hey Cleo, wie waren deine ersten Tage?«, fragte er neugierig. »Du wirst es mir sicher nicht glauben, aber ich habe schon bei unserer ersten Begegnung gewusst, dass wir uns bald öfter sehen werden. Ich bin zwar selber keiner von Kallys Schützlingen, aber für so etwas habe ich einen besonderen Riecher.«

»Es wäre sicher lustig, wenn du auch noch im Tortenhaus wohnen würdest«, erwiderte Cleo.

»Das wäre es«, sagte er und lachte. »Ich könnte ja dein Zimmer übernehmen, wenn du dann zu Logan ziehst.«

»Da wirst du noch einige Zeit warten müssen.«

Marc runzelte die Stirn. »Wie, habt ihr schon Streit?«

»Nein«, sagte Cleo und ging bewusst nicht tiefer darauf ein. Sie mochte den jungen Wachmann sehr, aber deswegen würde sie mit ihm nicht darüber diskutieren, ob und wann sie mit Logan zusammenzog. Das war eine Sache zwischen ihnen beiden, bei der sie beschlossen hatten, sich noch Zeit zu lassen. Ganz unabhängig davon, dass Cleo schon jetzt die meisten Nächte nicht im Tortenhaus verbrachte.

Bevor Marc weiter nachhaken konnte, hörte Cleo Schritte in ihrem Rücken und drehte sich um. Sie musste an sich halten, um Logan nicht entgegenzurennen und ihm um den Hals zu fallen.

»Hallo schöne Frau«, sagte Logan und legte die Hände an ihr Gesicht. »Haben Sie schon jemanden, der Sie nach Hause begleitet?«

»Nein, bedauerlicherweise nicht«, antwortete Cleo.

Sie reckte sich, um ihm für einen Kuss entgegen zu kommen. Das warme, träge Kribbeln, das sie dabei jedes Mal aufs Neue erfüllte, ließ sie glücklich seufzen.

»Nehmt euch ein Zimmer!«, rief Marc und brachte Cleo damit zum Lachen.

»Genau das hatten wir auch vor«, erwiderte Logan. »Schönen Abend, Marc.«

»Euch auch«, sagte er und winkte ihnen zu. Cleo sah es nur aus dem Augenwinkel, während sie einen Arm um Logans Taille schlang und sich von ihm nach draußen führen ließ. Die Sonne stand bereits tief und der Himmel verfärbte sich orange-golden.

»Ich hatte mir überlegt, wir könnten einen Abstecher nach Chinatown machen und Abendessen holen«, schlug Logan vor. »Was hältst du davon?«

»Eine tolle Idee. Dieses Mal können wir die Dim Sum vielleicht ohne Geistereinlage abholen.«

»Mich würde es nicht stören, wenn doch«, antwortete Logan und zog sie ein Stück näher zu sich. Cleo lächelte und in einvernehmlichem Schweigen gingen sie zur Bahnstation. Sie wusste, dass Logan das nur so explizit gesagt hatte, weil sie noch immer versuchte, in ihr Dasein als Medium hineinzuwachsen. Es half ihr ungemein, dass er sie mit all ihren Facetten akzeptierte. Und natürlich, dass sie Kally hatte, die ihr mehr und mehr über ihre Gabe beibrachte.

Weil sie wusste, dass es ihn interessieren würde, erzählte Cleo: »Heute war ein älteres Ehepaar bei mir im Büro. Die, die bei dem Wohnungsbrand im Sunset Distrikt an Rauchvergiftung gestorben sind.«

Logan warf ihr einen überraschten Blick zu. »Ehrlich? Und was haben sie gesagt?«

»Dass sie bloß hoffen, auch den Platz auf dem Friedhof zu bekommen, den sie sich ausgesucht haben. Sie waren irgendwie süß.«

»Hört sich ganz so an«, erwiderte Logan amüsiert, doch seine Stimme wurde ernst, als er fragte: »Hast du Ava schon davon erzählt?«

»Ja«, antwortete Cleo. »Sie hat es überraschend gelassen aufgenommen und mich nicht für verrückt erklärt.«

»Natürlich hat sie das nicht. Sie weiß schließlich auch von Kally.«

Cleo zuckte mit den Schultern. Sie musste ihm nicht erklären, dass es noch schwierig für sie war, offen mit ihrer Gabe umzugehen. Trotzdem hatte sie diese vor ihrer neuen Chefin nicht verschweigen wollen, zumal Cleo sicher bald mit noch weiteren Besuchern und Besucherinnen dieser Art rechnen musste. Immerhin war das eine Pathologie und die Toten gingen dort sprichwörtlich ein und aus.

»Ich hatte vorhin ein Gespräch mit Ava«, setzte Cleo an und erzählte Logan von dem Vertrag, der in ihrem Rucksack lag. Mittlerweile saßen sie dicht nebeneinander in der Bahn.

Wie erwartet freute er sich für sie, nahm sie fest in den Arm und küsste sie. Glücklich schmiegte sich Cleo an ihn und kümmerte sich nicht um die anderen Fahrgäste, die sie neugierig musterten. Als sie sich wieder voneinander lösten, ließ Logan seinen Arm auf ihren

Schultern liegen.

»Ich wusste einfach, dass du perfekt für diese Stelle bist«, sagte er und klang dabei sehr selbstsicher.

»Natürlich wusstest du das«, erwiderte sie amüsiert. »Es kommt mir vor, als würdest du Aufnäher sammeln wollen wie ein Pfadfinder. Erst hilfst du mir mit meinem ersten Geist, dann rettest du mir das Leben, machst den Termin mit dem Gutachter und jetzt hast du mir auch noch einen Job besorgt. Was kommt als nächstes?«

»Weiß ich selbst noch nicht«, antwortete Logan und lachte. Dabei zog er sie näher zu sich und drückte einen Kuss auf ihre Stirn. »Aber ich schwöre, dass ich bei all dem keine Hintergedanken habe.«

»Natürlich nicht. Logan, der Heilige, der jeder Jungfrau in Nöten ohne zu zögern beisteht.«

Bei ihrem ironischen Tonfall hob Logan eine Augenbraue und sagte: »Jungfrau, hm?«

Statt zu antworten, grinste Cleo breit und schmiegte ihr Gesicht an seinen Hals. Dabei atmete sie tief seinen Duft nach warmer Haut und Aftershave ein. Eine Kombination, nach der sie bereits süchtig war und auch Logan ließ ihr Tun nicht kalt. Sein Arm um ihre Schultern spannte sich an und er ächzte leise.

»Merk dir unbedingt für später, was du gerade tun wolltest«, flüsterte er, so dass nur Cleo ihn verstehen konnte. Hitze sammelte sich in ihrer Magengrube und sank tiefer.

Sie räusperte sich und erkundigte sich nach seinem Tag. Den restlichen Weg nach Chinatown unterhielten sie sich locker, bis sie am *Jade-Drachen* ankamen. Sie waren kaum an den Tresen getreten, da kam schon Ms. Su-Yin lächelnd auf sie zu.

»Ah, Mr. Logan und wieder in Begleitung der hübschen jungen Lady.«

Cleo lachte, streckte ihre Hand aus und stellte sich vor.

Ms. Su-Yins Augen huschten bedeutungsvoll zwischen Cleo und Logan hin und her. »Das heißt, ich sehe Sie nun öfter?«

»Ja, das heißt es«, erwiderte Cleo. Die dunklen Augen der Restaurantbesitzerin leuchteten auf und sie zwinkerte Logan zu, ehe sie an Cleo gerichtet sagte: »Wenn Sie das nächste Mal kommen, dann essen Sie hier und wir unterhalten uns, ja?«

»Mache ich«, versprach Cleo.

Ms. Su-Yin nickte zufrieden, nahm ihre Bestellung auf und eilte in Richtung Küche.

»Sie mag dich«, sagte Logan, während sie sich an den Tisch setzten, an dem sie auch das letzte Mal gewartet hatten.

»Natürlich«, sagte Cleo und warf ihr nicht vorhandenes langes Haar über die Schulter. »Man muss mich einfach lieben.«

Statt zu lachen, hauchte Logan ihr einen Kuss auf die Lippen und sagte leise: »Das stimmt allerdings. Jenna hast du auch um den kleinen Finger gewickelt.«

»Sie mich aber auch«, antwortete Cleo. Ein warmes Gefühl der Zufriedenheit machte sich in ihr breit, als sie sich an das Telefonat mit Logans Schwester erinnerte. Es machte sie nur ein klein wenig nervös, dass Jenna sie in zwei Wochen besuchen wollte.

»Wann wirst du deine Eltern anrufen?«, fragte Logan.

Die Wärme in Cleos Magen verpuffte und Resignation breitete sich dort aus. »Ich weiß es noch nicht.«

»Ich will dich nicht drängen, aber ich glaube, dass es wichtig für dich wäre.«

»Ich weiß, ich weiß. Gib mir einfach noch ein wenig Zeit, ja?«

»So viel du brauchst«, beteuerte er und küsste sie abermals. »Wenn wir schon bei unangenehmen Themen sind: Hast du etwas von Darla und ihren Ermittlungen gehört?«

»Nein, leider nicht.« Cleo ließ die Luft hörbar aus ihren Lungen entweichen und fügte hinzu: »Es ist frustrierend, dass sie nichts herausfindet. Es ist fast so, als hätte ich mir das alles nur eingebildet.«

»Das hast du ganz sicher nicht«, widersprach Logan entschieden. »Irgendwann wird sich eine Spur ergeben und Darla wird die Mistkerle aufspüren. Das hat sie bisher immer getan. Bei Alisha Packard hat sie auch nicht aufgegeben.«

»Stimmt«, sagte Cleo. Sie war erleichtert gewesen, als der Detective ihr vor einigen Tagen erzählt hatte, dass sie Alishas Mörder geschnappt hatten. Obwohl es Alisha nicht wieder lebendig machte, dass der brutale Taschendieb nun hinter Gittern saß.

Obwohl Cleo Darlas Fähigkeiten vertraute, würde sie sich auf offener Straße sicher noch mehrmals umdrehen. Kally hingegen war zuversichtlich, dass Cleo nichts mehr zu befürchten hatte. Als vermeintlichen Beweis hatte sie ihr die Tarotkarten gelegt und ihr beschieden, dass ihr eine Zeit voller Glück bevorstand. Noch vor wenigen Wochen hätte Cleo nur die Augen verdreht und so etwas niemals geglaubt.

Jetzt allerdings … sie erwischte sich dabei, dass Kallys Aussage sie tatsächlich zuversichtlich stimmte. Außerdem sprach dafür, dass sie seit ihrer Entlassung aus dem Krankenhaus kein einziges Mal mehr angegriffen oder sonst wie belästigt worden war.

Toi toi toi, dachte Cleo. Sie löste sich von Logan, rutschte mit einem ›Bin gleich wieder da‹ von der Bank und verschwand in Richtung der Toiletten. Als sie sich wenige Minuten später die Hände wusch und nach den Papierhandtüchern griff, räusperte sich jemand hinter ihr.

»Entschuldigen Sie, Miss?«

Cleo drehte sich um und sah sich einer Frau in den Fünfzigern gegenüber. Ihr Haar war rotbraun und zu einer adretten Föhnfrisur gestylt, sie trug ein dunkelblaues Kostüm, hatte aber nur einen Schuh an. Ihre Augen weiteten sich mit einer Mischung aus Erleichterung und Überraschung.»O Gott sei Dank, Sie können mich tatsächlich sehen.«

»Ja, kann ich«, bestätigte Cleo. »Haben Sie ein Problem?«

»Ich … ich glaube schon. Für alle anderen hier scheine ich Luft zu sein. Aber nicht für Sie. Können Sie mir helfen?«

Cleo nickte und sofort entspannte sich das Gesicht der Frau, ihre Schultern sackten ein Stück nach unten.

»Geben Sie mir nur eine Minute, ich bin gleich wieder bei Ihnen.« Mit diesen Worten ging Cleo zu Logan an den Tisch. Sie hatte noch kein Wort zu ihm gesagt, da zog er bereits die Augenbrauen zusammen.

»Was ist?«, fragte Logan. »Du machst so ein ernstes Gesicht.«

»Ich glaube, Kally muss sich wieder mit aufgewärmten Dim Sum begnügen«, antwortete Cleo. »Auf der Damentoilette wartet ein Geist auf mich.«

Logan lachte leise und sagte: »Ich wünsche dir viel Erfolg. Du schaffst das.«

»Ja, denke ich auch.« Statt sofort zu den Waschräumen zurückzukehren, beugte sich Cleo zu ihm und küsste ihn. Sie legte eine Hand in seinen Nacken, öffnete den Mund und strich mit der Zunge sacht über seine Unterlippe. Logans Atem stockte und er ging auf ihre Einladung ein.

Einige Augenblicke später lösten sie sich und er fragte rau: »Wofür war das?«

»Dafür, dass du so wunderbar bist.«

Ein langsames Grinsen verzog seinen Mund. »Erzähl mir später mehr davon, wenn wir alleine sind.«

»Mache ich«, erwiderte Cleo und küsste ihn gleich noch einmal. Ihr Herz pochte ihr bis zum Hals, als sie gestand: »Ich liebe dich.«

»Ich liebe dich auch«, sagte Logan sofort. »Und jetzt tu, wozu du bestimmt bist.«

Cleo nickte, drehte sich um und durchquerte das Restaurant. Den ganzen Weg über spürte sie Logans Blick in ihrem Rücken und genoss das wohlig-heiße Gefühl, das sie deswegen verspürte. So beschwingt betrat sie die Damentoilette und wandte sich an die Frau im Kostüm.

»Hallo nochmal«, sagte sie freundlich. »Ich heiße Cleo Edwards und bin ein Medium. Wie genau kann ich Ihnen helfen?«

EPILOG

Nach den vergangenen Sonnentagen zeigte sich der November nun von seiner regnerischen Seite.

Kally saß mit einem alten Kräuterbuch im Wohnzimmer und streichelte gedankenversunken Shiva. Der kleine Pascha fläzte seit Beginn des Wolkenbruchs im Haus und machte keinerlei Anstalten, sich in absehbarer Zeit wieder nach draußen zu begeben. Kally blätterte die Seiten um und kraulte Shiva wieder hinter den Ohren. Sein tiefes Schnurren vermischte sich mit dem Prasseln des Regens gegen die Fensterscheiben zu einem beruhigenden Klangteppich.

So lange, bis ein Knistern durch die Atmosphäre ging und Kally ihr Buch sinken ließ. Sie lächelte, als sie Rupert in der Tür zum Flur entdeckte.

»Hallo alter Freund, komm rein«, sagte sie und winkte ihn zu sich.

»Danke. Ich muss ja sagen, auch wenn mir das Essen fehlt, bin ich doch froh, dass ich als Toter keinen Regenschirm mehr brauche.«

»Es hat alles seine Vor- und Nachteile«, sagte Kally und legte das Buch beiseite. Sie beobachtete, wie Rupert in den Sessel ihr gegenüber sank. Obwohl er sich rein physisch nicht mehr anstrengen konnte, atmete er dennoch einmal schwer aus. Sie kannte diese Art von Atmen ganz genau.

Ein Hauch von Kälte schlich sich in ihr Gemüt, als Kally fragte: »Was hast du über den Seelenspringer herausgefunden?«

Shiva miaute empört, weil sie ihn ignorierte. Ohne ihren Blick von Rupert zu nehmen, fuhr sie fort, über sein seidiges Fell zu streicheln. Nur genießen konnte sie es nicht wie zuvor, dafür war die Anspannung in ihr zu groß.

»Leider nichts Entscheidendes«, sagte Rupert. Er strich sich mit einer Hand über die Glatze, sein Blick war betrübt. »Ich habe mich bei allen anderen Geistern in der Stadt umgehört, aber entweder wussten sie nichts von ihm oder wollten mir nichts sagen.«

Kally brummte vor sich hin. Unzufriedenheit machte sich in ihr breit. Nicht nur, weil Rupert nichts Neues zu berichten hatte, sondern auch, weil der Mistkerl von *John Doe* sich seit ihrem letzten Treffen nicht mehr hatte blicken lassen.

»Keine Sorge Kaliska«, sagte Rupert sanft und zog damit ihre Aufmerksamkeit wieder auf sich. »Ich werde mich weiter umhören, das verspreche ich dir.«

»Danke Rupert.« Sie seufzte leise und fragte: »Du hast auch nichts von dem jungen Nekromanten gehört, nicht wahr?«

»Nein. Er scheint wie vom Erdboden verschluckt zu sein.«

»Wahrscheinlich ist er tot«, sagte Kally. Sie wünschte sich, dass sie deswegen so gleichgültig sein konnte, wie ihre Worte geklungen hatten. Nur leider war ihr das unmöglich. Es schmerzte sie, dass dieser junge Mann nur aufgrund von falschem Umgang und einem launischen Schicksal sein Leben hatte lassen müssen.

»Es besteht noch die Möglichkeit, dass er die Stadt verlassen hat«, gab Rupert zu Bedenken.

Kally lächelte schief und antwortete nicht darauf. Obwohl Rupert älter war als sie und sein Leben wortwörtlich schon hinter sich hatte, war er manchmal naiver als sie selbst. Um sich von dem dunklen Sumpf fernzuhalten, in den ihre Gedanken sie zu zerren drohten, atmete Kally tief ein und wollte ihm von Cleos neuem Job erzählen, als es an der Tür klingelte.

Sofort hob Shiva neben ihr den Kopf und gab ein tiefes Knurren von sich, das man einem derart kleinen Körper niemals zugetraut hätte. Auch ohne diesen Drohlaut war Kally höchst angespannt. Ihr Gefühl sagte ihr, dass der Gast auf ihrer Schwelle Ärger bedeutete.

»Erwartest du Besuch?«, fragte Rupert.

»Nein, eigentlich nicht.« Kally sah zu ihm und sagte: »Aber keine Sorge, ich schaff das schon. Wahrscheinlich sind es nur irgendwelche Sekten, die mich rekrutieren wollen.«

Auf Ruperts Gesicht erschien ein breites Grinsen. »Haben die letzten sich eigentlich von dem Schreck erholt, den du ihnen eingejagt hast?«

»Keine Ahnung«, antwortete Kally und lachte leise.

»Darla meinte aber, dass sie die Klage gegen mich fallen gelassen haben.«

»Na immerhin«, erwiderte Rupert. »Pass trotzdem auf dich auf.«

»Mache ich. Bis bald dann.«

Rupert nickte und verblasste allmählich. Wenige Augenblicke später war der Sessel wieder leer und nichts erinnerte mehr an den Besuch des Geistes.

Wieder klingelte es und Kally erhob sich, ging zur Haustür und öffnete sie. Feucht-kalte Luft schlug ihr entgegen, gemeinsam mit dem Geruch nach nasser Erde. Aber das war es nicht, was Kallys Aufmerksamkeit fesselte.

Es war der junge Mann, der auf den Knien auf ihrer Veranda hockte. Er war triefnass, die Kleidung klebte an seinem dünnen Körper. Wasser tropfte von seinem Haar auf die Holzdielen. Es wellte sich und wirkte pechschwarz. Obwohl sein Kopf gesenkt war und sie deswegen sein Gesicht nicht sehen konnte, erkannte sie ihn. Denn das erste Mal, als sie sich begegnet waren, war es ähnlich gewesen.

»Du«, sagte sie schlicht. Die eine Silbe kam ihr schneidend über die Lippen und sorgte dafür, dass der Mann den Kopf hob. Große braune Augen, mit goldenen Reflexen, starrten sie aus einem ausgezehrten Gesicht an. Er hatte einen Drei- oder Fünf-Tage-Bart, seine Lippen waren aufgeplatzt und zitterten.

»Bitte«, sagte er und seine Stimme klang so rau, als hätte er zuvor stundenlang geschrien. »Ich brauche Hilfe.«

»Und warum suchst du die ausgerechnet hier?«

»Weil man mir gesagt hat, dass ich sie hier finden würde.« Er schluckte und Kally sah, wie sein Adamsapfel dabei hoch und runter hüpfte. »Bitte.«

Kally verschränkte die Arme vor der Brust und tat so, als würde sie nachdenken. Dabei wusste sie im Grunde ihres Herzens, dass es nur eine Antwort gab. Hatte sie sich nicht eben noch darüber gegrämt, dass dieses junge Talent so sinnlos verschwendet worden war?

»Komm«, sagte sie und trat zur Seite, so dass der Weg ins Haus frei war.

Die Schultern des Mannes sackten nach unten und ein kurzes Lächeln huschte über sein Gesicht. Langsam rappelte er sich auf und schwankte ins Haus. Geistesgegenwärtig griff Kally nach seinem Arm und fühlte durch den durchweichten Stoff, wie knochig er tatsächlich war. Sofort ließ er sich halb gegen sie sinken, als hätte er ewig darauf gewartet, sich an jemanden anlehnen zu können.

Unbeeindruckt davon, dass nun auch ihre Kleidung nass wurde, verfrachtete sie den jungen Mann in die Küche und setzte ihn auf die Bank der Essnische. Aus dem Wäscheschrank im Flur holte sie eine alte Steppdecke, ging zurück in die Küche und reichte sie ihrem Gast. Sofort wickelte er sich darin ein und als sie ihm wenig später eine Tasse Kräutertee sowie Gebäck reichte, nahm er beides dankend an.

»Na schön«, sagte Kally und setzte sich ihm gegenüber auf einen Stuhl. »Mein Name ist Kaliska. Mit wem habe ich das Vergnügen?«

Der junge Mann ließ die Tasse sinken, einer seiner Mundwinkel bog sich nach oben, aber das Lächeln sah nicht echt aus. Seine Augen blieben trüb. Er räusperte sich und antwortete: »Ich heiße Noah Preston und ich weiß nicht, warum, aber ich habe das starke Gefühl, als würde ich dich kennen. Sind wir uns schon einmal begegnet?«

»Ja, in einem Lagerhaus. Vor etwa zwei Wochen.«

»Vor zwei Wochen?«, fragte er ungläubig und lehnte sich ein Stück nach vorn. »Was habe ich in dem Lagerhaus gemacht? Haben wir uns unterhalten?«

»Weißt du das nicht mehr?«, fragte Kally und zum ersten Mal seit langer Zeit war sie verwirrt. Ja, sogar überrascht. Das hier war selbst für ihre Verhältnisse merkwürdig.

»Nein«, sagte Noah und schüttelte langsam den Kopf. Den Blick auf den dampfenden Tee gesenkt, fügte er leise hinzu: »Die letzten Wochen … nein, Monate sind in meinem Kopf wie ausradiert. Als ich heute Nachmittag aufgewacht bin, hatte ich einen Zettel in der Hand. Auf dem stand, dass man mir bei dieser Adresse helfen würde.«

»Aber natürlich«, schnaubte Kally. Blitzschnell griff sie nach seiner Hand, drehte sie um und zeichnete ein Muster auf die Handfläche. Magie knisterte in der Luft … doch verpuffte genauso schnell wieder, wie sie gekommen war.

»Du sagst die Wahrheit«, murmelte sie verblüfft. Sie sah wieder auf, in Noahs schreckgeweitete Augen. Er brachte lediglich ein Nicken zustande.

Interessant, dachte Kally und ließ langsam seinen Arm los.

Die Haustür ging auf und sofort hörte sie Cleo rufen: »Ich bin wieder Zuhause! Gott, was für ein Mistwetter. Ich bin kaum den Berg hochgekommen, so schießt hier das Wasser die Straße hinunter. Ich glaube, ich muss mir dringend ein Paar Gummistiefel besorgen, wenn das so weiter geht. Meinst du …«

Weiter kam sie in ihrem Redefluss nicht, denn mittlerweile hatte sie die Küche erreicht und starrte irritiert zu dem durchweichten Noah. Ihre Überraschung hielt jedoch nicht lange, denn schon wenige Sekunden später kniff Cleo die Augen zusammen und zischte: »Was macht *er* hier?«

Kally wandte sich Noah zu und sagte gut gelaunt: »Er ist unser neuer Mitbewohner.«

Müssen Hexen immer brennen?

Bis zu einem schicksalshaften Abend im November dachte Roxy, sie wäre eine normale junge Frau.
Doch plötzlich setzt sie selbst ihre Wohnung in Flammen und zerstört das gesamte Gebäude. Auf der Flucht vor dieser unkontrollierbaren Kraft trifft Roxy auf Noah. Auch er ist mit seinen magischen Fähigkeiten überfordert. Gemeinsam lernen sie, ihre Gaben zu beherrschen und kommen sich dabei näher.

Sie ahnen jedoch nicht, dass der Grund für Roxys erwachte Magie mit ihr noch nicht fertig ist. Ein dunkler Zauberer will die junge Hexe für ein gefährliches Ritual missbrauchen.

Sei auch beim zweiten Teil der Romantasy-Reihe »Ouija« dabei. Ein Buch voller Magie, Spannung und einem neuen Liebespaar, das sich gemeinsam der Bedrohung durch böse Mächte stellen muss.

»Ouija – Tote lügen nicht«
erscheint am 1. März 2023

Dir hat das Buch gefallen?

Dann freue ich mich über eine Rezension!

Lust auf kostenlosen Lesespaß?
Dann melde dich auf www.melissa-ratsch.de zu meinem Newsletter an und erhalte ein gratis eBook, sowie regelmäßig Leseproben und Hintergrundinfos zu neuen Büchern von mir.

Außerdem bin ich auch auf Instagram: Melissa.Ratsch

Weitere Bücher von Melissa Ratsch:

- Urban-Fantasy-Reihe »New Gods«: 3 Bände (laufend)
- Romantic-Fantasy-Reihe »Die anderen Anderen«: 11 Bände (beendet)
- Romantic-Fantasy-Reihe »Das Highborn-Projekt«: 5 Bände (beendet)
- Einzel-Romane:
  - Bis du mich weckst
  - Burned – Wenn in der Hölle das Licht ausgeht
  - Magical Stories – Zauberhafte Kurzgeschichten
  - Your Choice – Liebe auf Umwegen
  - Game Over – Spiel um dein Leben (Oktober 2022)